光明永在

看 不 見 的 盡 頭 還 有 愛

庄大軍——著

自　序

　　就像人們所說的那樣，彈指一揮間，飛揚的青春，金色的年華早已被拋在了身後。雖說這是人生的規律，沒哪個能另尋一條通往永遠年輕之路。可從蹣跚學步開始，誰也不知將走向何方，誰也不知會得到什麼。

　　六十載春秋如白駒過隙，不知不覺兩鬢已染點點白霜，挺直的脊背也有了弧度。回首顧盼時，卻發現自己走的竟是一條筆直的路。那些坎坎坷坷都已沒了蹤影，原來那些彎彎曲曲的人間岔道其實並不存在。我們所謂的度日如年，所謂的生不逢時，只不過是我們的錯覺。為了自己達不到的目標，我們往往會強詞奪理，用無奈的自欺欺人逃避生活的挑戰，讓靈魂像蝸牛一樣躲進殼內。只有沮喪和妄自菲薄才會讓我們覺得在人生道路上落伍，才會讓我們誤以為自己的前途上竟會有那麼多的艱難險阻。

　　換個角度看那些彎彎曲曲的人生轉折，難道不該感謝上天嗎？在同樣的時間裏，你竟然比別人多走了路程，你的收穫自然也應該比別人多出一份。困難對於我們，難道不是上天恩賜的機遇嗎？我們功能的進化，我們意志的堅強，無論如何離不開困難的磨練。該走哪一條路並不重要，冥冥中有一隻無形的手指引著我們走向各自的目的地。

這隻手就是時間，時間的軌道永遠是筆直的，就像赤道一樣環繞地球，一絲一毫也不會偏移。時間是絕對公平的，沒有哪個因走了所謂的彎路而少了一分一秒，也沒哪個會因後悔或痛苦而讓時間出於憐憫多給他一分一秒。我們所有的痛苦和歡樂，只有在走完自己的人生後才能得到最深刻的體會。如果我們當真有先見之明，世界上還會存在那麼多酸甜苦辣嗎？人間還會有那麼多的悲喜劇嗎？

到了應該回首的時候，到了可以給自己打分的時候，到了收穫希望的時候，到了總結教訓的時候。我伸出兩隻手，在靈魂上抹一把，還有灰塵嗎？還有污垢嗎？乾乾淨淨地來到人間，還能清清白白地回去嗎？這個答案只有自己做。就像重返校園，考試來臨前才緊急回顧自己的學業，認認真真地複習，仔仔細細地思考，要想做出真實完美的答案是一件令人痛苦煩惱的事情。只有答案正確，只有結論符合真理，我們才會苦盡甘來，才會感覺到滿足，才會得到真正的快樂。自己的人生之路，只有自己才能做出正確答案。那麼就開始吧，不要迴避，不要隱瞞，答案是給自己的，用天地良心來作答吧！

假如歷史的長河真的能夠倒流，假如我們的腳步真的能夠回轉，我還會走這樣一條路嗎？這個問題雖然荒唐，許多和我一樣的人都曾想過，因為人生總是痛苦多於歡樂，失望多於滿足，那些缺憾的就只能用想像來彌補。想像也無妨，我們的回憶就像被海浪沖刷的奇形怪狀的礁石，尋找不到對稱和圓滿，尋找不到所期望的稱心如意。偶爾用想像來稍稍粉飾，讓回憶變得柔軟一些，變得溫存一些。這其實不是為了自己，為了朋友們看得舒服、為了朋友們更加熱愛生活，這一點點修補是可以被接受的。有時醜陋的東西經過

修飾加工，會讓我們產生另一種煥然一新的感覺。雖說揭露醜就是宣揚美，無情的批判才能帶來靈魂的震撼，但我還是要說，天堂中只有善良寬容的人才有立足之地。

我知道現在已經夜色朦朧，我也知道南京城已是萬家燈火。然而我看不見那一片絢麗多彩的夜色，白天和黑夜的轉換對我來說，只不過是從時間的這一段走到了那一段，只不過是在人生的道路上又向前跨了一步而已。色彩和線條，太陽和光明，早在三十年前就離開了我。作為一個走過痛苦磨難的盲人，我不敢說光明已在我心中永駐，但用心去看世界，一定會比許多視力健全的人有更深刻的發現，一定能看見許多正常人看不見的東西。

手指在鍵盤上敲擊，美妙的世界在我的腦海裏重現，電腦給我帶來了新的生命，讓我和全世界緊密相連。還能說什麼呢？上天是公平的，對每一個想站起來的人，他總會不失時機地扶一把。還能說什麼呢？我的滿足已溢出了心房，正在化為文字化為感激之情澎湃湧出。向所有幫助過我的人，向這個充滿關愛的社會，向那些科學家，向每一張笑臉，向我心中的藍天、白雲和太陽，深深地鞠一躬，表達我最真摯的感謝。為了自己，為了和我一樣能站起來的朋友，更為了心中永遠不落的太陽。

目　次

第一篇

童年的記憶

童　年

　　每個人都像小貓小狗一樣，憋著氣鑽出母親的子宮，從一片混沌中走出，站立起來用自己的眼睛看天看地看世界。我當然也不例外，在一個清冷的深秋，我來到這個世界，來到一個色彩斑斕充滿欲望的世界。我不記得自己第一眼看到的是什麼，是不是藍天白雲？是不是紅彤彤的太陽？是不是一片向我展開胸懷的大海？那還重要嗎？那還會改變我的一生嗎？我唯一知道的是溫暖，因為母親正用自己的胸膛溫暖著我，用甘美的乳汁哺育著我，讓我知道這個世界上有愛、有溫暖、有寬容、有體貼。還需要什麼呢？足夠了。就這樣，我在溫暖的懷抱中開始了自己的人生，無論什麼樣的靈魂都應該用畢生來回報這片溫暖。

　　那時的中國一貧如洗，冬天的嚴寒對一個剛剛降生的孩子是冷酷無情的。母親抱著我，在一件空蕩蕩的房間裏來來回回地走，只有這樣才能增加一點點熱量。父親和母親都是解放軍軍官，這個身份聽起來很威武，可那時的軍官和咱們祖國一樣一窮二白，房間裏除了一張床連個取暖的爐子都沒有。據說當時的我很有骨氣，面對徹骨的冰涼，居然還會咧開嘴唞唞的笑，彷彿我懂得笑聲能帶來溫暖。父親母親都是從戰火中走過來的，他們對死亡對貧窮司空見慣，知道害怕對死神毫無作用，這可能就是所謂的革命樂觀主義

吧！也許精神是可以遺傳的，否則我無法解釋，為什麼我在失明之後還能笑得那麼開心。

母親說我出生的那一年雪下得特別大，雪花真的就像鵝毛，一片片一團團在空中飛舞。伴著呼呼的北風，伴著陰沉沉的天，就這樣飛舞了整整三天三夜。雪當然是很美的，可是沒有豐衣足食作後盾，這樣的美就無法令人心悅誠服，就無法讓受凍的人領悟到美中所有的詩情畫意。

第四天雪終於停止了，父親和通信員不知從哪兒找了些乾柴，就在屋子中央燃起了火。母親說煙薰火燎讓我的眼裏流出了淚水，她肯定我不是在哭，因為雖然眼睛在流淚，我的小臉蛋兒上仍然綻放著歡快的笑容。望著我的笑臉，父親和母親也都笑了，他們所有的犧牲都只是為了一個目的，就是我的笑，我的笑代表了希望，代表了用鮮血換來的幸福和快樂。我直到今天也不敢確定，如果沒有那一抱乾柴，我是否能度過那個寒冷的冬天，是否還能活到現在？如果我當真被凍死，父親和母親會很痛苦嗎？他們都是軍人，應該視死如歸。可我的死和打仗沒關係，他們能不能將兩種不同的死亡區分開來呢？當然這個問題現在已經無需回答，在我雙目失明的那一刻，母親的頭髮忽然白了，父親的嗓子忽然沙啞。我知道那時他們一定非常難過，所以我仍然在笑，我想用笑聲來減輕他們的痛苦。不過適得其反，他們都流淚了。

母親說我很有魅力，幾乎所有的人都被我的笑臉迷住。那些面對死亡無動於衷的戰士，那些曾經用刺刀挑死過敵人的鐵石心腸的勇士，只要看見我的笑，他們的每一根線條立刻變得柔和。他們也和我一樣咧開嘴笑，露出一口潔白的牙齒，彷彿我的笑容像一朵柔和的雲彩，天真純潔中讓那片藍天變得情意綿綿。戰士們用他們鋼

鐵的臂膀將我高高舉起，拋向天空，拋向那個所有人都嚮往的地方。那是我的第一次飛翔，這種簡簡單單的用胳膊托起的飛翔讓我感到暈眩。那是人性的力量，是戰士們愛的寄託。後來當我也穿上了軍裝，當我也高高地舉起孩子往天空拋時，我真的感覺到了這種責任，那小小的身體完全交給了你，能不用全部的身心來保護嗎？

　　過了兩年，我的弟弟降生了，他和我不一樣，圓頭圓腦，憨態可掬，完完全全是一個名副其實的福星。這絕對不是瞎說，因為後來事實證明，我弟弟無論辦什麼事都有極高的成功率。這種成功率不僅僅由於周到縝密的思考、持之以恆的耐力、靈活機動的變通，他常常會在眾人走投無路之時，出人意料弄出一個柳暗花明，故而被我們稱之為福將應該當之無愧。

　　父親看著胖乎乎的弟弟，信口說道：「有了第二個，第一個就應該提拔。」原先的我叫莊小軍，因為弟弟的出生，我搖身一變就成了莊大軍，將原先的名字小軍移交給了我的弟弟。父親是軍隊裏管幹部的部門首長，我不知提拔幹部是不是也這樣簡單，可是我知道，和平時期的軍隊無法用犧牲考驗幹部，論資排輩也許就是一種無奈之舉。從此我就像個軍隊裏的班長，帶領著弟弟滿世界亂跑。他跑得沒我快，所以經常會被我莫名其妙地訓斥，會被我貶成笨蛋。幾十年過去，雙目失明的我已經和弟弟徹底交換了位置，他常常帶著我去南京城東郊遊玩，他的腳步總是隨著我移動，從來不超過我半步。每當這時我總會感到愧疚，那時的我太過苛刻，完全沒有想到弟弟比我小得多。

　　人生總會交換位置，我現在經常幫父親洗澡，父親變得溫順聽話，他無條件地服從我的每一個吩咐，因為父親知道這是我在盡一個兒子的孝心。我的手盡量輕柔地在父親身上移動，八十多歲的父

親變得柔軟，那個從前的鋼鐵戰士不復存在了。時間就像一隻極有內力的手掌，不緊不慢的揉搓著每一個人，揉順了你的心，揉軟了你的脾氣。父親在我很小的時候也給我洗澡，他的動作笨拙粗糙，似乎在幹一件不情願的事兒，而我同樣不服氣；那時的我和父親簡直就是冤家對頭，小時候我總反抗父母，完全沒感覺到其中父親和母親濃濃的愛。每當想到這我也會感到愧疚。隨著利比多的減少，父親漸漸變得溫柔變得隨和，他像個孩子一樣聽話，可是我寧願他不要變成這樣，我寧願要一個叱吒風雲的父親。不過話又說回來了，哪個能違背自然規律呢？我也會有這一天，到了那時，我也會被年輕人恥笑，沒有辦法啦！

到了一九五五年，我的妹妹也溜了出來，她是一個非常可愛的小女孩兒，漂亮乖巧，眼睛裏總會顯得若有所思。母親說妹妹從小就不聽話，但我卻有相反的看法，我覺得妹妹是需要有一個懂得女孩的監護人。在那種人的關注下，妹妹一定會百依百順。有一次，母親外出，妹妹的褲子濕了。我模仿著母親將幾個月大的妹妹從搖籃裏抱出，順手放在一條長木凳上，並且著手給她換褲子。恰好母親回來，一眼就發現，那個平常手腳不停的小丫頭此刻一動不動地挺直身子，乖乖地躺在那張只有她身體一半寬窄的長條凳上。母親觸目驚心，一個箭步竄過去，將妹妹從險境裏搶救出來了。

母親在妹妹出生的那一年脫下了軍裝，我知道母親很不服氣，因為直到現在她一提起那件事就會大動肝火，說簡直是亂彈琴。母親在軍隊裏是個報紙的記者，轉業後到南京日報社當了編輯委員會的編委，看來是得到了提拔。那段歷史應該是母親的驕傲，每當母親提起那個編委時，滿臉都是抑制不住的自豪。用現在的話說，那就是大眾媒體，就是社會和人民之間、國家和百姓之間的通道呀！

中國的女性最偉大，因為除了工作，她們還得操持整個家庭。母親在報社非常忙，無數的稿件等著她審查，我們三個往往都在睡了一覺之後才能看見疲憊的母親。我們立刻就興奮起來了，因為母親準在街邊的小攤上買了黃騰騰的烤饅頭和香噴噴的鹵蛋，我們早已將母親和這些好吃的東西聯繫在一起了。看著我們狼吞虎嚥，母親欣慰地笑了，我們一定是她心中最大的安慰。

至於帶孩子，父親和其他爸爸一樣，完全摸不著頭緒，經常勞而無功遭到母親的埋怨。有一次母親出差，萬般無奈之際，只好將我們三個交到父親手裏，並且將所有注意事項一一寫在父親的筆記本上。父親顯然對這個任務不以為然，槍林彈雨都不在話下，還在乎三個小把戲嗎？然而我們太小，要對付我們還當真不容易，第二天就出了問題。南京是全國有名的大火爐，那個夏天又特別熱，父親有睡午覺的習慣，所以也命令我們一律臥倒。弟弟妹妹還好，他們隨著父母養成了睡午覺的好習慣。但我從不睡午覺，對我來說那是一種折磨。為了防止我溜走，父親在門口鋪了一張草席，用自己的身體築成了一道防線。我從眯縫著的眼角發現，父親那個鼓起的肚皮上下運動漸漸均勻，呼嚕呼嚕的鼾聲就像那個老式電風扇一樣震耳欲聾。於是我開始行動，輕手輕腳下床，高抬腿從父親的肚皮上跨了出去。炎熱的空氣裏灑滿了各種各樣的誘惑，知了發瘋似地拼命叫喚，蝴蝶和蜻蜓在草叢灌木中懶洋洋地飛舞，我的目標是那些足有一巴掌長短的人螞蚱。

我家當時住在南京祁家橋，附近一座小花園內花草灌木長得鬱鬱蔥蔥，各種昆蟲應有盡有。到了雨天，還有大大小小的青蛙，呱呱叫成一片。那是我的樂園，是我樂此不疲的地方。我本想抓幾隻螞蚱就神不知鬼不覺地溜回去，趁著父親沒醒過來，我已完成了自

己的意願。給那些大螞蚱拴上線，讓它們拖著火柴盒在桌上賽跑，這是個非常具有挑戰的遊戲。可是孩子的欲望就像一個永遠填不滿的無底洞，那些誘人的大螞蚱總出現在我的眼前，讓我抓了一隻又想抓下一隻。等褲袋裝滿，父親早已醒了。他怒氣衝天，喝令我回到太陽底下，站在那兒受罰。在太陽底下玩耍，我並沒覺得難受，可是現在火辣辣的太陽光幾乎要將我烤熟了。口袋裏的螞蚱開始趁機往外逃竄，我對這些逃兵無暇顧及，因為頭開始發暈。父親顯然也情知不妙，決定解除罰站，然而為時已晚，我中暑了。後來的事情也不用多說，母親回來後一連好幾天都板著臉訓斥父親，而父親就像真的做錯了事一樣，長吁短歎耷拉著腦袋走進走出。

　　無憂無慮的童年即將結束，我將要接受教育，從一個只會玩耍的小毛孩搖身一變為知書達理的小學生。現在回想起來，童年中最難以忘懷的還是季節的變化，隨著春夏秋冬像魔術師一樣變幻莫測，我的感覺也會無窮無盡的變化。溫暖的春風脫去了厚重的棉衣，讓我身輕如燕，恨不得和鳥兒一起飛翔。夏天的驕陽讓碧波蕩漾的游泳池具有無比的誘惑，我真願意變成一條魚兒，自由自在地躲在水底。秋天是豐收的季節，琳琅滿目的水果讓我饞涎欲滴，真想像孫悟空一樣，賴在花果山上一輩子。冬天的雪花是孩子們的最愛，紛紛揚揚漫天飛舞，像是另一個世界的童話，所有的骯髒、所有的煩惱，都被潔白的雪花淹沒了。滾雪球吧，打雪仗吧！雪花讓所有的孩子都變成了天使。也許我真的變老了，為什麼總想起快樂的童年呢。一個人一輩子只有一個童年，難道只有進入遲暮才能感悟到童年所有的歡快美好嗎？

美麗的鎮江

　　由於父親工作調動，我們一家於一九五九年搬遷到了鎮江。在南京住久了，就覺得鎮江小得多；大市口是全市最熱鬧的地方，節慶假日那兒總是熙熙攘攘人頭攢動，不過和南京的新街口比起來，那個大市口只算是小菜一碟。如果把長江比作纏繞在祖國肚皮上的一條玉帶，那麼鎮江無疑就是這條玉帶上的一顆明珠，而這顆明珠的閃光之處應該是滔滔的江水和秀麗多姿的金山、焦山、北固山。

　　金山的法海寺是佛教重地，而那條溫柔聰明善良可愛的白蛇就成為金山寺到底是善還是惡的疑點。金山寺下有白蛇洞，我曾經和同學鑽進去探尋，裏面陰風習習，似乎真有什麼見不得陽光的幽靈隱藏於此。據說那個洞直達江心，我們幾個雖然膽大，可爬進洞內還是覺得心驚膽戰，終究沒有探尋出個結果便不了了之。

　　焦山是離江邊五百多米的一個島嶼，島上怪石嶙峋，草木蔥蘢，山中寺廟盡隱樹叢之中，故有焦山之山山裏寺之說。南朝時一位叫焦光的名士不願做官，躲避在該島的洞內，皇帝三次下詔書，那個自命清高的隱士絲毫不為所動，故後人將該洞命名為三詔洞。我對焦山印象最深刻的不是那秀麗的景色，也不是書法精品薈萃的碑林和氣壯山河的炮臺，而是島上和尚們餐餐不可缺少的白果。那銀杏樹上結的白果飽滿甘甜，無論配什麼菜都相得益彰。

　　北固山上的甘露寺早已家喻戶曉，三國的劉備為了相貌姣美的孫尚香，竟然將生死置之度外，要不是諸葛亮足智多謀，恐怕劉備這一去就變成了打狗的肉包子。後來孫權將孫夫人騙回東吳，當劉備死於白帝城之際，孫夫人在北固山頂祭江之後縱身躍入滾滾長江之中，給後人留下一曲千古絕唱。山上刻著的「天下第一江山」給我們留下了多少遐想，為了這第一江山，連年的動亂，翻來覆去地改朝換代，讓中國老百姓付出了多少血淚呀！到了今天，那些爭王奪位的皇子皇孫們可以休矣。江山是人民的江山，天下也終究是人民的天下。

　　北固山上還有鐵塔，那一年被颱風刮翻，從塔底顯露出層層套疊的銅棺、銀棺和金棺。最裏層的金棺內藏有舍利子，後來金棺被竊賊盜走。經過公安部門的反覆盤查最終破了案，可惜的是那個金棺早已被小偷切割開來賣掉，金棺內的舍利子也不知流落何方。

　　其實在鎮江南邊還有母雞山和寶塔山，這兩座山和臨江的山同樣秀美，只因為交通不便而被遊人冷落。我在鎮江師範附小上學時，曾經和老師同學一道去過那兩座山，沒有如織的人群，沒有塵土和油煙，空氣和滿山的花草真的很讓人賞心悅目神清氣爽。山上最多的動物是蜥蜴，從小手指大小的草蜥蜴、拇指粗的綠蜥蜴、直到兩尺多長的五色蜥蜴，組成了一個蜥蜴王國。山間深處有個冷幽幽的水潭，我在潭邊洗手時就發現一隻五色蜥蜴。那傢伙懶洋洋的趴在一塊石頭上曬太陽，在陽光的照耀下，渾身的鱗片閃閃發光，五色分成光華繚繞，活脫脫就是大自然一件精美的作品。只見它睜一眼閉一眼，對我這個不速之客非常冷淡，只等我走到離它不足五米遠，才一翻身骨碌碌滾進水潭。

　　江蘇的教育在全國名列前茅，我們鎮師附小是全市最好的小學，所以我獲益匪淺，所書所寫自然也隱藏了鎮師附小的風采。可是我對那些老師的口音非標準化很不以為然，害得我現在說出的普通話就像貴州的驢子學馬叫，滿嘴都是南腔北調。小學裏的課程並不像現在這樣艱深，絕大多數時間裏我們都在有口無心地唱書，不但語文課上唱，其他課上也唱。老師和同學一本正經微閉雙目，搖頭晃腦有板有眼，抑揚頓挫將那些課文唱得抑揚頓挫。現在回想起來，那樣的唱法對漢語的韻律和節奏能夠心領神會，和現在的平均率讀法相比自然就高屋建瓴了。

　　搬到鎮江的第二年，天災人禍造成的饑荒也波及到了這片魚米之鄉，男女老少都不能倖免。不僅僅人類，甚至那些山林中的野獸也餓得躥出來傷人。為了消滅傷人的動物，也為了人的空肚皮，軍區組織了民兵進山打獵。鎮江是那種城鄉不分的城市，往東南一直走下去，要不了多久就進入丘陵山區，再往溧陽、句容走進去就是十里長山和大小茅山。由於人跡稀少、山勢險峻以及樹木茂盛，那兒常有野獸出沒。父親也常常去山裏給民兵們上課，言傳身教讓民兵們掌握打仗的基本要領。每次回來父親都要給我們繪聲繪色講許多有關山民和野獸的傳奇故事。其中記得最清楚的是一個宣傳幹事和老虎不期而遇的驚險一幕。那個幹事住在村民家裏，夜晚喝多了水，半夜起來撒尿，沒想到一開門就看見兩個燈泡明晃晃直射向他。這一驚將尿也憋回去了，退進屋內趕緊插上門閂，從門縫裏往外瞧，媽呀！哪兒是什麼燈泡，分明是一隻大老虎正虎視眈眈饞涎欲滴呢。幹事還真不賴，掏出一支手槍，隔著門縫砰砰往外打了幾槍。不料那隻大老虎居然威風凜凜屹立不動。一直等到第二天，天光大亮才發現那隻老虎其實早已氣絕身亡，看來關於老虎死不倒架

並非虛言。那個幹事回家後就大病一場，據說後來解小便得大費周章，一定要旁人使勁吹半天口哨才能小解。

　　人本身也是一種動物，這種動物的心狠手辣濫殺無辜，自然就會讓其他動物沒有容身之地。分區組織打獵的民兵們從山裏回來了，他們打了整整三卡車野物，那些野狼野狗豹子野豬，還有狗熊，一個個齜牙咧嘴，僵硬的身體上佈滿了斑斑血跡。看了就覺得噁心。我們家分到一條狼腿，可是腥臊味兒撲鼻誰也不想吃，只好送給鄰居家。

　　三年自然災害給我們幼小的心靈留下了不可磨滅的印記，我清清楚楚地記得，同學們一張張面黃肌瘦的小臉，記得那一只只被貪婪的舌頭舔得乾乾淨淨的搪瓷碗。部隊的待遇稍稍高於其他階層，所以饑餓並未對我們構成很大的危脅，至多也只是在麵粉中摻和一些稻糠麥麩而已。學校離家很遠，所以中午飯必須帶了到學校就餐，當我面對同學們的午餐時，往往會有一種做賊心虛的感覺。有時那些條件最差的同學們根本沒有正規的午餐，他們用髒兮兮的手抓著一塊塊榨盡了油、用來喂牲畜的豆餅狼吞虎嚥，而那些豆餅堅硬的就和磚頭差不多。每當這時，我就不敢拿出飯盒，不敢讓同學們發現飯盒裏高粱和大米混合的午餐。時至今日我仍然能夠感覺到同學們由於饑餓而產生的憤怒和仇恨的目光。

青春的揚州

　　那時從鎮江到揚州只有擺渡，我記得那天天空陰沉沉的，細雨霏霏好像捨不得我們離開。輪渡船憋足了氣悶吼幾聲，搖搖晃晃駛離碼頭，離開了鎮江。我們全家都目不轉睛望著漸漸遠去的鎮江，揮手和親朋好友告別。看著他們的身影越變越小，一直等到完全看不見送行的人們，我們才長長鬆一口氣。原來告別也相當艱難，也需要付出很大忍受力。輪渡掉轉船頭，我們就面向下一個居住地揚州。那是一個令人神往的地方，是富有文化氣息的所在。

　　如果說鎮江是兵家必爭之要塞，那麼揚州就是文人薈萃之風水寶地。秋天已過去一多半，江面上的風刮得人心裏冷颼颼，讓我情不自禁回想起鎮江所有的熱情，原來所謂的熟悉就包含著人情世故中的溫暖呀！你在某個地方待的時間久了，被那兒的人和環境包裹薰陶，從裏到外自然而然沾染上那個地方的氣息。就像在一口大蒸鍋裏，漸漸熟了，每個毛孔都透發出這兒的味道，這就叫熟悉。輪船開到江心時，朦朦朧朧的秋雨淅淅瀝瀝灑落昏黃的江面，真有秋水共長天一色的感覺，怪不得那些詩人們都愛在秋雨中挖掘詩意呢！

　　正在惆悵之中，忽然離輪船不遠處嘩啦啦竄出一條黑乎乎的東西，撲棱棱在半空裏打了個旋兒，又撲通一聲扎進江水中。我們看得目瞪口呆，這個差不多有一人長短的傢伙到底是啥呀？一位穿

救生服的船員毫不在意告訴我們，這叫江豬，是長江特產。話音未落，從江水裏接二連三又躍出好幾條江豬，這回我們看得更清楚了。就像競技表演似的，又黑又胖的江豬們一條比一條跳得高，一條比一條動作誇張，真看得我們樂不可支。後來得知，這就是江豚，是長江裏特有的一種哺乳動物。或許出於求愛的緣故，在秋雨中特別喜歡跳躍嬉戲，這次湊巧讓我們盡飽眼福了。後來過江時也曾多次觀看過江豬們的表演。現在根本找不到它們的蹤影，據說差不多已經絕了跡，嗚呼，可愛的江豬們！

當輪渡靠上六圩碼頭時，天空轉陰為晴，送別的惆悵也淡然了。又出現一片笑臉，不過這些是來歡迎的，是新地方新朋友氣息。一迎一送，反映出革命隊伍裏的友好關係。那些臉看上去是真誠的，那些笑容是發自內心的。然而時過境遷，怎麼也沒想到，幾年之後有許多面孔忽然間變得那麼猙獰、那麼邪惡、那麼令人毛骨悚然。由此可見，人與人之間的關係是多麼脆弱，一旦有個風吹草動，瞬間就可能反目為仇，可親與可恨真是變化無常啊！

六圩離揚州城還有十公里左右路程，我們全家和簡單行李一道放置在一輛卡車上，風馳電掣往那個我們嚮往已久的小城駛去。揚州給我們的第一印象就是乾淨，大街小巷，家前屋後，找不到垃圾和廢棄用品。後來熟悉了，我們感覺到如此乾淨整潔，很大一部分原因來自揚州人愛臉面的虛榮。不過如此的虛榮並沒什麼不妥，就像一個女人為了別人塗脂抹粉，其目的還不是為了追求美和愛嘛！

除了乾淨，揚州的另一特點就是像蜘蛛網一樣縱橫交錯的小巷。迷宮般的巷子絕對條條大道通羅馬，沒有一條是此路不通的。只要認準方向，隨著那些巷子任憑怎麼繞來拐去，到達目的地絕無

問題。至於那些小巷的名字,也是雅俗不一、風格迥異。有些讀起來琅琅上口,有些讀起來就覺得彆扭。例如,紫氣東來巷,讓人彷彿看見冉冉升起的紫色朝霞。而酸菜巷則讓人想掩鼻而過,似乎那酸溜溜氣味正撲面而來。從一九六四年到一九六九年五年之中,我就在這些小巷裏穿梭往來。只容得一人通行的窄小巷子,讓我感覺壓力從四面八方逼近,也許這樣的壓力會讓人千方百計尋找更加廣闊的天地吧!揚州人之所以全國各地到處可尋,一定是被這些不見天日的小巷逼出來的!

揚州話音調就像春天裏的雲雀,嘰嘰叫著一直往上沖,讓人聽得心驚膽戰,生怕聽著聽著對方忽然一口氣接不上來而憋死過去。在我的印象中,揚州話總讓人覺得不夠沉穩。同樣渾厚的男中音,北方人說起話來像一堵山,顯得穩重大方。而揚州人說起來,就讓人覺得如同腳底下裝滿輪子,站立不穩,隨時都可能滑溜開去。所謂的揚州噓子,可從揚州方言裏找到注解。你看那些隨風亂飄的鬍毛,左扭右擺,就像揚州話一樣讓人覺得輕浮靠不住,可那深深扎在肉皮裏的根卻紋絲不動呢。久而久之,揚州話漸漸耳熟能詳,我也練就成一口地地道道揚州方言。至於現在勉勉強強偶爾還能說一句半句揚州話,但味道卻有些不三不四,看來我和揚州之間已經有了距離。

揚州一中是我的母校,說是母校,因為在那兒有熟悉的老師同學,有我的青春,有我難以忘懷的初戀。也許是我的青春期到來,也許是那些外國愛情小說的引誘,我開始對女同學刮目相看。說起來真有些不好意思,現在若要我回憶同學們,男生中只有幾個極為要好的歷歷在目,而女生則能想起一大片,可見那時候我的關注點多半集中在女孩子身上,人之常情嘛,何罪之有啊。

　　揚州雖然是古今聞名的文化名城，可文化多半存在於歷史記載之中，面對那些破落衰敗的古籍，我實在難以想像出什麼博大精深和豐功偉績來。隋唐演義中的瓊花讓人浮想聯翩，傳說中的瓊花仙子就扎根於我們校園之中。我們每天出出進進，總能看上十遍八遍。據說，只要能親眼目睹瓊花盛開，就可以主宰天下，就是當之無愧的真龍天子。瓦崗寨那個目不識丁的程咬金，搶在隋煬帝之前先睹為快，和瓊花仙子有了一腿，這才當上了大德天子混世魔王，美美過了一把皇帝癮，後來在李世民手下也是說一不二的重臣。不過我們這些灰頭土臉的後生小子，卻只看見過那一堆枯枝敗葉，想必誰也沒有皇家的血統，可見我們無論如何也成不了擎天白玉柱、架海紫金梁。

　　平山堂上大明寺是為了紀念鑒真和尚而建造，一個人有了信仰，就變得無所畏懼，就可以創造出奇跡。鑒真和尚為了傳播佛教及中國傳統文化，六度東海，最後終於在六十六歲那年成功踏上日本國土。更加令人敬佩的是，鑒真和尚終於登上日本國時已經雙目失明。如此棄而不捨、矢志不渝弘揚中國文化，被日本人譽為文化使者，所以日本人民世世代代對鑒真和尚尊崇備至。

　　除了平山堂，揚州名勝應該算瘦西湖。雖然稱為湖有些言過其實，可用揚州人的眼光來看，景色秀麗碧波蕩漾，說湖水映秀到也不算過分。瘦西湖這個「瘦」字用得極妙，那纖纖細腰是所有女人夢寐以求的、是騷人墨客顧盼流連的。為了惹人憐愛的瘦西湖，園藝師們頗下了一番功夫，湖畔每棵柳樹身邊都用心良苦栽下一株桃樹。這樣一來，每當春風吹動心中春水之時，風波蕩漾的湖水和嫣然開放的桃花夾在一片綠茵茵柳枝中，真讓人拍案叫絕。「煙花三月下揚州」，說的就是這樣一種境界，有沒有煙花女子根本無所謂，

單單是這一池春水和滿目桃紅柳綠，就足以令人魂蕩神姚、意馬心猿啦！順便說說楊柳，據說隋煬帝之前柳樹只有名而無姓，並無前面的揚姓。後來隋煬帝到此一遊，被滿目柳絮紛飛青枝悠揚所迷住，情不自禁把自己的姓氏賞給春柳。後人趁機將揚州一併添加，故現在人們便把柳樹稱之為楊柳。

說起揚州，不能不談及大名鼎鼎的三把刀。所謂三把刀就是和人們生活息息相關的菜刀、剃頭刀、修腳刀。這當然指的是揚州服務業巧奪天工獨佔鰲頭，以及揚州人那種不計職業高低，只圖手藝精妙的敬業精神。揚州最負盛名的飯店當屬富春茶社，而富春茶社最負盛名的是小籠雜色包子，一壺春茶一籠小包，人生足矣。那時生活相當艱苦，吃飽肚皮是最大奢望，所以富春茶社的各色美點對我們來說，真可謂可望而不可及。想像著鮮美可口的小籠包，我們至多只能用舌頭舔自己嘴唇而已。現在我們偶爾到揚州富春茶社小坐，然而那些馳名中外的小籠包品嘗之下也覺平淡無奇。我們自然明白，並非包子今不如昔，實在因為市場繁榮讓我們的口味變得格外挑剔，讓享有盛名的小籠包變得黯然失色了。

揚州的剃頭刀放在幾十年前應該可以算作一絕，你看看全國各大城市，四五十歲以上的老理髮師，十之八九來自揚州。然而在一片霓虹燈光怪陸離之中，國外港臺流入的各色美容美髮已佔據了大半江山，揚州的剃頭刀恐怕快要退出歷史舞臺了。偶然可以在街頭巷尾的小理髮店裏聽聞揚州方言，那些準是從揚州出來混的民間理髮師，大雅之堂恐怕再無他們的立身之所了。

當然退出歷史舞臺的不僅僅是理髮業，還有和理髮業齊名的揚州洗浴業。揚州的洗浴業當時也名聞天下，也曾領導過全國大小澡堂潮流。當時揚州有句俗話：「早起皮包水，晚上水包皮」。說的就

是揚州人早上到茶館往肚裏灌茶水，晚上去浴池泡鬆一身筋骨皮肉。那時的澡堂裏別有一番風景，熱氣蒸騰水池中，滿滿當當泡著精赤溜光的人們。無論水的清潔度還是身體的舒適度，在這樣渾濁的水池裏，可想而知絕對達不到理想的境界。不過老揚州人卻另有一番說法，據說越是渾湯洗浴，對人的滋補保健作用就越強。那渾濁的湯水，就像老母雞熬煮的湯汁，營養豐富得很呢！

現代人們或在自家洗浴，或去搞個什麼桑拿，揚州的澡堂子似乎也該進入歷史博物館了。其實我們每人心裏都有一個博物館，這個博物館就是我們對自己人生的見證。你將自己的痕跡留在那些走過的地方，當回首往事之時，這些博物館的大門就一扇接著一扇向你打開。你盡可以在那裏尋找到自己的得與失，尋找到自己的功與過，尋找到如煙的往事，尋找到人生旅途上的喜怒哀樂酸甜苦辣。

大運河畔的初戀

　　我對女人的關注，也是起源於揚州，而那個第一次引起我心靈感應的女生，當然就是我的初戀對象。為了避免侵犯別人隱私，這裏只能用第三人稱加以敘述。由於住家的方位，我每天早晨上學路上總與她在一個小巷口不期而遇。而遇見她時，她總拿著一塊燒餅低了頭在啃，想必家裏早飯還沒做得呢。因為怕嚇著她，我會不聲不響尾隨在她身後，時間長了，就對那個細而且白的脖子有了很深刻的印象。她終於感覺到我的存在，回頭看時面紅耳赤，就像薄薄的臉皮裏包藏著一團火焰，熱烘烘烤著了我的心。

　　她長得不很漂亮，衣著也極為普通，要說有什麼打動了我，那就是黑亮的眸子裏跳躍閃爍著兩朵小小的火花。女孩子的心晶瑩剔透，我自然可以從這兩朵小小的火花中看出信任和友好，這就是戀愛的起點。

　　從那天起，不期而遇就變成心有默契的如期而至，那條小巷就變成我們走向純潔初戀的第一站。不要說在當時，就是今天我們的談情說愛也要遭到非議的，中學生的愛情毫無例外一律被稱之為早戀。

　　揚州城很小，公園絕對不能去，如織的遊人會讓我們無地自容。馬路上更是危險地帶，走不了幾步就要同好幾個熟面孔點頭哈腰，如果我們倆手挽手肩靠肩，準成為貨真價實的過街老鼠。我們

要想愛情發展的長久，保密工作絕對要放在首位，談戀愛如同地下
工作一樣極其艱險啊！這兒危險，那兒可怕，我們思來想去，只有
大運河畔一條路了。

　　出了揚州城，往東過躍進橋，再走約莫兩公里就是那條貫穿半
個中國，自北向南源遠流長的京杭大運河。大運河舒緩平靜，無波
無瀾，用母親般柔軟的身體書寫出中華文明史。悠悠河水描繪出中
華民族的悲歡離合，描繪出數不盡的世態炎涼人間滄桑，讓我們讀
出了祖國母親的酸甜苦辣。在這篇歷史中也應該有我那段刻骨銘
心的初戀，雖然那個小故事太微不足道，卻一定會伴隨我走完人生
全程。

　　星期六下午放學早，我們倆就一前一後溜溜達達往大運河走，
當然我們之間的距離以目力所及為度，否則很容易走丟了或是被同
學發現。少男少女就向天空飄蕩的兩朵雲，風兒就是他們的紅娘，
飄著飄著雲朵就融在了一塊兒。我和她漸漸越走越近，不過無論怎
麼接近，身體與身體之間始終保持著一巴掌距離，這段距離直至我
們初戀的最後。離大運河百多米處有片茂盛的桑林，到了這兒我們
倆自然而然變成並肩而行。桑樹林又隔音又遮目，我們的話就憋不
住的直向對方訴說。有時候桑林中會出現採摘桑葉的姑娘，按理說
膽怯躲避的應該是我們，而那些姑娘們卻紅了臉，竊竊笑著躲進桑
林深處去了。

　　走出小桑林，大運河頓時赫然在目，陽光斜斜地射在河面上，
粼粼的微波像水面上盛開著無數朵金色的小花。她的興致好極了，
忍不住就會放開歌喉，將那些耳熟能詳的歌曲唱了一遍又一遍。我
對這些歌曲向來充耳不聞，但出自她的歌喉，就有了另一種感受，
就讓我不由自主隨著歌聲激情蕩漾。她在女生中並不出眾，要不是

我另眼相看，很難用一分鐘時間將她從女生堆中挖出來。可在這兒她是獨一無二的，風兒為她吹拂，大運河為她流淌，所有的焦點都聚在她身上。

偶爾有一兩艘船兒駛過，她便會調皮地揮揮手，和那些素不相識的船工及船上的婆娘娃兒打招呼，大運河與我們融為一體。我們倆就這樣信馬由韁地走，沿著河岸似乎要跟隨著大運河走向盡頭。太陽還在緩緩下墜，像一隻大紅燈籠掛在西方天邊上。我們倆挑選河岸高處坐下，用目光默默送別最後的夕陽。

夕陽火一般燃燒，燒著了那片桑樹林，燒著了大運河，燒著了我們的臉，當然更燒著了我們的心。看著夕陽最後的墜落，她鼓起腮幫子，抓起一把卵石狠狠摔進河水中，再拾一粒放進書包。該回家了，時間是絕對公平的，不可能因為美好的愛情而無限延長。

就這樣，我們倆送走了五十二個落日，在大運河畔徘徊了五十二個來回，直至那年夏天，直至最後一個落日伴隨著我們的初戀一起消逝。

夏天的大運河是屬於我們這些男孩子的，將近三百米寬的河面給我們造就了一塊天然娛樂場所，讓我們在這兒盡展風采。運河大橋高高的拱背上，常常會有膽大妄為者像高臺跳水運動員一樣，擺出不怎麼雅觀的造型，在一片驚呼聲中一頭栽進大運河。有時還會有運西瓜的船隻駛過，這當而所有人都興奮起來了，因為定會有場好戲上演。船老闆顯然對敵情瞭若指掌，手握竹篙，百倍警惕地在船幫上來來回回巡視。不過早有好幾個愛鬧事的傢伙遊攏過去，在聲東擊西的戰術掩護下，船老闆顧東顧不了西顧頭顧不了，總有一個水性最好身手最敏捷的傢伙趁亂攀上船幫。眾目睽睽之下抱

起一個大西瓜，機敏的滾進河中，得意洋洋遊回岸邊。在觀戰者的歡呼聲中，船老闆也咧開嘴不介意大笑著，輕鬆揮揮手，駕船揚長而去。

　　女孩子也需要與大運河親近，她是那種乖女孩，既想下水游泳又怕有個閃失遭家長訓斥。既然有我這個朋友，她便悄悄向我提出請求，要我充當安全衛士。世界上恐怕沒哪個男孩能拒絕女孩的請求，更何況我也巴不得和她在大運河裏暢遊青春，共用大運河水母親般的愛撫。運河大橋的兩側，各單位用蘆席圍成一個個簡易更衣棚，像一座座小碉堡在河灘上星羅棋佈。我們倆躲開人群，鑽進桑樹林一直走到偏僻無人處。在這兒，大運河完全屬於我們，戀愛中的男孩女孩尋找只有兩個人的天地當然無可指摘。她在家就換好泳衣，只需將外衣脫下便可下水。當那個白而細的脖子以下部位全暴露在我眼前時，我的眼球完全失去控制，就像兩隻沒了把握的車輪，朝那包裹在泳裝中的身體直衝過去。趕緊剎車，如果撞上，准得爆炸。

　　河水還是那樣舒緩平穩，然而我這浪裏白條卻大失往日水準，手刨腳蹬真像條落水狗。和女孩一塊兒游泳，絕不是件輕鬆事兒，意亂神迷會讓你手足無措。當太陽又低低垂落在天邊時，我們上岸更衣準備回家。我是男孩，只需將外褲套在半乾的游泳褲上。她卻有些麻煩，必須換下濕漉漉的泳衣，如此才可能避開家長員警一樣銳利的目光。這裏離簡易更衣棚相當遙遠，所以只好在岸邊半人高的灌木叢中更換泳裝。我背對著灌木叢坐在河灘上，不知怎搞得耳朵卻豎起老高，像聲納一樣捕捉灌木叢發出的任何一點細小聲波。忽然聽見一聲驚呼，接著灌木叢嘩啦啦響成一片。我迅速回首觀瞧，哇哈，我的心頓時跳了個亂七八糟。

　　她準是在換衣時重心失控，滾出灌木叢，跌倒在我眼前。一絲不掛的她，被夕陽映照著，像一座金光閃閃的雕像，將女性所有的美麗赤裸裸完全展現。茂密的叢林，起伏的山丘，每一個細節都暴露無遺，讓我像進入夢境般所有意識都飛上了天。她傻乎乎用雙手捂住眼睛，彷彿自己看不見，別人也都成了睜眼瞎。不知過了多久，我才醒悟過來，不自覺回過頭像塊木頭一般呆坐。

　　她終於換好衣服，悄無聲息在我身邊坐下。看著呆若木雞的我，她忽然哽哽咽咽哭了，就像受到了多大委屈。後來結婚時才明白，女人在那種時候眼淚代表了什麼，女孩子的心實在難以捉摸啊！我也太不開竅，失去了那麼一個千載難逢的最適合表達愛情的機會。

　　自那天以後，我們突然變成了陌路人，誰也不敢瞧對方眼睛，就像中了魔咒般，對那個日夜思念的身影避之唯恐不及。少男少女就像兩朵不知所措的雲，莫名其妙飄離開去，越飄越遠了。過分純潔的愛情最終會讓希望變成失望，變成可望而不可即的永遠的思念。說起來也許讓現代年輕人不齒，我倆居然在整整一年的戀愛中沒握過一回手，至於接吻只好在夢中進行啦。真是慚愧，不過慚愧歸慚愧，沒有哪個敢說我們的戀愛不美，沒有哪個敢說我們不是用心在愛！

　　去年校友聚會，我和幾個在南京的老校友同車前往揚州。車輪飛轉，隨著距揚州越來越近，我不由自主想起了她。還是那個清純的女孩嗎？眼睛裏那兩朵小小的火花還那樣活潑地跳躍閃爍嗎？將近四十年過去了，生活都給我們留下什麼呢？

　　我雖然看不見同學們一張張熟悉的面孔，可是少年時代同窗之情仍然像粘合劑一樣，讓我們無拘無束親密無間。當同學們嘻嘻哈哈將一個女的推至我面前時，我的感覺告訴我，這就是她，就是那

個和我在大運河畔徘徊了五十二個來回的她。我亂了方寸，一方面
因為天衣無縫的保密措施居然早已穿了幫。另一方面，我不知這還
是不是那個曾經和我無話不談的她，畢竟時間可能改變一切。我的
手猶猶豫豫往外伸，卻立即被另一隻手緊緊捉住，這應該是她的
手，是那隻早該握住而一直沒有握住的手呀！

　　雖然看不見，可我清清楚楚感覺到一股暖流湧進手心，並通過
手心傳遍全身。

　　生活對她很不公平，第一任丈夫車禍而亡，第二任丈夫心臟病
猝死，現在的第三任丈夫她卻什麼也不再說。儘管如此，它說話口
吻卻非常平靜，彷彿在訴說另一個女人平平常常的故事。我的心有
些痛，是不是因為我當年的愚蠢才導致了她的不幸呢？她似乎看穿
我的想法，輕輕鬆鬆笑一笑，將一個沉甸甸舊紙盒放入我的手心。
我小心翼翼揭開紙盒蓋，手指觸摸到一粒粒光滑的卵石。啊！不用
細數，一定是五十二粒，一粒不會多，一粒不會少。我的眼眶有些
濕潤，她卻笑著將那個紙盒塞進我的衣袋，嘴裏輕輕哼起那三四十
年前的歌曲。

　　我有些明白了，原來一場發自內心的戀愛可以感動你一輩子，
可以自始至終陪伴你度過生活中所有的難關。我非常慶倖自己的失
明，由於雙目失明，心中最可愛最美的畫面永遠不會丟失。我居然
能將那清純可愛的女孩永遠保留在記憶中，居然能永遠回味那刻骨
銘心的初戀，時間雖然肯定在她臉上刻下無情的印記，可對我來說
只有那個十五歲的女孩。那跳躍閃爍的火花永遠使我激動，永遠燃
燒著我的青春。

　　大運河，我愛你，我愛那片小桑樹林，我愛那五十二個永遠燃
燒的夕陽。

無法釋懷的一頁

　　怎麼說呢，那段日子讓我們沒齒難忘，讓我們刻骨銘心，可其間也有許多使我們流連忘返無法釋懷的東西。除了對社會懷有刻骨仇恨和居心不良的小人和野心家之外，世界上還有兩種人唯恐天下不亂。一種是文化人，他們出於國家興亡匹夫有責的天降大任，出於對肚子裏那一點點文化的自憐自愛，搖唇鼓舌潑墨揮毫，用紙上談兵將原本井然有序的家園攪出一片烏煙瘴氣。另一類就是我們這些乳臭未乾的少男少女，妄自尊大目空一切，惡作劇和破壞的天性將我們的毀滅欲望發揮得淋漓盡致。

　　這場大運動首先就從學校開始，我記得很清楚，校長前一天還站在臺上慷慨激昂聲情並茂的指點江山，號召師生們起來革命造反。到了第二天，他還站在同一個臺上，雙手卻被兩個紅衛兵扭到背後，頭上也被扣上一頂高高的走資派紙帽子。那張哭喪著的臉，沒了自信，沒了慷慨激昂，沒了居高臨下的慈祥，只有絕望和茫然。這簡直像一場遊戲，主動權竟然掌握在我們的手裏，一個堂堂的校長，昨天還是革命造反的指揮，轉眼間就變成了革命的對象，變成了階下囚，變成了需要我們用掃帚清除的垃圾。臂膀上的紅色袖標把我們變成一群西班牙鬥牛，讓我們熱血沸騰，我們一遍又一遍振臂高呼，打倒這個，打倒那個。然而卻完全不明白自己到底在打倒哪個，為什麼要打倒？什麼牛鬼蛇神，什麼走資派，什麼

反動學術權威，在我們的腦袋裏是一盆漿糊，攪亂了自己也攪亂了整個社會。

　　一時間，師生的關係來了個一百八十度大轉彎，老師見了同學再也不敢耀武揚威，一個個夾著尾巴點頭哈腰，滿臉的笑容像天使般燦爛。雖然我們都知道，這種笑容裏根本沒多少可信的成分，但被長輩恭維絕對讓我們忘乎所以。尤其是那個我們從來就視為牢籠的校園，如今變成自己當家作主的天地，揚眉吐氣為所欲為，翻身解放的美好感覺能不讓我們得意忘形嗎？不過在那個變幻無常的時代，身份常常在一夜之間就會天翻地覆，我這個響噹噹的紅五類，做夢也沒有想到，曇花一現般不到一個月忽然就變黑了。現在想想也真的可笑，只有苦大仇深，窮得叮噹響的人才有革命造反的資格，那麼似乎人民就永遠不要富起來，稍稍比周圍的人多一點家當，就屬被打倒對象。咱們中國就該著永遠窮下去好了。文化大革命不愧是一個製造悖論的時代；打倒比自己富有的人，自己再被打倒，然後再打倒比自己富有的人。就像背朝來路做後滾翻，永無止境的翻下去，只能一直翻進渾身長毛的猴子時代。

　　接著就是大串聯。全國的學生們嘗到了免費旅遊的快活，個個奮勇爭先，不要命地往火車上擁擠，直奔那個革命中心，直奔我們心中的聖地。看看現在的穆斯林朝聖，和我們的大串聯真有些異曲同工，原來信仰就是這樣形成的呀。沒有信仰的人是可怕的，是不可信任的，然而信仰過了頭更加可怕，是近乎於瘋狂的野蠻行為。有人說宗教的美就在於毫無理性的瘋狂信仰，那麼我們的瘋狂也應該算作一種美了。用純美學的理論來看，這個說法固然不錯，可是對人類社會造成的傷害，難道用一個抽象的美就能解釋嗎？

　　紅衛兵歌曲在列車裏裏外外響徹雲天，不可否認那些歌曲雖然旋律不很美妙，卻毫不含糊的令我們熱血沸騰。起先，火車上還秩序井然，到了後來就完全沒了章法。過道上、座椅下、夾縫裏處處塞滿了紅衛兵，甚至最後連廁所裏也得擠好幾個狼狽不堪的小將。良心喪於困地，各種不文明現象屢屢發生在我們眼前，有力的鐵拳頭和刀子一樣鋒利的伶牙俐齒變成了搶佔座位的武器，看來中國人的不文明在那個年代裏就已經扎下了根。反觀歷史，破壞一個秩序非常容易，然而再想建立起一個井然有序的社會環境，就相當困難了。火車運行讓人觸目驚心，不僅車廂裏人滿為患，更有甚者，連車廂外居然也掛著革命小將。隨著風馳電掣的列車，這些不怕死的傢伙緊抓火車門窗，用年輕的身體緊貼在列車外，嘴裏還高唱下定決心不怕犧牲……這樣驚心動魄的場面真可謂百年難遇。信仰讓我們意亂情迷，我們正在奮不顧身地爭取什麼呢？

　　進了北京城，滿目皆是帶了紅衛兵袖章的小將，有排列成隊的、有三五成群的、也有獨往獨來的，個個昂首挺胸，人人意氣風發。我們這些從來在大人面前低三下四的小把戲，這一下可真正抖起來了，誰敢不把我們放在眼裏，誰就是反革命。我們住在當時的北京礦業學院，那裏住滿了來自全國各地的紅衛兵，從早到晚校園裏的大喇叭哇啦哇啦吵個不休，除了熱烈歡迎我們之外，就是兩派之間的吵嘴罵架。後來這種吵罵隨著串聯播撒到全國所有學校。再後來，吵罵發展成為武鬥，動刀子棍棒還不夠，連輕武器也上了戰場，就差飛機大炮了。按照中央文革的精神，大串聯主要是為了學習首都學校的大字報、大批判、大鳴大放，告訴我們怎麼樣開展文化大革命。可是我發現，在公園裏、在大街上，紅衛兵更加如狂風浪疊般歡欣雀躍。我記得和幾個好同學一道，偷偷溜到了動物園，

猴子狗熊、獅子老虎、蟒蛇鱷魚，比那些大字報有趣多了。我們用免費發放的饅頭餵猴子狗熊，看著這些傢伙狼吞虎嚥，我們深深地感到，文化大革命對某些動物來說還是獲益匪淺的。不過後來聽說，某地動物園為了武鬥，竟將老虎獅子放出來幫兇。若不是解放軍出動，用機關槍將其一一擊斃，那後果不堪設想。

　　接受偉大領袖檢閱，也是一個歷史的機遇，那個時刻所產生的是永不消散的無法遏止的激情蕩漾。不管現在怎麼說，那個時刻沒人不領略到那種超越別人的幸福感，沒人願意自動放棄這一份光榮。十月的北京已相當寒冷，十八日早晨天還黑濛濛的，我們就被一輛輛大卡車載到了天安門廣場。廣場上擠滿了紅衛兵，有些還是拖著鼻涕的小毛伢。雖然天寒地凍，可是我們卻感到熱血沸騰，心裏像有一盆熊熊燃燒的火。當紅太陽高高升起，時鐘指向十點整時，偉大領袖出現了。但見他身著綠軍裝，親切而不失威嚴的向我們揮手致意。那只指點乾坤的巨手非常緩慢地搖動著，甚至可以看得清每個手指的動作。紅衛兵們完全忘記先前的規定，呼啦一下就擠向金水橋，我聽見在人群中發出了一陣陣尖利的慘叫。可誰也顧不上，大家一窩蜂地往前擠，都想看得更清楚一點，都想和偉大領袖靠得更近一點。天安門廣場的混亂出乎組織者的意料，領袖退回去了，廣場上也稍稍平靜了一些，這時我才發現，自己的舊軍帽早已不翼而飛，腳上的鞋子也被踩得一塌糊塗，所有的腳趾都痛極了。據說每一次檢閱過後，在天安門廣場上都能揀拾到滿滿一卡車鞋帽，可想而知那時的混亂到了什麼程度。

　　紅衛兵們沒有看清楚偉大領袖是不會甘心的，我們在廣場上久久不願散去，一遍遍振臂高呼，呼聲震天動地。到了接近中午時分，又傳來通知，說偉大領袖十一月三日還要檢閱紅衛兵。十一月的北

京天氣更加寒冷，然而紅衛兵的熱情始終沒有降溫，這次大家表現得很有秩序，再沒有發生混亂。一輛輛敞篷北京吉普徐徐駛過長安街，偉大領袖站立在車上，還是那樣慈祥而不失威嚴、還是那樣讓我們崇拜得五體投地，面對著偉大領袖，我們熱淚盈眶一遍遍高呼！領袖的後面跟著其他黨和國家領導人，他們也都參加了檢閱，我覺得他們的臉上也同樣充滿了興奮。時過境遷，沒多久，劉少奇就變成了被打倒對象，永遠從政治舞臺上消失。在後來那個副統帥也死於非命，乘坐一架三叉戟飛機外逃，在蒙古溫都爾汗機毀人亡。看來政治舞臺上風雲莫測險象環生，曇花一現的政治人物常常讓我們不知所措，世事難料啊！後來我們才知道，當天被接見的紅衛兵竟達一百多萬，天安門廣場只能容納十萬人，領袖坐車還要到北京市郊外檢閱更多的紅衛兵呢！現在我們當然知道那是一種盲目的迷信，是對帝王的頂禮膜拜、是對自我的麻木藐視、是對江山歸屬的錯位認知。不過話又說回來了，皇帝和順民相輔相成，是不可分割的一對，沒有我們的盲目崇拜，哪兒會有領袖的無限偉大呢？民主的進程尚需時日，那個扎根在老百姓心中的金字塔太高大堅固了。

　　也許是由於年輕，也許是因為那個火熱的年代，那時的我滿眼都是快樂。來來往往的紅衛兵小將，掛滿枝頭的又紅又大的柿子，讓金色的北京、給我們留下了多麼美好的記憶呀！北京城在我的心裏永遠風光無限，除了雄偉的天安門廣場和充滿神秘的紫禁城，來來往往的北京人也顯得與眾不同。對首都的嚮往引起我對北京人的極大興趣，特別是北京的姑娘，更讓我的目光緊追不捨。有人說，北京的女人沒有線條，像彩色土豆一樣滿大街亂滾。但我覺得那些北京妞兒個個神采飛揚，看上去特別健康、特別精神，的確展現了

首都女性的風采。北京話作為中國語言文化的標準口音，當之無愧。無論什麼話，從北京人的大嘴巴裏吐出來立刻就顯得韻味無窮，彷彿北京人的嘴巴有一種神奇的魔力。要說北京有什麼可以算天下第一，那就是北京話，除了語調的抑揚頓挫字正腔圓，北京人的語言技巧也是第一流的。誇張一點說，他們能把反的說正了、黑的說白了、短的說長了、醜的說俊了。總而言之，聽北京人說話似乎有滋補養身的功效呢。話語從北京女人嘴裏吐出來，更加妙不可言。珠圓玉潤有板有眼，配合著那些豐滿的身段，熱情大方開朗爽快，不能不讓人賞心悅目字字入耳。後來在大學裏談上了一個北京女朋友，現在想來多半因為我對北京人北京話情有獨鍾的緣故。當時也曾經嘗試著和女朋友學習北京話，不過無功而返。南方人說北京話永遠過不了幾個關口，比如四千四百四十四，北京人說的抑揚頓挫，南方人則彷彿舌頭被粘住了。還有更糟糕的呢，南方人假如要說繞口令，簡直送了命，一句「劉老六吃牛柳」，就能將南方人噎死。也許因為小學裏的老師調教失當，我這一口南腔北調要跟著我走完一生嘍！

亂雲飛渡

　　我和弟弟從北京串聯回到揚州已半夜時分，家中一片寂靜黑暗使我頓覺不安。父母從來沒這時候關燈睡覺的習慣，尤其是文革開始之後，母親兼任地區高教委辦公室主任。每天撰寫報告、整理材料，常常忙碌到通宵達旦。我一邊胡思亂想，一邊急促的敲門，過了好一會兒，才聽見妹妹哆哆嗦嗦膽怯的問話聲。這一下我更頭皮發麻，在北京就聽說最近不少老幹部因為被批鬥或別的原因而死於非命，老天保佑這樣的厄運千萬別落到我們頭上啊。

　　妹妹打開門見到是我們，立刻哇一聲大哭著撲過來。說實話，那一刻我的靈魂都出了竅，全身麻木彷彿天突然塌下來。顧不得撫慰妹妹，我大喝一聲，要她說到底出了啥事情。等妹妹哽哽咽咽說完之後，我才長長吁一口氣，真有些絕路逢生的意思。

　　父親作為軍隊派往揚州工業學院工作隊的隊長，被造反派定位反對文革、打擊革命小將的幫兇，前不久被抓進造反派臨時牢房。母親擔心父親的心臟病，思前想後決定有福共用有難同當，心一橫大義凜然自投羅網走進牢房。看著妹妹那孤獨可憐的模樣，我百感交集。昨天還作為紅衛兵的中堅骨幹，轉眼間竟然變成保皇黨孝子賢孫，天翻地覆對當時的我具有了極其現實的意義。

　　我和弟弟什麼話也沒說，默默摘下臂膀上的紅衛兵袖章，從今往後我們就沒資格在這個「革命造反」組織混了。其實我們當時參

加的是保皇派的黑字紅衛兵，都是紅衛兵，由於路線分歧，忽然拉開戰場做你死我活的鬥爭。劉少奇和鄧小平為了保證大學校園秩序正常，調了部隊和地方幹部組成工作隊。不料偉大領袖洞察秋毫，一眼看穿其真正目的是為了鞏固那個修正主義「資產階級司令部」，是為了撲滅革命小將的造反熱情。於是工作隊立刻變成反對文革的消防隊，不僅我的父母身陷囹圄，連劉少奇和鄧小平也被拉下馬成為紅色牢房中的階下囚徒。

　　由此可見，失去制約的權力作用多麼非同尋常，若是將權力作為一個中心，萬事萬物都得圍繞著權力運轉。一旦有脫軌的行為，立刻就遭受中央權力毫不留情的約束制裁。這裏所說的萬事萬物，不僅僅指權力控制下的人，甚至連自然規律也得服從於權力，有了權力，連老天爺也得俯首聽命。然而這樣的權力大於天，對我們的靈魂是多麼大的壓迫，對社會是多麼大的破壞，對自然界又是多麼可怕的威脅呀。

　　第二天一早，我給父母簡單拿了些日用品，前往揚州工業學院探監。說到探監，絕不是言過其實。戒備森嚴的臨時監牢門口，全副武裝的造反派如臨大敵，就像真正的獄警那樣仔細審查每一個探監者。一個頭戴柳條帽的傢伙上上下下打量我一番，將那些日用品隨便翻看一下，然後大模大樣開始教訓我。造反派的狗嘴裏當然吐不出什麼象牙，無非還是劃清界限站穩立場一類的屁話。那傢伙顯然是個小頭目，因為我發現他的腰裏別著一支二十響盒子炮，那玩意兒藍瑩瑩寒光閃爍十分誘人。

　　見到父母時我幾乎要哭出聲來，他們都變得面目全非，和一個月前完全不可同日而語啦。父親身穿一套髒兮兮卡嘰布勞動服，頭頂頭髮差不多被剃光了，只留下顴骨上緣兩撮，乍一看如同小畫書

中怪模怪樣長著犄角的妖怪。後來父親告訴我，那是為了留著給造反派抓住，揪鬥時可以隨他們方便往地上或牆壁上碰撞。母親的頭髮也被剃得像被狗啃的一樣亂糟糟，真讓我目不忍睹。這些造反派難道只會造頭髮的反嗎？也許在他們眼裏，越不協調越沒個章法才算美，天下大亂才是他們革命成功的象徵。

父親見了我非常高興，母親卻很不以為然。她搖著頭責怪我多此一舉，如果我不送日用品去，她就可以藉口取東西回家看望我們啦。聽到這兒，我的眼睛有些潮濕，一個母親多麼不容易呀！既要照顧父親，又要掛念著孩子，一顆心同時要分別牽掛多方面呢。人們都說母親是家庭的核心，但有誰知道這個核心需要付出多大的代價呀！

小頭目又走進來，陰陽怪氣乾笑著，說後天就要開批鬥大會，讓我一定要去親眼目睹自己的父母是如何接受改造的。旁邊一群造反派都齜出牙齒不懷好意大笑，真不明白他們究竟為什麼那樣開心？據說世界上只有人會笑，但笑與笑還是不同的，用他人的痛苦換來的笑容，應該屬於魔鬼吧！

我和弟弟走進學校，這個熟悉的地方現在竟然讓我們感覺陌生，因為從前的友好忽然間消失殆盡了。我們正打算離開，沒想到被幾個平時特別無賴的傢伙攔住去路，看著他們挑釁的嘴臉，我和弟弟感覺大事不妙。一個兩隻臂膀上都佩戴著紅衛兵袖章的小個子竄到面前，用手點戳著我們的臉滿嘴噴糞。說我們是狗崽子，是改造不好的小黑幫，是混進紅衛兵的異己分子。非但如此，還用滿嘴髒話罵我們父母，說他們是一對天生的保皇黨，是不齒於人類的狗屎堆。弟弟恨得咬牙切齒，緊攥拳頭，要和那傢伙拼命。我抓住弟弟，冷著臉對喪心病狂的小個子吼一聲，讓他再說一遍。小個子不

知天高地厚，毫不含糊搖頭晃腦一連罵了三四遍。沒等他笑聲落定，我掄圓了大巴掌，照那張倡狂的臉猛劈過去，那張臉頓時扭歪了。剛才還張牙舞爪的小個子，像個陀螺原地轉了好幾圈，撲通一聲趴倒在地，殺豬一般拼命嚎叫起來。

　　我和弟弟知道闖了大禍，兩個人緊握四隻拳頭，不顧敵眾我寡，準備和這一大幫造反派決一死戰。耀武揚威的造反派顯然沒料到我出手如電，一時間面面相覷大眼瞪小眼，像是一堆木頭呆頭呆腦杵在我和弟弟四周。旁邊圍攏來一大群看熱鬧同學，她們交頭接耳議論紛紛，七嘴八舌都是譴責造反派的。我心中立刻湧起一股暖流，是非好歹全在那些話語中了，人性未泯啊！仗著一股正氣，我拉了弟弟用力撥開那些剛才還殺氣騰騰的傢伙，昂首挺胸往外就走，兩條腿就像抽了筋一樣非得拼命支撐著才能邁得動。走出校園，發覺那些狐假虎威傢伙並沒追上，我們才鬆了一口氣，頓時覺得拆散了架似得渾身無力。

　　想想當年的武松打虎，他老人家恐怕也和我們差不多，事後才會感到恐懼。我和弟弟的四隻拳頭，無論如何敵不過那一群惡徒，當真動起手來我倆準得滿地找牙。可話又說回來了，為了維護父母和我們的尊嚴，利比多在那個時候往往會讓男子漢展現超凡雄風，英雄的產生不就是這樣嗎？特定的環境特定的人出現了特定的壯舉，時勢造英雄呀！

　　批鬥大會在揚州城西文昌閣召開，那個著名的古跡被造反派更名為造反樓，真是難為老祖宗，造出什麼東西都要被用來為權力和政治服務。原本華麗典雅的文昌閣被造反派用掃帚蘸墨汁刷得一塌糊塗，其中我父親大名尤其醒目，堂而皇之名列前茅。出於名目需要，名字前面照例給冠上了「走資派」、「保皇黨」等等文革新頭銜。

小廣場上人頭傳動，密密麻麻和現在人們等待著某某明星的現場演唱會差不多。人出名需要有效的炒作，造反派讓我父親在揚州名聲大振。直到今天，老同學們聚會時，還對那次批鬥大會記憶猶新。

父親和母親終於被押出來，父親身穿一套黑色舊呢子中山服，呢子的肩肘部都破了，露出裏面的毛衣。頭上還是那兩撮頭髮，我看得很清楚，北風吹拂中，頭髮短短幾天就灰白了。母親是作為陪鬥被押上臺的，她穿得很土，和那些農村大娘大嫂一般無二。亂糟糟的頭髮就像一座小小的火山，沖天而起隨時都可能噴發出火焰。我什麼也感覺不到，呼呼的北風，震耳欲聾的口號，父母不屈不撓的神色，匯合成一片奇妙的圖像，我如同在夢景之中。人生就是在輪迴，我覺得父母可能回憶起當年鬥地主土豪時的情景了，難道這就是一種報應嗎？現在的敵人到底是誰呢？

批鬥會整整持續了三個小時，我們和父母事前有約，無論父母被怎麼批鬥，我們絕對不可輕舉妄動，任何不慎舉動都會給我們和父母帶來滅頂之災。然而，當我眼睜睜看著父母被那些造反派用骯髒的手抓著頭髮，揪過來揪過去，在臺上東倒西歪踉踉蹌蹌的時候，我的心碎了。革命難道非要與人性人情做你死我活的殊死搏鬥嗎？革命難道就是鬥爭，就是人與人的撕殺，人類難道永遠擺脫不了動物野蠻的原生態生存法則嗎？

逍遙派

　　鬧來鬧去，文化大革命把我像一泡狗屎一樣排斥出去。決不是氣話，走資派子女無論在哪兒都臭不可聞，和狗屎相提並論自然順理成章！隨著文革的逐漸深入，被排斥的人越來越多，一個革命隊伍當然越純潔越好，否則將革命對象都爭取改造過來，失去了革命對象的革命還有啥意思呢？一落千丈的處境起初很讓我失魂落魄，可是本人興趣廣泛，所以轉移情緒的方式多種多樣。那時社會上學校裏都處於無政府狀態，所有的設施都遭到空前絕後的破壞，圖書館也難免被洗劫一空。

　　好在造反派裏我的朋友很多，他們常常從圖書館裏偷來各種圖書供我消愁解悶。我如今能夠動筆寫作，當然和那段時間裏的埋頭苦讀不無關係。

　　托爾斯泰、巴爾扎克、海明威、德來賽、雨果、傑克·倫敦、馬克·吐溫、陀思妥耶夫斯基等等大作家，通過他們的作品成了我的良師益友，和他們的交流讓我終身受益。其中傑克·倫敦對我的影響最大。記得當時讀他的第一部小說是《雪虎》，這部書名的翻譯有誤，原意應該是雪白的虎牙，可翻譯出來的書名則讓人誤解為雪白的老虎了。故事說的是一條狼狗，在「狗生」的道路上艱難跋涉，和天鬥、和大山貓鬥、和北極熊鬥、和海象鬥、和那些貪婪狡詐的惡人鬥，最後獲得了新生，獲得了一個善終。擬人

的寫作手法將這條狼狗矯健的身姿、頑強的鬥志、過人的智慧以及熱愛生命渴望自由的精神躍然紙上。大作家就是大作家，寫出來的東西就像播撒在你心間的種子，隨著你的成長，發芽開花結果，成為你取之不盡用之不竭的精神能源。我能走進黑暗，在漫長的黑暗之旅中苦苦尋找心靈的光明，那些大作家就是點燃我心中火炬的人。

還讀過一部傑克‧倫敦的《海狼》，這部書描寫的是一個綽號海狼的海盜，他憑著過人的勇氣和力量，在茫茫的海洋上打劫航船，從未失手過。海狼的哲學就是弱肉強食，在他的眼裏人就像酵母菌一樣吞噬著其他的同類，否則就會被他人吞噬。當然，在人類進化的過程中，曾經有過這樣的階段，可是社會正在走向文明，如果執迷不悟，還抱著原始野蠻的態度對待人生，滅亡的就只能是自己。海狼最終死於頭痛病發作，不過我看他還是死在那個弱肉強食的誤區之中，海狼的手下全都是他的俘虜，他用殘暴的手段對待手下，後果可想而知，當海狼頭痛病發作時，這些被虐待的奴隸紛紛眾叛親離，臨逃走時還割斷了船上所有的纜繩。海狼的結局是悲慘的，這毫無疑問是咎由自取，只有動物才只靠力量和尖利的牙齒，人的力量來源於理性和愛。真善美永遠是我們追求的目標，善始才能善終，人類的進化不正是沿著這樣的軌跡嗎？

當然，捷克‧倫敦最傑出的作品還是那部《馬丁‧伊登》，那部小說寫了一個純真少年為了理想和愛情刻苦閱讀，試圖提高自己的境界和知識，想跨進夢寐以求的上流社會。然而他最終發現上流社會中的人卻更加陰險狡詐、唯利是圖、卑鄙下流，和他所追求的理想愛情完全背道而馳，馬丁‧伊登因為極度絕望而用自殺結束了自己年輕的生命，用血淚提起了對所謂文明社會的控訴。

　　還有一位大作家不能不提，因為這位作家的一句話讓我苦苦思索了幾十年，直到不久之前才悟出了其中道理。挪威作家易卜生的作品《培爾·金特》寫的是一個好吃懶做、坑盟拐騙的浪蕩少年，由於作惡多端，不得不在新婚之夜離家出逃。他浪跡天涯，最終發現自己不折手段所追求的吃喝玩樂並未給他帶來真正的幸福。良心發現的培爾·金特踏上了歸家的路程，在半路上與一位終身鑄造錫紐扣的老工匠相遇，他問那位老工匠為什麼一輩子埋頭於用錫鑄造紐扣這種無聊的工作，，這有什麼快樂可言？又能為社會做什麼貢獻？這樣的生活難道不卑微無聊嗎？那位工匠告訴培爾·金特：一個人要想鑄造世界，要想為世界作貢獻，必須先鑄造自己。什麼時候對自己鑄造完成了，他對世界的鑄造也就隨之完成。當年由於年輕無知，由於當年那個標語化口號化的社會氛圍，我對這句話茫茫然一頭霧水，百思不得其解。隨著複雜的生活環境帶來感同身受的思想洗練，隨著開放的社會發生翻天覆地的變化，我逐漸醒悟到，無論社會怎麼千變萬化，只有思想和精神才是真正的主心骨。換言之，一個品德高尚意志堅強百折不撓與人為善的人，一個刻苦學習掌握知識追求真理積極向上的人，絕對應該成為社會洶湧浪潮裏的中流砥柱，絕對會給我們的世界添上一筆美麗的色彩。

　　除了看書，我們這些被排斥的逍遙派還組織了一個業餘籃球隊，幾乎每天都要和廠礦部隊及其他單位打上一場球。我們並沒經過專業訓練，無論身高技術與那些球隊相比，都略輸一籌。但我們配合默契，打起球來就像一個人那樣步調一致得心應手，所以百戰不殆屢屢取得勝利。時間久了，我們這支遊擊隊開始有了名氣，居然被許多單位指明挑戰。在那個年代裏，我們更加需要用勝利來證明自己的存在價值，證明出身和個人才能毫無關係。然而回頭看

看，我們當年不也為自己光榮的出身自命不凡嗎？生活教育了我們，世界觀的行程需要活生生的現實對自己觸及靈魂的批判。如果真要將人們劃分三六九等的話，人格的等級才應該是我們衡量一個人的標準，即便在今天還是如此，出身、權力、金錢無論如何不能和人格畫上等號。

　　逍遙派是當年那個特殊時代的特殊產物，舉目四望哪兒都是遊手好閒的學生，一個個無所事事東遊西蕩，將雙手插在褲兜裏癟著嘴吹口哨。然而我們作為學生，受教育的權利被剝奪，失去的時間財富找誰去討回呢？要說什麼也沒有得到，那也不盡然，我們是年輕人，只要有時間就會充分發揮玩耍的天才。在百無聊賴的茫然中、在不公平的待遇導致的報復心態下，我們開始了對那些無辜鳥兒的瘋狂獵殺。用一根粗鐵絲打造成一個堅硬的鐵架，再配上廢舊自行車內胎切割下來的橡皮條，就可以做成一把威力巨大的彈弓。彈丸是河灘上撿來的卵石或者用黃泥撮合而成，一粒粒大小均勻，圓溜溜高速發射出去。首先被打殺的是那些麻雀，因為在我們的心裡這類鳥兒屬於四害之一，打死它們不太會受到良心的譴責。可隨著輝煌戰果的刺激，獵殺帶來的快感讓我們一發不可收拾，目標自然就轉向了所有的鳥類。白頭翁、黃鸝、斑鳩、蠟嘴甚至貓頭鷹等等都成了我們彈弓之下的屈死冤魂。現在回頭想想，當時的我們真有些喪盡天良，鳥兒們和我們無冤無仇何罪之有，年輕的衝動和這種衝動所帶來的快感讓我們濫殺無辜，而這種後果所帶來的負罪感反過來又會使我們追悔莫及，一輩子遭受懊惱的折磨和良心的譴責。戰爭中的士兵應該也會有這樣的感覺，他們被血腥衝動著，開始了瘋狂的打殺，敵人的死亡讓他們歡欣鼓舞，讓他們嘗到了勝利的喜悅。可是戰爭結束，當心靈恢復正常狀態之後，他們難道不為自己

殺死的人而感到懊悔嗎？士兵們只是戰爭機器中的零件，從古到今無名英雄的靈魂總在我們的心理作正面的激勵，可誰曾想過這些用鮮血培育出來的英雄埋藏在心底的歎息呢?!

　　平山堂是我們經常光顧的獵場之一，那兒人跡罕至，古樹參天，原本是鳥兒們的天堂，自從文化大革命展開之後，和尚們也成為革命的對象，鳥兒就失去了保護。咕咕叫喚的斑鳩是灼手可熱的目標，煮熟了鮮美無比，誰都忍不住饞涎欲滴。那些呆頭呆腦的斑鳩眨巴著眼睛，直瞪著我們手裏的皮彈弓，滿以為會送給它們一頓可口的點心。它們哪而知道，死神已經來到了身邊。貓頭鷹就更慘了，這些夜貓子到了白天就是名副其實的睜眼瞎，你儘管用皮彈弓照著它打，不打中，它絕對不會醒悟。

　　在平山堂和觀音山之間，有一小片墓地，那兒也是鳥兒們聚會的地方，我們當然也少不了光顧。我記得中間的一座墳墓特別氣派，高大的墓周還砌有一堵矮牆，緊挨著牆是一圈松樹。有一次我瞄準了一隻在松樹上打盹的八哥，一彈弓就把那隻八哥打落到矮牆裏。接著我就翻越矮牆，想拾取戰果。忽然從矮牆裏嘩啦一聲竄出一條大蛇，嚇得我魂飛魄散，一個跟頭又翻了出去。那是我在動物園外見到的最可怕的動物，足有碗口粗細，一點也不誇張。大蛇全身佈滿紅褐色的花紋，令人毛骨悚然，吐出足有尺把長的信子就像一小團閃爍著的火苗兒。看來那隻八哥早已成為這傢伙的盤中美餐，現在想起那天，還讓我心有餘悸。

　　我近幾年去過揚州多次，每次去都要到平山堂燒上幾炷香，當然是為了懺悔，為了我的濫殺無辜、為了那些可憐的鳥兒、為了曾經和我一樣的無知少年同伴們。雖然我知道燒再多的香也於事無補，雖然我知道念幾句阿彌陀佛也無濟於事，可是還能幹什麼呢，

自己做得就只有自己收場。時過境遷，幾十年過往，我開始擺脫深深的負罪感，我的失明應該可以補償自己的罪過。眼不見為淨，多看看自己的內心，自然可以反省過往的失足、自然可以獲得心靈的感悟。我們總將過失歸罪於客觀外界，總想推卸自己應該承擔的責任，可是反觀過往，和每個正直善良的人做對比，你就會發現自己是多麼可憐的懦夫。和善良的人比一比、和高尚的人比一比、和堅持正義追求真理的人比一比，你自然會發現自己是多麼卑微、多麼渺小呀！即便在那個無所適從的年代裏，在一片亂哄哄的造反聲中，不是還有那麼多堅持真理、信仰，固守真善美的人嗎？

陽光中雨濛濛

　　小時常常聽老一輩講抗日戰爭的故事，那漫漫長夜中的艱難困苦，讓我們對時間的概念有了一種靜止不動的錯覺，似乎生活越艱難時間就越長。然而誰也沒有料到，文化大革命竟然整整持續了十個年頭，就是八年抗戰也要相形見絀。時至今日每當回首那段日子，我還是有些難以置信，亂哄哄的十個年頭怎麼就一閃而過了呢？

　　雖然文革時期的太陽和現在沒什麼區別，可那段日子總是像秋天的陰雨一樣讓我鬱悶惆悵。或許這種感覺來自那些被打砸搶搞出的一片混亂；或許這種感覺來自人們傻乎乎麻木不仁的笑臉；或許這種感覺來自我們社會地位天翻地覆的變化；或許這種感覺來自對信仰的困惑。總而言之，文革就像一團迷霧讓我看不清東南西北，讓我至今還在人生道路上左右為難。雖然文革早已是過眼的煙雲，造反也不是什麼顛撲不破的真理，可是文革對我心靈所造成的陰霾卻揮之不去，秋雨還在滴滴答答的下個不停，雨不止，天空就不會晴朗。

　　氣吞山河的豪言壯語言猶在耳，轉眼間忽然就變成了滿大街的搖滾和迪斯可，風展紅旗如畫，也在一瞬間換成了五顏六色的時裝和街頭巷尾的燈紅酒綠。只有時間才是真正的主人，它讓我們在人生的道路上來來往往，讓我們在靈魂的輪迴中輾轉反側。只有回首

往事時，我們才能看清自己的足跡，才看清了自己的來路，才可能感慨自己的幼稚可笑。

是啊，傻頭傻腦的我們滿以為自己主宰了整個世界，滿以為天下從此可以隨心所欲的由我們擺佈，一個狂妄自大的自我擴展到整個民族，就變成一場史無前例的浩劫。由此可見，人是一種多麼可怕的動物，一旦失去了法律的制約，一旦脫離了社會機器的控制，轉眼間就會變成洪水猛獸，吞噬了秩序井然的社會結構、吞噬了有條不紊的和諧氛圍、吞噬了快樂美滿的幸福家園。現在的年輕人常常牢騷滿腹，我羨慕他們的口無遮攔、羨慕他們對自身利益的寸步不讓。

文革時我們家所住的那條小街街口有一個老虎灶，經常在老虎灶旁忙前忙後的是一個和我們年齡相仿的姑娘，她的父母都患有重病，所以裏裏外外全維繫在她那單薄的肩膀上。那個老虎灶是我們上學放學的必經之路，每當我看見那個忙忙碌碌的身影時，就會不由自主地自慚形穢。按照常理，低人一頭的感覺應該來自那個燒開水的女孩，可是那張被煤灰和灶火薰染的污跡斑斑的面孔上，卻從來都是滿足和愉快。和她相比，我們的孤影自憐，我們的憤憤不平就顯得那樣蒼白虛弱，所以我想自己的慚愧應該出於這樣的對比。

文化大革命和這個女孩子似乎風馬牛不相及，滿大街的紅旗標語，震耳欲聾的「打倒」和「萬歲」就像被風卷起的灰塵，從她眼前耳畔一掃而過，她照樣添水加煤收找零錢，生活在那個忙忙碌碌的世界裏。我們這些遊手好閒的逍遙派來來往往經過她的面前，就像一群沒有分量的影子，她忙她的，我們走我們的，絲毫引不起她的注意。也許是她太忙碌無暇顧及我們，也許是她對我們的蔑視，不得而知了，因為那個老虎灶已經不復存在，那個女孩子也只剩下忙前忙後的身影和平靜的面容縈繞在我的記憶之中。

　　和她的近距離接觸只有一次，那時我父母被關在牛棚裏。說是牛棚應該名副其實，因為第一那個地方本來就是關牛的，第二共產黨員們不是自詡俯首甘為孺子牛嗎？經過大小數十次的批鬥，造反派對我父母的看管漸漸放鬆，所以我母親可以藉口回家取東西偶爾回來一次。家裏的亂七八糟讓母親搖頭皺眉無可奈何，回來的時間有限，母親還要洗一大堆帶回來的衣服，天寒地凍和母親雙手的風濕病都需要大量的熱水，家裏的蜂窩煤爐就顯得有些捉襟見肘了。

　　母親派我到老虎灶去買開水，一桶兩毛錢，一擔就是四毛錢。現在和那時的價值觀念有著天壤之別，如今沿街乞討的乞丐對四毛錢都不屑一顧，可是那時候四毛錢對一個老虎灶來說就是一筆巨大的買賣。就是這四毛錢，讓燒開水的女孩子第一次正眼看我，讓我發現了她的美麗。開水桶裏著棉套子，上面還蓋著木蓋，女孩子挑這樣兩大桶開水非常吃力。我這男子漢絕不可袖手旁觀，不容她推讓，一把就奪過了扁擔。我歪歪扭扭挑起了水桶，剛走出兩步，肩膀上的扁擔就往下滑，桶裏的開水差一點就澆到我的腳上。女孩子的臉上笑開了花，她的笑容那樣居高臨下，發自內心的笑容那樣美好，直到今天我仍然難以釋懷。

　　當那個女孩子彎腰小心翼翼將桶裏的開水一瓢瓢舀進我們家所有的暖瓶時，我發現她的脖子上掛著一根細細的絨線，而那根絨線的盡頭居然掛著一個小小的十字架。這個東西和當時的我們水火不相容，是和我們所鼓吹的信仰勢不兩立的。然而小小的十字架掛在那個女孩子的脖子上，和那張充滿自信的笑臉搭配，就有了另一種涵義，就顯得那樣相得益彰。都是源於信仰，可產生的後果卻大相徑庭，原來信仰也是可以各說各話的呀！

　　失去了受教育的機會；失去了玩耍的機會；失去了被呵護的機會；失去了我們所享受著的一切，這個女孩子還能依靠什麼獲得快樂和滿足呢？雖然她的依靠是那樣虛無縹緲，可是誰也抹不去她臉上的笑容。一個寄託著所有希望的小小的十字架，對她來說就是生活的全部，所有的委屈和痛苦都被那個高高在上的神靈帶走了，被誠心誠意的禱告帶走了。

　　直到現在我還是不能明白，現實和理想到底哪個才是真正的主宰，難道物質對我們竟是這樣微不足道嘛？難道現實生活中的艱難困苦境是這樣不值一提嗎？就此看來，文化大革命和那個十字架似乎都出自一個信仰，可是結果卻截然不同，我和那個女孩子相比，她可能比我更加幸福。我好像又走進了雲裏霧裏，在我從前所有的教育中，看得見摸得著的物質產生出理想和信仰，然而那個產生於物質的精神卻莫名其妙的變成了物質的死對頭。我就在這樣一個悖論裏走來走去，一直走到今天，說起來容易，誰都知道精神和物質是分不開的一對，就像手心和手背，沒了手心，手背還能存在嘛？理想和信仰告訴我，精神應該主宰我們的行為，可是你試試看，用同一隻手的手心能抓住手背嗎？

　　文化大革命就是這樣一個誤區，我們把精神和物質人為的割裂開來，在這樣的割裂中，我們糊裏糊塗的自己將自己打倒了，自己將自己消滅了。如果像那個女孩一樣，將四毛錢和快樂都看作上帝的恩賜，將生活簡簡單單的理解成付出和回報，那麼文化大革命就一文不值，而一個小小的十字架卻可以滿足你所有的願望。

　　人容易滿足最簡單的快樂，總是逃避最難解的複雜命題。我們現在又回到了一個物質的時代，所有的付出只是為了錢，只是為了享受物質帶來的滿足。誰還會為了精神去奮鬥終身呢？誰還會為了

理想搖旗吶喊呢？然而一個沒有理想的世界又怎麼可能給我們帶來真正的幸福呢？現在的人們又走進了另一個誤區，同樣是手心和手背，物質變成了手心，只要手心裏抓住了大把大把的鈔票，似乎全世界都在掌握之中。物質和精神又開始了無休無止的輪迴，我們就是在這樣的輪迴中痛苦和幸福著。文化大革命對現在的年輕人來說，只是一個可有可無的故事，只是一場由上個世紀的老人們主演的電影而已。就像鴉片戰爭對於我們，就像秦始皇對於我們的父輩，那些歷史的記載和眼前的柴米油鹽相比，孰重孰輕呢？時間總在我們的心靈打下沉重的烙印，我們的親身經歷總會讓我們有所感悟，我們在那段歷史裏的酸甜苦辣一定會伴隨著我們走完所有的路程。

　　你見過江南六月的黃梅天嗎，太陽和細雨同在，濕乎乎的陽光中一切都變得似是而非了。在這種特殊的氣象環境裏，陰晴之間的界限變得模糊不清，陰中有晴，晴中又有陰。陽光中的雨絲定會讓你對氣象有了一種全新的解讀，氣象預報對這樣的天氣又該下什麼樣的定義呢？明明陽光普照，你卻要說是陰有小雨，這樣的解釋我們可是從來沒有懷疑過呀！

　　生活讓我們變得豁達開朗，因為無論天氣如何千變萬化，我們還是一切照舊，不得不被時間牽著鼻子走路。年輕的我們，心裏裝滿了非此即彼，裝滿了勢不兩立，所以就有了痛苦和快樂，就有了人世間那麼多的酸甜苦辣。我們一直就是在這樣的感覺中生活，雨天盼晴，晴天盼雨，莫非陽光和雨水真的不可兼得嗎？嘿，好一個江南六月黃梅天，好一個濛濛細雨裏的陽光普照，雨沒有停止，天空中不還是朗朗的一輪紅日嗎？

革了愛情的命

　　我們現在品頭論足文化大革命的功過是非,當然一目了然一言蔽之。但事後諸葛亮人人都能當,在那個年代裏,大多數人都和我一樣渾渾然麻木不仁。那時也許只有孩子獨具慧眼,只有感情是明辨善惡的。

　　革命最大的障礙或者說是敵人,首推情感,所以文化大革命首先就用階級鬥爭來對抗情感的干擾和糾纏。這一點從當時的紅色經典革命樣板戲就可窺一斑,所有的人物幾乎都是中性的,沒有談情說愛,沒有接吻擁抱,甚至連夫妻關係也變得諱莫如深。主人公全部單身,看來要徹底革命就得變得和廟裏的和尚一樣清心寡欲、斷子絕孫。按此類推,生養孩子只是一種簡單的義務和責任,只需一台機器足以完成。

　　一般而言,統治者和被統治者不論哪一方都會感覺精神上的差別,通常高高在上的統治一方總認為自己的精神層次和需求與被統治的老百姓絕對不可同日而語。既然和統治者有了檔次的差別,百姓們對感情的需求也就沒有必要那麼奢侈。什麼花前月下,什麼秋波流慧都屬多此一舉了。找對象只是一椿政治任務,首先要組織審查。不管你們愛得多麼深刻,多麼死去活來,只要階級出生屬於敵對,就必須劃清界限一刀兩斷。哪怕你再三再四向組織表忠心,哪怕你低三下四向領導哀求,也一概免談。除非你願意放棄自己的階

級出身，除非你真願意被歸於自甘墮落。然而用階級立場作為婚姻的基礎和用感情作為婚姻的基礎，所得到的結果大相徑庭。不信你問問身邊的人，單憑著階級立場組合而成的家庭，和包辦的婚姻差不多，基本皆處於貌合神離同床異夢，在破裂的邊緣搖搖欲墜。

　　我是在那個年代裏上的大學，大學生活和現在一樣，不少同學也嘗遍了偷偷摸摸談情說愛的酸甜苦辣。三年半大學上下來，竟然有好幾十位同學都因地下戀愛而被批判，最終不得不被逐出校門。有一位同學和戀愛對象為了尋找兩個人的空間，居然連續看了十八遍電影《海港》。他們當然是醉翁之意不在酒，當然只是為了在電影院的黑暗中偷偷摸摸的動手動腳而已。所以當同學們問起電影的內容時，他們甚至連主要人物都還沒搞清楚呢。更有甚者，所有的同學們表面上都對卿卿我我深惡痛絕，可是暗地裏卻一個個垂涎三尺，恨不得有另一個時空，好讓自己嘗試那種令人銷魂蝕骨的魚水之歡。

　　我們宿舍有位同學，自以為地下工作做得天衣無縫，每天都假模假樣一本正經對小資產階級情調口誅筆伐。可我們大家都知道，他談上了其他班級的女生，而且談得昏天黑地如火如荼。我們商量要讓這傢伙出出洋相，當然我們也是善類，只不過想弄個惡作劇排除積蓄在心頭的鬱悶罷了。那天晚飯後，我們故意大喊大叫說要到燈光球場去打籃球，還假意問那個被愛情搞得昏頭昏腦的同學去否。他當然不會和我們同往，這種天賜良機實在難得。

　　我們在校園裏逛了一圈，見天色已暗，就悄悄回轉，躡手躡腳躲在門外透過門縫偷聽。屋裏聲音很細微，但我們的耳朵超級靈敏，因為大家太渴望聽到別人的談情說愛是個什麼樣子。經過一番屏氣凝神，終於聽見了裏面的對話，真讓我們大失所望，這兩個傢

伙甚至還不如我的戀愛水準。談了半天，無非你愛我愛老生常談，
完全沒有什麼新花樣。

　　過了一會兒，屋裏竟然沒了聲音，一個同學忽然拉我一把，示
意我往鑰匙孔裏瞧。這一瞧不打緊，我的心立刻跳得亂七八糟。在
昏暗的燈光下，屋裏一男一女已經緊緊抱作一團，兩張嘴巴互相吸
吮，就像兩隻互相舔食對方嘴上魚腥味的小貓一樣貪婪而執著。
好傢伙，非但如此，他們的四隻手也不閒著，緊一陣慢一陣在對
方的身體上游走。我們輪流趴在鑰匙孔上觀賞，當時的心情只恨那
個鑰匙孔太小，活生生的真人秀在那個年代實屬罕見，看上一回死
而無憾。

　　再往下看，我頓時瞠目結舌，兩眼發直，面紅耳赤心跳如鼓，
連氣也顧不得喘一口，差一點就憋死過去。但見屋裏的兩位手忙腳
亂，瞬間就互相剝光了衣服，翻滾到了床鋪上。現在的小把戲都知
道這是幹什麼，可那個年代的我實在愚不可及，對此勾當一竅不
通，看了半天才懵懵懂懂發現其中奧妙。嚇得一縮脖子，心慌意亂
不知所措，趕緊離開了那個鑰匙孔。

　　室友們你搶我奪，趴在鑰匙孔上看得如醉如癡不亦樂乎，一個
個憋得兩隻眼睛都鼓出來了。不知是哪個缺德的猛一下推開房門，
這可讓我們和屋裏的那一對都無地自容，所有的人都像傻子一樣大
眼瞪小眼無所措手足。還是我反應及時，將門重新關好，拖著大家
逃之夭夭。

　　那天之後沒幾天，班級召開批判會，那兩個發生不當男女關係
的同學被公開點名批判，當著全班同學的面被羞辱，我想他們倆當
時一定恨不得逃往另一個世界。有一些極左的同學還慷慨激昂口沫
橫飛地痛批這一對，說他們辜負了黨組織的信任，沒有資格做一名

無產階級的接班人。事情的結局可想而知，他們雙雙被勒令退學，
這時離畢業只剩下短短的幾個星期了。

　　我永遠也忘不了那個同宿舍的男生，他用仇恨的目光輪流掃視
著我們，目光中不但有仇恨，更多的是蔑視。我們都像做了賊一樣，
根本不敢和那雙眼睛對視。我們都是年輕的大學生，哪個不想入非
非，哪個沒有做過春夢呢？尤其是我，也在偷偷摸摸地和女生交
往，只不過我的地下工作手段更勝一籌罷了。看著那個同學，我也
像被推上了審判台。我知道我們中間有了一個無恥小人，這傢伙的真
面目可能永遠無人知曉，但我想他的心靈將一輩子遭受譴責。直到現
在，我還是無法饒恕那個告密的小人，因為他讓我們都背上了黑鍋，
讓我們再也不敢面對那一對被開除的同學。說到底，文化大革命才
是真正的罪魁禍首，這樣的動亂培育出了多少無恥的小人呀！

　　單單從被揭露出來而受到批判的同學數量來看，就知道革命和
愛情是多麼地水火不相容，就知道「革情感的命」是多麼的艱難困
苦。用革命來對抗愛情，無疑是一種否定存在的舉措，這樣的行為
是正論還是悖論誰能說得清呢？雖然現在大學裏也反對學生亂談
戀愛，可這種反對完全是為了學生們的學習，當然和革命毫無關
係，當然是學生們可以接受的。在那個年代裏，以革命的名義對談
情說愛打擊迫害，是司空見慣的事情。不僅僅在學校，在任何單位
裏，只要男女之間稍微表現的熱情一點，統統都會被視為不正當的
關係而被無限上綱上線加以批判。真搞不懂，純屬個人生活範疇的
愛情為什麼非要劃出一個階級性，難道無產階級與資產階級會有兩
種截然不同的愛情嗎？

　　其實革命和愛情之間的敵對關係並非只在文化大革命時期才
有，我從父親一位六十多年前的中學同窗那兒瞭解到一樁可悲的愛

情故事。這是一位老太太，她的丈夫是一位戰功赫赫的老革命，不久前因病辭世。老太太為了散心來到南京，就住在我家。她看了我寫的隨筆《女人如水》之後，對文中關於女人的生活主題永遠是美和愛頗有感觸，不由自主地向我述說了對愛情的感慨。

老太太出身於地主家庭，年輕時受過很好的教育。出於對革命的赤膽忠心、出於對自我價值的實現、出於對自由的嚮往，她不顧家庭的反對投身參加到革命隊伍裏。由於年輕漂亮能歌善舞，識文斷字落落大方，所以很快就成為全部隊的焦點人物。一天，所在的文工團領導找到她，說是部隊首長晚上要單獨和她談心，叫她做好準備。老太太說到這兒，不由得苦笑一聲，說自己那時太單純幼稚，根本就沒看出領導的曖昧神情，根本就沒聽出話語中的言外之意。

那天晚上，她準時來到了首長的住處，因為不知道首長要談什麼，所以特別緊張，渾身都被汗水濕透了。過了一會兒，首長帶著警衛員來了，命令警衛員從外邊鎖上房門，並告訴警衛員子彈上膛，誰也不准打擾他們倆的談話。接下來發生的事情讓她魂飛魄散，那位首長簡明扼要告訴她，部隊黨委已經通過了他們倆的結婚報告，今晚就是新婚洞房之夜。老太太無限感慨地搖搖頭，對這樣的婚姻她至今仍然無法接受。這是哪兒對哪兒呀？什麼結婚報告，簡直就是這位首長發出的作戰命令，無論你怎麼想，幹不幹絕對由不得自己。

第二天，她哭哭啼啼找到文工團領導，口口聲聲說要討回清白，要還她一個公道。突然發生的一切讓她無法向另一個男人交待，因為當時文工團另一個男演員早已與她有了親嘴的關係。面對著生米做成的熟飯，文工團領導開始苦口婆心做她思想工作。是呀，一個革命戰士連性命都可以捨棄，難道愛情比革命還重要嗎？

　　老太太告訴我，這個道理她想了一輩子，至今也沒想通。為了革命的需要可以犧牲自己的生命，難道愛情也可以像一個肉體那樣被消滅嗎，難道和理想一樣高尚的愛情也可以為了革命而被糟蹋嗎？她出身於地主家庭，吃喝自然不用擔憂，參加革命是出於對自由和愛情的追求，因為當時她的地主老子強迫她嫁給一個年齡很大的國民黨要員。然而沒有想到，她的追求最終也為革命而犧牲了。老太太隨著那位首長兼丈夫轉戰南北，生下了一大堆孩子，可那種只屬於無產階級的愛情卻始終沒有出現。

　　這個故事深深地打動了我，是啊，革命和愛情到底是個什麼關係，這個問題恐怕誰也無法回答。我認為問題的關鍵還在於革命的內涵，因為革命這個虛詞太抽象，完全可能被利用為一種對付人的可怕的工具。正所謂見仁見智，要是用它作為一切行動的綱領，那麼誰也無法逃脫的。綱舉目張，只要是對革命有利的，什麼都可以放棄：階級出身、文化背景、所思所想所喜所愛，那麼愛情對一個革命隊伍中的戰士來說根本就不足掛齒了。既然全身心都投入了革命，那還有什麼不能放棄呢？參加革命的人們出身大相徑庭，參加革命的動機也不盡相同。一個農民可能只為了吃飽喝足一畝二分地；一個車夫可能只為了一匹馬一頭牛一台大車；一個工人可能只為了他的老婆孩子。而這位老太太，她參加革命的目的非常明確，就是為了愛情和自由。當革命和愛情自由發生矛盾的時候，這兩者之間就變成了冰炭不能同爐。一杆迎風飄揚的大旗，隨風抖動的旗面實在讓人眼花繚亂無所適從。誰的權力大，誰掌握了旗杆，別人就得服從他；革命的意義被權力無恥的取代了，我想起了裴多菲那首膾炙人口的詩：「生命誠可貴，愛情價更高；若為自由故，二者皆可拋。」喔，生命、愛情、自由，難道這三者不都是革命的目的嗎?!

醫學院的大學生

　　進入醫學院本來不是我的第一選擇，我最喜愛的應該是文學，可那個年代裏的文學完全失去了本來面目，我所鍾情的文學創作被簡單無聊的口號徹底同化。進入文革之後，幾乎所有的中外文學經典都被打入另冊，無不遭到毫不留情地批判，大學裏的中文系成為背誦紅色語錄的課堂，文學絕對應該產生於自己的思想，我可不願被變成一隻說人話的八哥或鸚鵡。就醫學來說，應該是人類所有學科裏最偉大的一門科學，因為醫學直接擔負起拯救人類健康的不可替代的重任，是任何學科中最能瞭解人類本質的一門學問。除了治病救人之外，醫學還能幫助我們進行最符合邏輯的思想方法訓練，離開了排除、歸納、篩選和推理，任何醫生都無法對病情進行客觀分析，無法作出最正確的診斷，當然也就無法解除病人的痛苦，無法救死扶傷實行革命的人道主義。

　　看看許多著名的大文學家，如郭沫若，魯迅等等都曾經從事過醫學，很顯然他們的作品應該滲透著醫學的非凡影響。非但如此，一個真正的醫生應該具有最強的責任心，當一個病人用充滿希望的目光看著你時、當病人家屬將所有的寄託都置於你的身上時、當一個垂危的病人經過你的治療而恢復健康時，你對醫生這個行當就會充滿無限崇高的敬意。就對社會的責任而言，醫學應該和真正的文學殊途同歸，當一個作家並非只為了用嘩眾取寵來滿足你的虛榮、

並非只為了博取異性的垂青和獲得令你銷魂的豔遇、並非為了獲取豐厚的報酬過上燈紅酒綠的奢華日子。無論你寫什麼怎麼寫你都離不開社會的需求。

由於網路文學的方興未艾，近來大量的年輕作家猶如雨後春筍般紛紛破土而出，這的確令人歡欣鼓舞。然而我有些感慨，這些年輕人對自身的關愛太過分，這種自戀情結讓他們冷淡了對社會的責任感，彷彿全世界只有他們的自憐自愛才得天獨厚。總而言之，文學和醫學都是一種社會職業，無論高低良莠是非功過，最終無不需要社會大眾的檢驗。

還是說說我們醫學院的大學生們，在那個時代裏為啥比別人多出一份特權？中國是一個有著漫長的封建歷史的偉大國家，雖然豐富的文化保藏給我們留下了承前啟後繼往開來的歷史遺產，可這些東西有時也成為我們羞於見人的裹腳布。什麼三從四德三寸金蓮，什麼從一而終嫁雞隨雞嫁狗隨狗，什麼一把壺配四隻碗好男人必三妻四妾，什麼男女授受不親，凡此種種信口開河，無非都是封建專制時，當權者們為了自身的荒淫無度而對男女間關係的扭曲定位而已。能夠看到老婆丈夫之外一絲不掛的異性，在那個年代裏是種奢望，除非在夢裏，幾乎任何人都不可能實現這個目的。然而還是有可能的，醫學就是這樣的例外，我們作為醫學院的學生，當然就成為享有特權的一群。

學醫首先就要對人體做最徹底的瞭解，從整體到細節，從系統器官到組織結構，從骨骼肌肉神經血管到細胞，都得進行解剖學上的認識。這樣的瞭解絕對需要面對裸體的人，隔著衣服你只能看到一個文學意義上的抽象的人，你只能用美醜胖瘦高矮老幼來形容這個人，這樣的形容對醫學來說簡直風馬牛毫不相干。

　　然而對我們這些剛剛長出鬍鬚的男生和鼓出胸脯的女生來說，面對赤身裸體的人無疑是一種驚心動魄的心靈震盪，我記得第一堂解剖課上許多女生根本就不敢睜開眼睛，雖然她們課後申辯說那是因為福馬林的刺激，可是羞紅的面孔卻無意間讓她們有了不打自招的嫌疑。面對失去生命的人體標本或許還好些，因為我們潛意識裏都明白，這些人再也無法和我們進行溝通或交流，我們再怎麼放肆這些人也無動於衷。可是面對那些活生生的異性就不這麼簡單了，你必須克服自己的非分之想，用另一種極其嚴格的科學態度來面對一個個既抽象又具體的人，這是一種考驗，是一個成為真正醫生的人之初。

　　解剖學書本上的那些畫頁，要是放到其他書籍裏，完全可以被當作春宮圖，被當作精神污染的典型材料來批判。我的一個好朋友看到我們的解剖教材時，他的呼吸幾乎停止，兩眼發直，渾身顫抖，令我不忍目睹。最後硬是搶奪般地借走了那本解剖學圖譜，我當然知道他對救死扶傷的醫學毫無興趣，我當然知道他完全是醉翁之意不在酒，他所需要的只不過是裏面的女性裸體照片，指不過是有關女性生殖系統的圖片而已。看看多麼悲哀，對性啟蒙教育的渴望讓我們變成了下流無恥的賊，對男歡女愛的渴求讓我們籠罩在惶惶然不可終日的羞恥之中。

　　經過對人體標本的反覆觀察，經過老師的諄諄教導，我們終於可以將原本抽象的，美或醜的男人女人分解開來看待了，如果你是一個病人，那就變成了呼吸系統、消化系統、運動系統、循環系統、生殖系統和內分泌系統等等的組合，你將不會再是一個漂亮或醜陋的男人或女人。打個比方，假如你作為一個病人在和我聊天，我會觀察到你的大腦裏語言中樞正在興奮起來，同時調動起你的面部表

情肌肉，運動起你的舌頭和聲帶，當然我也是同樣一部運動著的系統，這樣你我就變成了兩部系統在交流。這完全不是誇大其詞虛張聲勢，因為一個醫生就應該將病人看作一部出了毛病的系統，這樣才可以心平氣和最客觀地進行檢修。不過說歸說做歸做，醫生也是人，是具有七情六欲的飲食男女，所以我們也難免在行醫過程裏犯下各種人們通常會犯的錯誤。

　　基礎課程結束後，我們開始臨床見習階段，開始和病人面對面的交流。中醫對病人的診斷只是望聞問切，至多是用手指在病人的手腕上點一點而已。西醫則不然，需要用聽診器在病人的胸部仔細聽心臟和肺部，對男性而言，那個地方和其他部位一樣平淡無奇，可對女性就絕對非同小可，因為那是女性敏感地帶，是除了愛人之外任何男性都不可侵犯的禁區。更有甚者，給病人體檢非得用觸診不可，就是靠手掌的感覺來瞭解病人身體各部位的變化，這就必須用手在病人的身體任何部位摸來摸去。這樣一來醫生的手就像走進雷區一樣務必步步為營小心謹慎，一旦手法不當就有可能會被看成圖謀不軌。我們班裏一位男生在外科見習時就發生過這樣的事件，當然後來因為沒有證據而不了了之，可是這件事對我們絕對是敲響了警鐘。

　　那位男同學在給一位闌尾炎手術後的年輕女病人換藥時，不知怎麼搞的，被那位女病人告發，說其用手在不該摸的地方亂摸一氣。這還了得，那不成了耍流氓嘛，這是要受到法律制裁的。然而誰也沒有證據，那位女病人也只是哭鬧一番，最後出院了事。後來據那位男同學說，他只不過在換藥時，手掌心被那位女病人下腹部剛剛長出來的毛茬兒弄得很癢，所以無意間順手在女病人的小肚子上揉了一揉，沒想到居然鬧了個雞飛狗跳，險些就成了違法

亂紀的流氓犯。那位男生再說這些話時顯得很委屈很無奈，可是手掌長在他的身上，受他的大腦中樞控制，到底居心何在只有他自己知道。我們都被他輕描淡寫表述出的無辜搞得瞠目結舌，我們都明白自己已經發育到了什麼程度，他難道當真還以為自己是一個懵懂無知的小男生嗎？打那以後直至今天，我對女病人就格外小心翼翼，不管有心沒心，男女之間那個磁場的存在是千真萬確的。

後來在實習階段，類似的風波就更多了，當然其中也有發展到真正的愛情，雖然這樣的發展實屬犯規，可是我們都對愛情身不由己，都希望自己被丘比特的神箭射中，所以對那些非法醫患關係都是睜一眼閉一眼。

病房裏一位很年輕的女病人患的是腎炎，這種疾病在那時可以說是不治之症，年紀輕輕就遭此厄運當然會引起我們的同情。我們只是出於醫生對病人的一般關心而已，可夾在我們中間的一位男同學則不然，他對那位女病人的關心簡直可以說是關愛。除了值夜班時給那位女病人端茶倒水之外，還會隨手給她掖掖被角，而那種動作通常只有極其親密關係的人才會做出來的。

時間一長，連我這樣的呆頭鵝也發現其中奧妙，兩雙眼睛碰撞出來的雷鳴電閃甚至會讓我感到熱血沸騰。有一次這兩位終於在病房裏將兩張嘴緊緊粘在一起。這一下鬧得滿城風雨，誰也不能睜一隻眼閉一隻眼置若罔聞。我記得學校和醫院對這件事非常重視，專門開會討論，要知道學校和醫院的規矩是很嚴肅的，殺一儆百就是執行這種規矩的原則。系主任和病區主任都參加了，他們的臉上毫無表情，年紀大了這樣的偽裝讓人摸不著底，所以我們一個個噤若寒蟬連大氣也不敢出。對清規戒律的誠惶誠恐和對那兩位有情人的

同情讓我們的心像是懸起一塊石頭，直到最後系主任宣佈對那位男同學記小過一次，我們心裏的那塊石頭才終於落下。

　　一個小過和有情人終成眷屬相比，簡直就是芝麻與西瓜的關係，我們為這一對有情人感到高興。直到現在，那位腎炎患者依然健在，而且還做了母親，試想一下，如果沒有一個愛著她的丈夫，如果沒有一個懂得醫學的老公，這樣的幸福還會存在嗎？所以說醫學院的學生們最重要的不僅僅是精通醫術，他們同時還應該是個懂得情感的人，應該具有愛心，非如此就無法實行真正的人道精神。

失戀之痛

　　在大學的最後一年裏，我終於按捺不住荷爾蒙在心底的蠢蠢欲動，開始追我們班上一個北京來的女生。我想百分之九十九的少男少女，都和我一樣，身不由己飛蛾撲火般投身於燃燒的戀愛之中。除了企圖利用婚姻來達到個人目的的別有用心者之外，痛苦沮喪總伴隨著追悔莫及，折磨著我們原本清純無瑕的心靈。「婚姻是愛情的墳墓」當然是一句至理名言，但這樣的真理對陷入愛情之中的少男少女來說，真如無足輕重的耳旁風。

　　有人說，真正的愛情應該百分之百屬於感情，容不得一絲一毫的理性。說這話的多半是女性，因為人們有一種思維定式，認為女孩子屬於情感動物，她們才是用感情用真正的愛來對待男女間任何關係。人們通常認為，女人將愛情看作生活的全部，男人則將愛情只當作生活的一部分，而將事業看成生活的主題。我不知別人怎麼看這個問題，就自己的感受而言，這樣的說法有失偏頗。女孩子多偏重於情感的確不假，然而這樣的感情付出是要回報的，而此種回報往往並非僅僅限於情感。幾乎所有女孩子談情說愛，都為了尋找一個丈夫，當然這樣做絕對無可厚非，男人們哪個不是拍著胸脯甘願以保護者的身份出現呢？一旦經過轟轟烈烈的戀愛之路，跨進婚姻的大門，女孩子們立刻便清醒過來了。她們所有的聰明才智都在這時充分展現，她們對物質和精神的轉換

有自己獨到的見解和方式，經濟大權是女孩子們用來作為情感考量的重要砝碼。

到了這時，你還能說女人的愛情百分之百的純潔嗎？面對鈔票時的眉飛色舞，以及飛快數動鈔票的纖纖蔥指，你們之間還有多少純潔的愛情可言呢！我說這話決非蓄意貶低女孩子，更無意對愛情肆意褻瀆。我只想對那些妄圖追求絕對愛情的戀人說一句發自肺腑的忠告，梁山伯和祝英台，羅密歐和茱麗葉絕不會在你我的身上重新復活。倘若你們的愛情超越了家庭重負柴米油鹽，倘若你們永遠生活在卿卿我我之中，將貧窮和疾病置之度外，那麼我祝福你們之間永恆的愛情天荒地老、海枯石爛！可是只要愛情限於柴米油鹽，只要鈔票在情感的天平上作為一個砝碼，那麼愛情多多少少會失去原有的重心。

言歸正傳，我的女朋友相貌並非十分出眾，然而她的笑容卻無比的迷人，特別是當她對我而笑時，我就像變成一朵在藍天上忽忽悠悠飄蕩的雲彩，所有的理性都飛到了九霄雲外。除了回報以更加燦爛的笑容，我同時在心裏一遍又一遍發下海誓山盟，哪怕粉身碎骨也要用自己的全部身心來捍衛聖潔的愛情之花。那個年代裏，大學生的談情說愛從來就是見不得人的，我們必須利用一切手段來隱蔽非法活動。就像毒品販子一樣，只要稍稍露出蛛絲馬跡，所有的幸福立刻化為烏有。

既然是地下活動，那麼夜色就是最好的隱蔽，當時還沒有如今亮如白晝讓人眼花繚亂的夜色輝煌，昏黃的像鬼火一樣忽明忽暗的街燈正好給我們造成了一個緊緊依偎的藉口。每當我倆度過一盞街燈，身體就會不由自主地更加靠攏一些，所以看來黑暗和光明的結合點絕對是愛情步步深入的關鍵之點。當我們走過第三盞燈時，那

個愛情的關鍵時刻在我們之間出現,我不由分說一把就將她抱在懷中,同時用自己剛剛長出鬍鬚的嘴唇吻上了那張讓我魂牽夢縈的小嘴。那種感覺真是妙不可言,柔軟的嘴唇裏噴吐出芬芳的氣息,就像電流一瞬間傳遍了全身,讓你所有的細胞霎那間燈火通明,讓你看到了輝煌的天堂。那個被我緊緊擁吻著的身體忽然間變得沉重起來,迫使我趕快調整身體重心,以免有個閃失讓甜蜜變成痛苦。我想所說的女人柔若無骨,應該就是這個時刻的女人,她們將所有的希望都寄託在自己所愛的男人身上,她們似乎已經不再需要自己的骨骼來支撐身體的重量了。此時此刻,你的腳跟如果站不穩,女人就會變成一堆跌在地上的肉。那天晚上,我們就這樣一路走一路擁抱接吻,要問我們那晚到底擁抱接吻了多少次,只要數數那條路上有多少盞街燈再減去三就可得出精確的答案。

　　打那之後,我倆之間就產生一種看不見摸不著的情感電流,甚至連眼神也用不著,只要對方有所思想,彼此間立刻心領神會。我們有前車之鑒,因為地下戀愛而被開除的同學給我們敲響了警鐘。學校還有不少地下戀愛的同學,這是不言而喻的,關鍵在於能否讓自己的地下工作天衣無縫,讓愛情之花在不見天日的環境裏蓬勃生長。就地下戀愛而言,我倆可以自豪的證明自己的成功,畢業之後我們由地下轉為公開,同學們全瞠目結舌大跌眼鏡。他們都是我們的同齡人,都對男女間的曖昧關係極為敏感,能讓他們蒙在鼓裏,足以證明我們的地下工作多麼無懈可擊啊!

　　畢業後我被分配到了安徽六安另一個部隊,對象卻留在了城市裏,這樣一來,我們之間的戀愛關係只能靠著鴻雁傳書了。鴻雁傳書當然是極為浪漫的戀愛方式,可對我這寫情書的笨手來說,結果有可能是致命的。我有位朋友特別擅長寫情書,他後來告訴我,除

了會寫，更重要的是會讀信，女人在寫信時總會將所思所想在字裏行間忽隱忽現埋下伏筆。他的戀愛之所以維持了長長的十個年頭，就是靠著這一手絕活。雖然我的戀愛失敗完全由於那個可恨的糖尿病，並非因為情書寫得不夠令人神魂顛倒。可我想假如在文字上有過硬的功夫，在讀信時能明察秋毫，也不至於如此反應遲鈍，遭致巨大的挫敗。

分到六安後，我開始感到身體有些不妙，胃口出奇的好，然而越是吃得多體重就越是減輕。而且特別口渴，無論喝多少水都覺得口乾舌燥，就像有個熊熊燃燒的火爐將全身的水分都烤乾了。水喝得多當然尿就多，那段日子平均每天要跑幾十趟廁所，為此常常遭受領導不滿的白眼。

由於所有的營養都從尿中排泄，我經常頭昏眼花渾身無力，兩條腿彷彿被抽了筋一樣像煮熟的麵條般綿軟。我知道那個像魔鬼一樣糾纏我的糖尿病開始發作，此病為終身疾患，所以也就成為我無法擺脫的痛苦魔咒。說起來極為可悲，雖然我學的就是醫學，可莫名其妙對自己的疾病卻一再採取諱疾忌醫的態度。對待病人一絲不苟地嚴謹，在自己疾病的面前完全找不到蹤跡。現在想來，我那時故意裝出的無所謂，儘量和所有的戰士一般無二，或許並非出自於什麼革命樂觀主義、出自於什麼頑強的革命意志。爭強好勝的虛榮控制了我，而此種虛榮恰恰產生於對生活的極端不負責任。

要是我當時面對現實，要是我當時實事求是，要是我採用科學的態度對待疾病，就不會導致現在的黑暗，就不會有這麼多的痛苦，就不會因為一時的逞強好勝而抱憾終身。這些都是後話，現在還是談愛情和價值觀，因為當時的我遭受到了無與倫比的苦難，愛情的挫折往往對年輕人就像地獄一樣深不見底。我對當時的愛情是

認真嚴肅的，是想藉這條愛情之路走向永恆的快樂，走進一個無憂無慮的精神樂園。

要是我們認識到快樂和痛苦其實只是一個感覺的兩個方面，沒有痛苦的快樂和沒有快樂的痛苦都是不能成立的。只要我們不追求那種將快樂視為永恆的境界，那麼就可能會對痛苦處之泰然。我們就不會在感情的漩渦裏起伏飄蕩，就可能採用客觀的態度面對人生，就會順其自然在人生道路上一如既往。可是話又說回來了，那樣還有多少人生的悲喜劇呢，那樣活著還能嘗遍人生的酸甜苦辣嗎？

我給她寫信，告訴她我的疾病，告訴她我的痛苦，告訴她我的思念。我希望得到她的安慰，希望得到她對我們之間愛情的承諾，希望得到她的忠貞不渝。然而我的第一封信就像一塊石頭扔進了失去引力的太空，連個回聲都沒有，永遠銷聲匿跡了。第二封信第三封信均如出一轍，我開始有些惶惶然不知所措。第四封信發出後，終於換來了第一封回信，她在信中對我的疾病隻字未提，而是大談特談她在五官科領域內的新見解，大談特談醫院領導對其重視。非但如此，還再三告訴我，她將被安排去外地大醫院進修。雖然心中一塊石頭落地，可是對她的顧左右而言他卻疑竇叢生，我坦白自己的疾病難道就這樣不值一提嗎？我覺得從前那種感情電流忽然間中斷，仔仔細細在信中搜索，無論如何也找不到任何能解開心中疑竇的線索。

就這樣，我在忐忑不安中終於熬到了休假，迫不及待地給她寫信報告了休假日期，讓她做好準備接受我的正式求婚。確不料回信出奇迅速，信中簡簡單單地告訴我，她已接到進修通知，並且即刻就要起程，恐怕等不及和我會面了。這是怎麼說的呢？難道世界上

當真有如此巧合，早不走晚不走偏偏在我急於要和她見面商談婚姻大事之際去進修，難道我當真沒法得到她的親口許諾嗎？其實局外人一眼就能看穿，可是陷在戀愛之中的男人多半是傻蛋，他們的智商早已被單相思燒成了草木灰，只有給莊稼作肥料的份兒了。我就在這樣的失魂落魄中回到了家，沒有那個讓我朝思暮想的她，我回來又有什麼意義呢？

為了排遣心中的苦惱，我去找老同學們扯淡，想在這種廢話連篇裏尋到解脫。同學們對我的形單影隻感到詫異莫名，他們用一種異樣的目光打量我、用拐彎抹角的口吻試探我。而我卻像個十足的笨蛋，絲毫沒察覺到同學們的旁敲側擊言外之意。現在想起來，我那時所有的痛苦都明明白白地寫在了臉上，故意迴避關於她的任何話題，正好說明了對失戀的恐懼。

那大我就像個沒了主心骨的影子，漫無目的地走在大街上，那些花枝招展的漂亮女孩子對我這個年輕軍官投過來一串串曖昧的眼光。我卻視而不見，彷彿靈魂已出了竅，那些目光如同射進了空空如也的軀殼。就在這時，我忽然感到一種心靈的悸動，這種感覺就像碎玻璃片扎進敏感的心臟似得突然產生一陣鑽心的疼痛。我下意識用茫然的目光在熙熙攘攘的人群裏搜索，我的心更加疼痛，因為知道將要發現什麼？果不其然，目光中出現了一個熟悉的身影，那是她，我不會看錯，一個讓你魂牽夢縈的愛人，難道還需要用眼睛來尋找嗎？一個女孩子正攙扶著一個老太太行走在大街的另一邊，那個老太太我當然認識，那就是她的媽媽。答案終於有了，她欺騙了我，用女孩子常用的手法輕而易舉地打發了我。這比面對面的拒絕更讓我憤怒，愛情最可怕的敵人就是謊言，我當時差一點就在大街上歇斯底里大發作。

　　那條大街是南北走向，回歸地平線的陽光從我的頭頂上，從高樓大廈的夾縫中穿過，斜斜的射在街對面那一老一少兩個女人身上。她們都低垂著頭，披著淡淡的金光，就像兩尊正在移動的雕像。我的兩腿被定在了地上，目光尾隨著街對面那兩個緩緩移動的身影，一直等到她和母親最終在我的視野裏消失。我想她一準沒發現我，因為她們是那樣的從容不迫，無論神情和動作都和正在下墜的太陽一樣沒有愉悅、沒有痛苦、沒有任何不協調。我的心忽然平靜下來，所有的憤怒和痛苦委屈都消融在這片柔和的晚霞之中。時至今日，仍然百思不得其解，為什麼我會有這樣的釋然，為什麼我的情感會來個一百八十度的大轉彎呢？也許是出於對失敗戀愛的無可挽回，也許是出於所謂的男子漢的寬容大度，也許是出於好聚好散的傳統中庸之道。既然女人的被動是天經地義的，那麼就應該被寬容、被原諒，誰叫她們是女人呢？我就在這片徐徐消融的夕陽裏，就在滿大街急著趕回家的人流中，呆若木雞駐足而立，她和母親披著金光的身影永遠刻在了我的心上。

　　她其實並不是故意欺騙我，對一個狂熱的追求者來說，也許這才是最好的解決方式。讓愛情慢慢淡出時間的約束，讓溫度緩緩地恢復正常，順其自然當然對大家都好。談戀愛應該用心，而不是用嘴，更應該用愛而不是用恨，無論結局如何都應該讓戀愛成為真正的美。我沒有及時看出她信中的言外之意，只能說明我在戀愛上還是一個不及格的小學生，只能說明我的戀愛觀多麼一廂情願。更加嚴重的是，我根本就沒設身處地為她著想，她的顧左右而言他難道不是對我自私想法的一種無可奈何嗎？正印了那句「此處無聲勝有聲」，你若是真正為對方著想，就會從迴避裏發掘她害怕什麼。前面說過的那位朋友，他並非只是一個寫情書的高手，關鍵在於他們

俩之間心心相印。用心寫情書當然每一個字都能寫在對方的心上。至今想起那個黃昏，我還感到莫名的惆悵、感到無限的愧疚。她是善良無辜的，為了害怕傷害我，她選擇了躲避、選擇了謊言。我一個堂堂男子漢，竟然需要一個弱女子的憐憫，這應該值得反省，應該讓我重新評價自己的人格。

　　戀愛雖然結束，可愛情觀卻像是一個難以解開的糾結。到底什麼樣的愛情觀才是我們走向幸福的指路標呢？千百年來，這個問題苦惱著我們，讓許許多多人生活在水深火熱之中，讓我們在人生的道路上徘徊迂回。也許又要見仁見智，這個問題恐怕永遠沒有答案，因為真正的愛情超越了理性，人們只能在大腦中尋到不一而足千奇百怪的答案。就是大思想家哲學家康得，也沒法用最嚴謹的邏輯對男女間的事態作出合理的解釋，他在被自己的女弟子誘惑做完愛後，嘟嘟囔囔說出那句最最經典的名言：這完全是一堆莫名其妙亂七八糟的玩意兒嘛！

第二篇

軍人生涯

軍人不是天生的

　　我終於如願以償，當上了一名解放軍戰士，從一個學生搖身一變成為當年最搶眼的角色。解放軍在那個年代無疑是最惹人眼球的職業，小夥子非軍裝不穿，姑娘們非軍人不嫁，比現在年輕人對演藝界的追星熱潮還要強烈。當時百業俱廢，需要有一桿讓人們對民族解放事業堅定不移的大旗，需要這個隊伍帶領全國人民走向輝煌。

　　可以這麼說，解放軍不僅僅是一支打仗的軍隊，更加是一所錘煉意志培養合作精神放棄自我追求集體榮譽觀的大學校。只要經過這所學校的薰陶，無論在哪個部門都可以發揮中堅作用，都是學習工作的骨幹。就是如今，從軍隊裏轉業復員的人仍然是公司招聘的搶手貨，甚至連外國老闆也對這些脫下軍裝的骨幹刮目相看情有獨鍾呢！非但如此，要是在解放軍裏當上了軍官，那前途更加不可限量，飛黃騰達平步青雲就在指日之間了。那時候的軍隊是全國人民的榜樣，各種報紙不惜篇幅，長篇累牘刊載軍隊裏的先進事蹟，刊載軍隊作風培養的經驗之談，刊載軍隊效忠祖國人民的赤膽忠心。然而軍隊的概念絕非僅僅一套綠色軍裝所帶來的耀武揚威，如果經受不了綠色營房裏像木頭一樣枯燥無味的生活、經受不了像刀子一樣鋒利的條例、經受不了像鐵板一樣無情的面孔，經受不了嚴格得近乎殘酷的訓練，你最好別跨進這個門檻。

　　入伍的第一天，我就領教了軍隊的無情作風。那天經過長時間的顛簸，我們這些新兵蛋子一個個饑腸轆轆，餓得頭昏眼花，恨不得將那個飯桶整個兒吞進肚子裏。眼巴巴看著前面的戰士排隊往前挪動，在心裏默默數著數，等待著飯勺子落在自己的手裏。看著前面的戰士一個個將飯盆盛得像小山一樣，我覺得他們太傻，要是少盛一些，就能盛上第二碗。所以輪到我時，我就故意只盛了多半碗，這樣就可以儘快吃完第一碗，在別人還沒吃完第一碗時立刻盛第二碗。然而我的小算盤打錯了。等我將第二碗飯盛得高高的，暗自嘲笑那些實心眼的戰士時，值日排長吹響了結束用餐的哨聲。軍隊裏一切行動都有嚴格的時間規定，我為了想多吃一碗飯，反而因第二次的排隊和打飯，白白丟失了原本可以吃到嘴的那一口。

　　過了許多年，當我也變成一個老兵時，我才認識到那次的投機取巧是多麼嚴重的行為失當，軍隊最不能容忍的就是這樣的小聰明，因為那樣做有可能會導致其他戰友的犧牲。一個處處為自己打算的士兵，怎麼可能在關鍵時刻顧全大局呢？由此可見，軍隊裏第一重要的就是實心眼兒，軍隊是一個機器，每個士兵都是屬於這個機器的零件，哪個零件有了自己的思想，整部機器就要運行失調。雖然歷史上因錯誤指揮而導致失敗的戰例層出不窮，可服從命令聽指揮永遠是軍隊鐵打不動的第一條例。士兵的大腦不應有自己的思維空間，無論對與否，你只能跟著幹。

　　只要當過兵，一舉一動就有些與眾不同，哪怕脫下軍裝，人們仍然可以從舉手投足中看出軍人的風采。然而沒有當過兵的人無論如何也想像不出，這樣的軍人姿態是通過怎麼樣的艱苦磨練才換來的。當兵的第一關就是佇列訓練，我們這些剛剛穿上軍裝的準軍

人，一個個努力模仿班長，挺胸腆肚，緊張的等待著班長的橫挑鼻子暨挑眼。班長眯縫著一隻眼，順著排頭兵仔細打量，冷不防走到我的面前，掄巴掌狠狠捸在我的肚皮上。我嚇得面色發白，順著班長的眼睛向左右看去，原來我的肚子挺得太高，使筆直的佇列就像從中間鼓出一個大瘤子。軍人的站姿要求挺胸、收腹、直腿、拔腰，兩眼平視、氣沉丹田，身不搖、體不抖、氣不出。這樣的站姿訓練貫穿了你的全部軍旅生涯，無論在凜冽的寒風裏還是在炎炎的毒日下，只要沒有稍息的口令，你就得這樣一動不動像根木頭一樣佇著。

在新兵連裏，身邊不少戰友都因在酷暑烈日下站得太久而直挺挺栽倒在我眼前。鐵石心腸的班長冷冷地吩咐，將昏倒的戰士抬到樹蔭下，然後板著面孔無動於衷照舊讓我們站著。只要誰的動作不符合規範，立刻就會遭到無情的訓斥。除了戰軍姿，還要練習正步走，每一步都必須將腿抬得和胸口一樣高，站立的那條腿仍然保持筆直。班長故意不讓我們的腿放下，就這樣叫我們高高抬著腿，一抬就是一二十分鐘。我們一個個敢怒不敢言，只敢在沒人處發發牢騷，新兵在部隊裏處於最低等的地位，就是發牢騷也得小心提防。在年終全部隊的佇列會操中，我們所有的艱苦訓練都得到了補償。看著我們排成一個個方塊，挺胸闊步，齊刷刷邁開標準的正步走過檢閱台時，首長滿意地向我們鼓掌致意，向我們高聲喝彩道：「同志們辛苦了！」這時我們由衷地感到了一個軍人的驕傲和自豪。

我記得那時候戰士的伙食費每人每天四角二分錢，我們是最低等的一類伙食標準。二類伙食標準每人每天六角五分，再往上當然就更高了。我一位同學在海軍服役，他們每人每天九角六分，一旦出海還要增加呢！當時的我真是羨慕他們，後悔沒有當上海軍，可見伙食的好壞對戰士心裏有著多麼重要的作用。就是這四角二分，

也令大多數戰士心滿意足，因為當時絕大多數人還生活在溫飽線之下，吃飽喝足就可達到穩定軍心的作用。不過由於連隊和連隊之間伙食管理的差別，由於戰士們的攀比，所以也並非所有的連隊戰士都對自己現在的生活狀態滿意。老鄉們串個門兒，回來總對別的連隊的紅燒肉、大包子、鮮肉水餃津津樂道，害得其他戰士跟著垂涎三尺。每當這時，連隊的司務長就變得愁眉苦臉，思慮著該如何給自己連隊改善伙食了。

　　一般來說，每個連隊都有自己的自留地，都會飼養豬羊，那就是戰士們的伙食補貼。一到過年過節，這些豬羊和自己種的蔬菜一定會讓戰士們喜笑顏開大飽口福。除此之外，司務長還得想方設法購買到最便宜的伙食，他們往往要自己掏腰包給那些菜農和養殖場送一些小禮品，否則怎麼可能買到價廉物美的菜肉呢？所以說，一個好司務長抵得上半個連長，戰士們吃飽喝足精神抖擻，當然幹起活來就更加勁頭十足！

　　既然養豬，就得有飼養員，我有幸擔負起了這個光榮的職務，沒想到當兵竟然和豬八戒打起了交道。養豬的要訣就是讓豬吃飽喝足，讓這些傢伙有一個稱心如意的生活環境，那樣它們才肯長得膘肥體壯。說說容易，真正做到並非易事，這需要付出極大的體力勞動、付出夜半起床帶來的困倦、付出滿身的泥漿和臭氣熏天的豬糞便引起的噁心。我們炊事班在全連隊最辛苦而又絕不可能揚眉吐氣，一個個灰頭土臉滿身油垢，看著就讓人倒胃口。然而沒有我們，連隊就沒有主心骨，就沒有戰鬥力。軍事訓練再加上豐盛飯菜，才能保證部隊最強大的戰鬥力。

　　我們炊事班是全連起床最早的，天還沒半點亮光，炊事班裏早已忙得不可開交。燒火熬粥蒸饅頭，切菜拌糠餵豬兒，一個個手忙

腳亂成一團。那些豬兒們胃口特大，我從早到晚就是為了它們的一張嘴，眼看著豬兒們像發麵團似地一個勁膨脹，誰能想到它們的每一塊肉裏都包含著我的廢寢忘食嘔心瀝血呢。十幾頭豬每天吃下的菜皮菜幫及豬草加起來恐怕有幾百斤。菜皮菜幫是自留地種的，是戰士們不吃的，豬草是我們在水塘裏打撈起來的水葫蘆和浮萍。這些菜需要我左右開弓，掄圓了兩把菜刀切碎了再細細地拌上糠麩，如此披肝瀝膽費盡心機，豬吃了才肯長膘。

　　時間長了，我非但刀功不一般，兩隻手的腕力也是全連數一數二，掰手腕誰也不是對手。說出來你別不信，我養的豬個個都像大象的弟兄，看著都讓人眼暈，最大的一頭「約克夏」足足有八百多斤重，四捨五入著就算是上了噸位。附近的老鄉們聞聽都來觀瞧，一個個看得舌頭吐出老長。這也難怪，他們的那些豬和我養的相比，簡直就像老鼠一樣見不得人。真是豬肥我瘦我肥豬瘦，那些肥肉絕不是用氣吹起來的，是用我的肩膀挑起來的，是用我的起早貪黑換來的。夏天怕豬熱著，夜裏都得起床給這些豬八戒沖涼。冬天給它們鋪上厚厚的稻草，可是這些傢伙毫不珍惜我的辛苦勞動，大模大樣叉開後腿往稻草上拉屎撒尿，害得我每天赤腳穿膠鞋灑水沖豬圈。凍得兩隻腳跟上滿是裂口，長長短短就像交通網絡一樣縱橫交錯。用膠布根本無濟於事，那些長有四五公分的裂口，膠布是貼不住的，必須用縫被子的針縫合了才能長上。

　　解放軍當然不是養豬場，部隊的主要任務就是保家衛國，就是用鋼鐵武器、用鋼鐵意志紀律、用鋼鐵一樣的身體來築起鋼鐵長城。每個戰士就是這道鋼鐵長城上的一塊磚，如果磚塊不夠堅硬，長城當然不堪一擊，所以我們每個戰士都得經過嚴格的軍事訓練和思想教育，這些就是粘合磚塊的粘合劑，就是燒煉磚塊的大熔爐的

火焰。解放軍當時裝備還很簡單，我所在的部隊又是最普通的步兵連隊，所以我們的軍事訓練通常都是老三套，就是所謂三大技術：射擊，投彈和拚刺刀。投擲手榴彈對我來說完全不在話下，因為我當年曾經是市少年業餘體校的田徑隊專練投擲的運動員，甭說達標，我甚至可以一手抓兩顆標準訓練手榴彈，一撒手就是四十米開外。這樣我沒過幾天就成為全連的投彈教練，連團長都對我刮目相看讚賞不已。射擊也不在話下，這還得歸功於我當年和那幫狐朋狗友們用皮彈弓射殺無數隻鳥兒，看來任何事情都得從兩方面論說，如果真的能夠練出一手殺敵硬功夫，那些鳥兒們的在天之靈或許也會饒恕我。缺口對準星三點成一線，經過苦練，我的射擊不敢說百發百中，至少也能打個八九不離十。

　　最難練的恐怕就是拚刺刀了，什麼防左刺防右刺，什麼突上突下刺，就像練武術功夫一樣，一招一式都來不得一絲一毫投機取巧。冬練三九夏練三伏，經過一段時間的勤學苦練，我的刺刀功夫幾乎達到爐火純青的高度。不僅出手如電，而且兇狠有力，槍槍不離敵人要害。可惜現在用不著了，否則在戰場上遇到強敵，有把握來他個刺刀見紅。再退一步，如果來個把兩個小偷，我變可以只憑一根拖把棍，幾回合就讓這些小毛賊逃之夭夭。

　　我當兵時，政治永遠是第一位的，這當然有道理，軍事不分敵我哪個階級都希望用槍桿子奪取江山，政治就是江山永不變色的保證。所以軍隊裏的政委、教導員、指導員理所當然都是各單位的一把手。這些政治幹部腦子裏有墨水，看書讀報是他們的一大強項，通過書報瞭解國內外形勢，掌握階級鬥爭新動向，因地制宜靈活機動地運用思想工作方法，這樣他們就能憑著三寸不爛之舌讓戰士們心服口服外加佩服。我覺得軍事幹部比較好處，他

們直言直語心裏存不住事情，該表揚的表揚、該批評的批評，說完了雨過天晴一如既往。可政治幹部就不那麼簡單了，他們總擺出一幅讓人高深莫測的臉色，彷彿心裏裝著一個機關，讓你時刻提防著中了算計。

其實我們都明白政治工作就是軍隊裏的靈魂，這一點無論哪個國家的軍隊都在做，不過各有各的方法，各有各的巧妙而已。解放前我軍用的是階級仇恨，只有對壓迫自己的階級深仇大恨，才會有徹底推翻這個階級的勇氣和力量。解放後敵情觀念絲毫也不能放鬆，所以軍隊裏每天都要進行敵情教育，國內外反動派時時刻刻都妄圖顛覆我們的人民民主專政，軍隊這個支柱當然就必須堅決捍衛政權，捍衛我們用鮮血和生命換來的大好河山。

然而我軍的政治工作者有時卻發揮他們天才的想像力，各種奇思妙想層出不窮，搞得戰士們暈頭轉向無所適從。記得最常用的就是憶苦思甜，這一套屢試不爽，的確讓我們在新舊社會裏來來回回反覆比較，從而感悟到了新社會裏我們才真正當家做了主人。每到過年過節，我們的餐桌上擺放著兩種截然不同的飯菜。一邊是用喂豬的糠麩加上野菜做成的大團子，另一邊則是雞鴨魚肉，米飯饅頭。無論你怎麼饞涎欲滴，那個大菜團子都是首先要消滅的，半斤重一個的糠菜團子如骨鯁在喉，噎得我們直翻白眼，等勉勉強強吃完舊社會的參照物，我們的胃口已經基本喪失殆盡，除了少數胃口特別大的戰士，我們只有乾瞪眼人吞口水的餘地了。現在想起來，還覺得那些出這種餿點子的人真是聰明有嘉，這樣的兩重對照讓我們刻骨銘心，那個特大號糠菜團子我這輩子再也忘記不了。非但如此，這還是一舉兩得的妙計，省下來的美食留著下一頓無疑又節省了不少伙食費。

　　還有更絕的，只要一回想起那個除夕之夜，我立刻就有一種五體投地的感覺。那天晚上連長忽然吹響了緊急集合的哨聲，同時還下達命令，要我們一律穿著棉鞋。我們當時真有些喜出望外，因為平日緊急集合只允許穿解放鞋，這樣的三九嚴寒棉鞋對我們來說當然算是福音。我們背著背包，一路小跑來到了水泥球場，以班為單位分佇列站得筆直，等待著連長的下一步指示。沒料到指導員站到隊前，大聲命令我們全體脫下左腳的棉鞋。誰也搞不清指導員的葫蘆裏賣的什麼藥，一個個傻乎乎地愣了好半天，才慢吞吞地彎腰脫鞋。沒想到指導員又要我們連同襪子也一律脫光，這下更讓我們丈二和尚摸不著頭腦，光腳踩在水泥地上，這是什麼懲罰呀？當指導員一字一句地說明之後，我們才恍然大悟，原來這也是新舊社會兩重天的對比教育方法。裹在棉鞋裏的那只右腳，當然代表了我們生活在新社會，溫暖舒適是現在的我們；而那只踩在冰涼的水泥地上的左腳，毫無疑問是代表了我們的父輩，那種感覺就是當年的他們對舊社會的造反原因，冰涼徹骨誰也忍受不了。

　　這一手令人拍案叫絕，至今只要我回憶起那個晚上，左腳仍然能夠感覺到水泥地上的徹骨寒氣。思想工作的確有著無窮無盡的發揮空間，然而這樣的發揮到底意味著什麼呢，我看那些搞政治的人也未必弄得明白。現在的軍隊裏，政治工作雖然還放在極為重要的位置，可形式卻發生了根本變化，階級鬥爭被國家利益所取代。我覺得這是一個進步，軍隊是國家機器不可分割的一部分，是為了保衛全體人民的，決不單單只是哪一個階級的保鏢！

合格的士兵

　　失戀之後，我有些自暴自棄，對香煙的嗜好幾乎達到瘋狂的地步，大家看見我時，總同時發現嘴角手指上的煙捲兒。潛意識中，我可能將遠離我而去的她寄託在小小的香煙上，莫非心愛的女人與香煙對我有相似的作用嗎？雖兩者並非同類，可還有什麼能讓我擺脫失戀帶來的痛苦呢？大作家海明威有一段關於女人和香煙的精彩論述，他說女人和香煙一樣，讓男人懷著恐懼去愛。女人和香煙的毒性都在於那個屁股，越靠近那兒毒性越大，必然給男人帶來最大的傷害。這話當然沒有任何科學根據，而且會有侮辱女人的嫌疑。不過對我們這些失戀的男人來說，聽到此種寬慰的話語，有所共鳴實屬情有可原！那段日子裏我有可能創造了吸煙者新的尼古丁紀錄，最多的一天我曾經抽了整整四包香煙。計算下來，平均每隔十分鐘就吸掉了一支香煙，真有些駭人聽聞哪！雖然那時候香煙價格低廉，可就我這種抽法每月也要花去工資的一半，可見我已經將愛毫無保留地轉移到那些有毒物質之中。

　　如果說戀愛是上帝派到男女心裏的天使，那麼失戀之後魔鬼就會乘虛而入，尼古丁就是魔鬼的化身。而我對其卻樂此不疲來者不拒。可以說上帝與魔鬼同在，他們輪流掌控了我們的精神世界，讓我們在快樂和痛苦中徘徊浮沉。

　　戰友們瞭解到我的苦惱所在，出於革命友情，他們千方百計為我尋找合適的對象，企圖用移花接木來治療我的失戀綜合症。那個被用來作替代的姑娘條件非常優越，是我的同行，無論模樣或才華都高出前戀人一頭。如果她也和我一樣嗜煙如命，成功率也許高得多。然而事與願違，她簡直和香煙不共戴天，看見香煙叼在我的嘴上，立刻就會柳眉倒豎杏眼圓睜，看那架勢彷彿要和誰拼命。在這樣的仇恨心理下，我們的關係只維持了三天，這段故事後面還要介紹，這裏不再囉嗦。

　　部隊的生活是艱苦而枯燥的，打仗是部隊的第一要務，若要想打勝仗，當然需要平時的嚴格訓練。這樣的訓練絕非走正步排方隊，絕非內務整齊劃一將被子疊得像刀切一般，絕非養豬種菜讓伙食費月月有結餘。軍隊的訓練為的是打仗，所以一切都要從實戰出發，打仗是什麼樣子，訓練就一定按照這樣的模式進行。由於大學裏的生活自由散漫，我們顯然有些不太適應嚴格枯燥的軍旅生活，因此師長命令我們這些剛剛畢業的大學生一律下到連隊鍛煉半年。我有幸被分配到了師直屬防化連，從而接觸到了當時所謂的先進武器火焰噴射器。那傢伙形狀粗壯，端在手裏和一挺機槍差不多，烏黑發亮看上去就讓人膽戰心驚。這傢伙用的不是子彈，而是凝固汽油，所以走到哪裡都得帶上兩隻沉甸甸的壓縮汽油罐。可想而知，一個火焰噴射手有多麼辛苦，身背四五十公斤還要連滾帶爬快速躍進，直到離敵人一百米之內才能發揮最強大的威力。凝固汽油從火焰噴射器裏吐出的火舌真的像一條火龍，霎那間就將敵人的碉堡或坦克變成一團熊熊燃燒的火海，一千多度的高溫無論什麼也准得化為灰燼。據說現在這種武器已被淘汰，現代戰爭是屬於高科

技的，要想再背負這樣一個笨重傢伙，靠著爬行接近敵人，差不多面對面用火焰將敵人燒死，那簡直如同說相聲般可笑。

　　上了戰場用性命相搏，誰都要保全自己，誰都想將對方消滅，這個笨重的火焰噴射器就顯得有些惶惶然難以自保。為了保護這個笨傢伙，必須調動強大的火力壓制敵方，必須轉移敵人的注意力，這當然需要付出血的代價。另一方面，在接近敵人目標之前，火焰噴射器手兩人一組很難避免敵人的殺傷，很難在毫無傷亡的狀態下匍匐前進到能發揮火力的距離。

　　為了練好殺敵硬功夫，我的確吃了不少苦頭，一方面是從來沒有接觸過這種武器，另一方面由於糖尿病的消耗，我的體力根本就無法達到實戰的需要。完全不是誇大其詞，我每次訓練真的連吃奶的勁頭都用出來了，咬牙切齒臉色鐵青，眼珠子往外鼓，涼氣往肚子裏吸，連哭爹喊娘的心都有。有次訓練，我勉勉強強爬上一個小高地，還沒擺好姿勢就覺得眼前發黑，一個倒栽蔥像個爛茄子似的滾到溝裏。說句實話，我當時真的想就這樣死過去拉倒，要說生不如死，非那時的我的狀況莫屬。然而部隊正在訓練，戰友們是一個整體，誰也沒權利逃離戰場。我還是忍著傷痛，重新爬上了小高地。回想起來，後來能夠戰勝疾病，重新面對生活的挑戰，這樣的訓練至關重要，戰場上不能做逃兵不相信眼淚，生活中也同樣不能做逃兵也同樣不相信眼淚。

　　為了發揮火焰噴射器的最大威力，為了減小我方的傷亡，火焰噴射器手就必須掌握夜間作戰的本領。在夜幕的掩護下，那個笨傢伙可以悄無聲息地接近敵人，可以讓耀眼的火龍霎那間將敵人燒得連骨頭渣也找不著。談戀愛需要夜幕的掩護，打仗更需要夜幕的掩護，光明和黑暗完全得根據我們的需要，看來任何事物都有兩面

性，絕對的好與壞是不存在的。我現在已經徹底落入了黑暗之中，所以對我來說任何人都在黑暗的掩護之下，那個察言觀色只屬於別人，我在明處別人都在暗處。我的一舉一動都像暴露在人們眼前的赤裸裸的目標，讓人們輕而易舉地看出了我心靈的表露。那麼好吧，乾脆做一個坦坦蕩蕩的真正意義上的人，喜怒哀樂酸甜苦辣，真善美與假惡醜統統擺在明處，我還怕什麼呢？

　　談到夜間作戰訓練，現在回想起來更加令我汗顏，那簡直就是不折不扣的磨難。糖尿病是一種全身性的疾病，由於胰島素的匱乏，所以血液裏的葡萄糖無法被細胞吸收利用，這樣就造成了全身無論哪個器官都處於營養不良的狀態。眼睛作為觀察外界事物的器官，作為人類行動的依靠，自然是無比重要的。我當時視力已經開始下降，尤其是夜晚，簡直像一個麻雀一樣，根本看不清幾米開外的東西，這就是夜盲症，老百姓通常稱之為「雀蒙眼」。但我什麼也不說，只憑著感覺，憑著手和大腦，硬是堅持著和戰友們一道完成了夜間訓練。跑著爬著，我會突然被腳下的障礙絆個狗吃屎，結果身上就會多出一處傷痕。想想我現在不見天日被黑暗籠罩著，就像又回到了那個夜間訓練之中，要不是經過那樣的訓練，毫無疑問將會更加傷痕累累。

　　戰友們說那天夜晚滿天星斗，幾乎所有的星星全出場亮相，它們彷彿就是這場演習的觀眾。師部決定進行一場實彈夜間演習，為了解放軍的光榮傳統，也為了發揮咱們軍隊一貫打夜戰的優勢，這樣的演習是不可或缺的。面對著滿天亮晶晶的星光，我肯定是一臉的茫然，因為那些微弱的光芒對我來說就像滿頭烏髮裏的一絲白毛，幾乎等於零，黑暗重重疊疊在我的眼前築起一道不可逾越的高牆。然而沒有別的路，只有咬著牙硬著頭皮，只有靠著我的觸覺和

聽覺，只有靠著平時摸爬滾打練就的工夫才能完成演習。直至今天誰也不曾想過，一個兩眼一抹黑的軍人竟然能身背火焰噴射器，神不知鬼不覺混過了夜間作戰演習，要是有這樣的吉尼斯世界紀錄，桂冠一定非我莫屬。

　　和我配對的戰士姓李，是個胖墩墩沉默寡言的新兵，絕對是一個可以託付性命的戰友，要不是有他的幫助，那晚我極有可能就嗚呼哀哉一命歸西了。我連那兩顆拖著長尾巴，幾公里外就可以一目了然的信號彈也看不見，只聽排長短促地下達出發口令，立刻就按照預定路線和小李一前一後往敵方陣地猛衝。為了避免不必要的傷亡，我們之間保持著三米的距離，我的耳朵豎起老高，緊張的搜索著小李的每一個動靜，生怕一不小心被丟了。現在想起來，小李肯定早就覺察了我的奇怪舉止，每當我稍稍落後一點，立刻就會感覺到他那只胖乎乎的手朝我伸過來。一股暖流傳遍全身，我覺得心裏有了底，有這樣可靠的戰友在身邊還怕什麼呢？

　　在距離敵人陣地兩百米左右時，忽然間槍炮聲大作，我方掩護火力打破了夜晚的寂靜。我也覺得心裏輕鬆了許多，因為各色曳光彈將黑夜照得如同白晝，我也能模模糊糊地看見那個假想敵的目標，再爬行幾十米，威力無比的火焰噴射器就可以讓它見鬼去了。可是隨著我的一輕鬆，忽然間只覺得小肚子一陣膨脹，我知道膀胱已被尿液充滿，糖尿病讓我的小便隨時噴薄欲出。沒有時間解開褲襠，一股熱乎乎的液體從兩腿之間噴射出來。無所謂了，媽那個巴子，尿吧，該死的糖尿病，我操你祖宗八代！時值深秋，被尿液淋透的褲子並冰涼緊貼在腿上，讓我忍不住直打哆嗦。

　　我摘下半自動步槍，掩護著小李，像一隻大蜥蜴扭曲著往前爬。再爬幾米就是一道乾涸的小溝，那兒就是我們發動攻擊的最佳

地點。我這時已筋疲力盡，四肢痙攣渾身冷汗，每挪動一公分都得用盡全身所有的力氣。終於爬到了溝沿，我還沒來得及變換姿勢，眼前一黑就大頭朝下往溝裏栽進去，恍恍惚惚我看見溝裏滿是猙獰的像鋒利的虎牙一般的石塊。身不由己的我知道這次在劫難逃，腦袋瓜再堅硬也碰不過那些石塊啊！這樣的死法太讓人難堪，說不定連個烈士都混不上，我會死不瞑目的。就在千鈞一髮之際，一個身影先我一步滾到溝底，我的腦袋重重地撞在那個身體上。小李一聲不吭，艱難地爬起來，端起火焰噴射器，我迅速連接好擊發開關，一道炫目的火舌射向目標，什麼都不復存在，我只覺得身體像失去了重量，像一片羽毛般飛了起來。

　　三個月後，我們的鍛煉提前結束，人群總是在不斷地重組之中，我也要離開師部下到團衛生隊走馬上任了。餞行宴席上連長排長們紛紛為我祝賀，他們一杯又一杯和我碰酒。我卻有些心不在焉。目光左顧右盼，我在尋找小李，尋找我的救命恩人。小李還是那樣靦腆，他的臉紅得那樣可愛，我真不敢相信就是這個小孩在關鍵時刻用自己的身體擋住那些尖利的石塊。要知道，他剛剛入伍才不滿一年，這種捨己救人的精神應該是伴隨著他的成長而來的，應該是一種與生俱來的善良純真的美德。我握住小李的手，千恩萬謝，他一個勁兒搖頭，說誰都會這樣做的。大家想想看是不是這樣，你我敢說自己一定會這樣做嗎？失明之後，我和所有的戰友失去了聯繫，二十多年過去了，小李也不知花落何方。要是他還能看見此文，一定得接受我的再次道謝，這樣的恩情是需要幾輩子償還的。因為他救的不僅僅是我的生命，更為重要的是他那種沒有任何遲疑的犧牲精神。「以人為鏡可以正身」，小李不就是擺在我們面前的明鏡嗎！

大別山裏的小村莊

　　冬天伴隨著第一場紛紛揚揚的雪花到來，部隊按照訓練計畫，即將開始冬季長途拉練和野營駐訓。寫到這裏，也應該對六安做一個簡要介紹，那兒雖然有我不堪回首的病痛折磨，却在我記憶中刻下了一頁頁難以忘懷的篇章。六安位於大別山東南端，對共產黨打天下坐江山功不可沒，所以也可以說是新中國的恩人之一。當年的鄂豫皖根據地就是依據大別山的險要地勢建立起來的。老百姓由於艱苦卓絕的生活狀態，對舊制度產生了刻骨仇恨，所以才會用生命保護滿懷未來希望的搖籃。

　　那年冬天雪下得很大，天地間飛舞的雪花就像被撕得粉碎的漫天棉絮，層層疊疊無休止地充填著我們和大地之間的所有空隙。按照計畫，我們衛生隊的軍醫們被分配到各營，這就意味著我們必須自始至終跟著部隊，但凡因為疾病或意外傷亡所造成的非戰鬥減員我們都要負全責。那時部隊行軍基本還是靠著兩條腿，我的背上那個背包沉甸甸，裏面除了鋪蓋之外還有幾本厚厚的書籍。現在想起來我簡直愚蠢到家了，跟著部隊拉練，哪兒還有空閒看書啊？即便有空閒，也沒法在夜晚尋找燈光，老百姓的燈油絕不是國家白送的。戰士們一律身穿粘膠雨衣，遠遠望去就像一條正在延長著的綠色直線，將那片白雪慢慢切割開來。山裏的風很大，也很尖利，像一隻隻小獸的爪子，在我的臉皮上留下細細的抓痕。

　　此刻我坐在屋裏想那風，當然非常浪漫，可是當時的感受卻令我無比痛苦，拖著兩條軟綿綿的腿，掙扎著往宿營地前進，需要付出超常的毅力。這是一條義無反顧的路，因為戰士們個個都是如此，我只能靠自己，只有自己的兩條腿才能承擔起一個軍人的全部責任和義務。風雪讓部隊的行軍速度大打折扣，這樣一來原來定下的宿營時間就很難保證，只有加快行軍速度才能讓部隊在天黑之前趕到那個蘇家埠。這一來我的苦頭更大了，本來就無法承受的背包變得更加沉重，跌跌撞撞就像一隻跛腳鴨暈頭轉向往前走。眼前出現一條小河溝，薄薄的冰殼讓水面看上去彷彿睡著了似地沒有半點生氣。一米多寬的河溝在戰士們眼裏不足掛齒，他們一個個邁開大步毫不猶豫地跨了過去。就這樣一條小河溝，對當時的我來說卻猶如天塹，因為我的雙腿已經疲軟到了極限，走路簡直就像一個小腳老太太，戰友們每走一步我都得挪動四五步才能勉強跟得上。想當年我在體校時，那副腿腳像是安裝了彈簧，輕鬆一躍就是五六米開外，這樣一條小河溝還在話下嗎？然而眼下再說什麼大話也是白搭，你只要想想看，讓一個小腳老太太參加跳遠比賽會有什麼樣的後果，就可想像出我當時的處境。我咬牙切齒橫眉立目，鼓足力氣拼命躍起，你猜怎麼著，搖搖晃晃的我這一跳正好落在小河溝的中間。兩腿膝蓋之下浸沒在冰涼徹骨的河水裏，等我跨上河溝，褲腿已凍成兩條硬邦邦的冰筒。我的行動更加困難，每走一步都像撐開兩根木樁子，走著走著就沒了知覺，只能聽見褲筒發出奇怪的響聲。咯吱咯吱稀裏嘩啦，那是冰碴在棉纖維裏的碰撞摩擦，就像一支痛苦小夜曲伴隨著我的腳步。

　　冬天天黑得快，等我們趕到蘇家埠，早已夜色朦朧。零零落落的低矮的茅草房裏，微弱的油燈閃爍著點點幽光。村支書好像姓

何，矮矮的個子，黑黝黝的胖臉蛋兒上，兩隻小眼睛一個勁兒骨碌碌在我們幾個軍官身上掃來掃去。最後他認定了營長的身份，將手中的馬燈湊到營長面前，點頭哈腰地簡單介紹了村裏的情況和他自己的身份，然後半側著身引導著我們向村裏走去。我當時唯一的想法就是，立刻升起一堆火，脫下褲子烤乾，然後爬上床鋪攤開四肢讓疲憊不堪的身心徹底放鬆。然而我還有任務，現在需要考慮的不是自己，而是戰士們的健康。我首先到各連炊事班，吩咐他們燒上一鍋薑湯，讓戰士們驅散渾身的寒氣，以免因為受涼而感冒發燒。然後又挨個兒檢查各連戰士有無意外受傷。直到半夜我才精疲力盡拖著兩條仍然在咯吱亂叫的麻木不仁的腿回到營部。營部就設在村支書家東廂房，地上鋪著厚厚的麥秸，一個正吐著紅豔豔火苗兒的火盆讓我彷彿看到親娘一樣頓時渾身舒坦，恨不得撲過去將那個火盆緊緊抱在懷中喊一聲「我的媽」！可是不行，因為屋裏還有個年輕姑娘正為我們收拾房間。

　　這個年輕女孩顯然不是本地人，細皮嫩肉舉止不俗，每個動作都像舞蹈般讓我目不轉睛看得如醉如癡。她猛然回過頭來，朝我嫣然一笑，我頓時臉紅脖子粗，靈魂差一點兒就出了竅。要說漂亮的女孩我也見過不少，可是眼前這位姑娘真的具有沉魚落雁之貌，別說我這樣有著愛美之心的青年軍官，就是廟裏的和尚也得多瞄她幾眼。那姑娘也看出我的尷尬，紅了臉扭身出門，關門時又朝我看了一眼。心有靈犀一點通，我立刻看出眉眼之間的秋波流慧，年輕男女之間總存在一個無比巨大的磁場。可是部隊有規定，這種情況下男女之間必須嚴格保持距離，否則一律軍法論處。等那姑娘一出門，我立刻飛快的脫下褲子，蹲在火盆邊拎著褲腰將冰凍的棉褲放在火上烤。沒想到，那姑娘突然殺了個回馬槍，端著一碗熱氣騰騰

的薑湯破門而入。這一下我可慘了，兩條因為糖尿病的消耗而變得瘦骨嶙峋，像小雞一樣乾巴的光腿暴露在一個大姑娘面前，任何男人都會無地自容！我就這樣傻傻地拎著棉褲，滿臉都是羞愧難當的窘態。那姑娘也把我看了個仔仔細細，好半天才反應過來，像個受驚的兔子一樣掉頭逃之夭夭。

第二天風雪漸止，太陽像是上了趟廁所，懶洋洋重新回到它該坐的位置上。我們幾個年輕軍官忘記了昨天的疲憊和牢騷，一路嘻嘻哈哈插科打諢，到各連檢查部隊的訓練準備工作。由於大別山區貧窮之極，蘇家埠這個小山村裏根本就找不到可以容下一個排的農舍，所以各連分散開來以班為單位住進了農民的家中。當然我們的戰士絕對不能和農民同室而臥，只能住在那些破舊不堪、漏風漏雨，堆放雜物或養著豬牛的小屋裏。其實農民們自己居住的房間也好不到哪兒，絕大部分都是茅草蓋頂、竹編黃泥為牆，屋內也是四壁空空一無所有，看著這樣的貧寒，我們只能讓自己的目光逃離開去。

蘇家埠一共只有二三百戶人家，離開我們的高比例軍用地圖，誰也沒法找到這個地方。由於是山區，農民們住得非常分散，要想找到江南農村那樣的秀麗或者北方農村那樣的規模都是徒勞。然而這裏的風光別具一格，下雪後的山一片素白晶瑩，靜悄悄彷彿進入了夢的世界，只有一些零零落落的狐狸和兔子的腳印，在夢的記憶裏留下了實實在在的痕跡。雪是大自然給世界送來的遮羞布，冬天的蒼白枯槁、貧困潦倒，人們的懶散無聊、臃腫笨拙，統統被雪花的輕盈飄逸、純潔無瑕淹沒。就是那些低矮破舊的茅草屋，在白雪的粉飾下，也彷彿改頭換面一樣，讓人們對饑寒交迫的生活重新打量。似乎只要有美麗的境界，就能忘卻衣食住行中的重重難關。這

樣一想，我才明白安徒生的童話對世界的影響是多麼不可估量；對那些生活在艱難困苦風雨飄搖中的人們來說，只有童話才能讓他們擺脫困境，才能讓他們在幻想中看見希望。

戰士們的情緒很高，有的在擦拭武器，有的在幫助老鄉掃雪。到底是年輕人，一覺睡過來又變得生龍活虎精神抖擻。一連連部安置在一個小院落裏，離著老遠就聽見一串串女孩子清脆的笑聲像一群小鳥飛出，這讓我們既不安又渴望，年輕姑娘的笑聲具有不可抗拒的誘惑力。走得近了，我們都聽出那些女孩子竟是上海姑娘。因為我們部隊原先駐紮在浙江，所以對上海話耳熟能詳情有獨鍾。連長和指導員看見我們，頓時都有些尷尬。指導員姓陳，文靜英俊，是個杭州人，用他的杭州方言與上海姑娘對話應付自如。那幾個姑娘並不怯場，一邊和我們寒暄，一邊仍然喋喋不休指手畫腳大談特談上海和浙江風土人情的特殊關係。在那幾位女孩子的磁場作用下，原本約束我們的軍中規矩立刻被拋到九霄雲外，我也身不由己被捲入了這場聊天。

姑娘們不但用熱情的話語款待我們，還端出她們親手做的山芋糕南瓜餅，而這些吃食和這些姑娘一樣既可口又可心，讓我們飽盡了眼福、耳福和口福。說話間，我有意無意將話題轉移到昨晚那個姑娘身上，不料剛才還嘰嘰喳喳嘻嘻哈哈的姑娘們嘎然止住了笑口。她們年輕美麗的面孔變得有些尷尬曖昧，就像明朗的天空悠悠然飄過了一朵鬱悶的烏雲。那朵烏雲也在我的心裏，因為我不願讓昨晚的美麗回憶沾上一絲污痕。

我們的綠軍裝顯然讓姑娘們信任，她們用一種非常淡漠的口氣開始講述那個和她們一道從上海插隊來到大別山的姑娘。那姑娘原是一個上海知名大資本家的千金，養尊處優的生活環境讓她

失去了所有的抵抗能力。插隊像地獄般折磨著那個毫無抵抗能力的脆弱靈魂，就像一根高度缺鈣的骨頭，輕而易舉地被折斷了。她用自己的身體換了個民辦教師，從此那個姓何的村支書變成了她精神和肉體的雙重領導。白天領導著她的精神世界，夜晚領導著她的肉體，變態的高潮和快感像魔鬼一樣蹂躪這顆曾經高貴而驕傲的少女之心。

　　剛才還熱火朝天的空氣，忽然被凍結了，寒冷的冬天裏最怕的就是心靈的麻木。失去了同情，失去了憐憫，甚至連一句譴責的話也得不到。這些一起來到大別山的姑娘們，就像拋棄一塊變質的肉一樣，將那個女孩扔出他們的小圈子。冷場之後姑娘們又開始用地地道道的上海話扯起了對家鄉的思念，表面上只是閒談而已，我們卻分明看見那些姑娘們眼裏流露出的脈脈含情。在那個年代，插隊落戶的知識青年要想回到城裏真比登天還難，除非你能付出別人想要的東西。男知青可以用他們的體力和壓縮出來的諂媚，女知青們卻只能用她們的青春、用她們最珍貴的處女情結來贖回被剝奪的幸福快樂。這些姑娘的熱情讓我們很尷尬，如果沒有別的含義，談話應該更會讓人快樂，然而面對這些半遮半掩的言外之意，我們只能退避三舍顧左右而言他了。

　　夜裏我向營長談到了那位姑娘，聽著我的義憤填膺，營長面無表情慢條斯理地一口接一口吸著紙煙。這讓我更為激憤，難道我們都應無動於衷嗎？最後營長用略帶譏諷的口吻問我是否愛上了那位姑娘？我覺得自己受到了極大的污辱，這是什麼話啊？對一個弱女子的關心應該屬於一種公德，路見不平拔刀相助居然被看成了居心叵測，怎麼能不令人憤慨呢！我的喉嚨彷彿被卡住，咕嚕了半天，一句有分量的話也沒吐出來。嗚呼哀哉，我當時真猶如一個被

當場捉住的小偷,司馬昭之心路人皆知喔!營長這個老兵一槍就擊中我的要害,他用過來人敏銳的目光看清我的所思所想、看出了我的義憤填膺裏所包含著的忌妒、看透了我對那個漂亮女孩子美麗胴體的狼子野心。

是啊,我的過度慷慨激昂是因為那張漂亮的臉和動人的身體,如若換一個骯髒醜陋的女人,我還會如此義憤填膺嗎?這個想法讓我氣餒、讓我羞愧、讓我垂頭喪氣。那位姑娘用我渴望得到的東西,和別人做了交易。如果那個村支書和我在拍賣場上競爭,我是不是可以出更高的價碼,我可以和她結婚,帶她走出大別山。然而這就一定會給她和我帶來幸福快樂嗎?如果我當真這樣做,我和那位村支書就變成了一丘之貉,美色同樣讓我跌破了理想道德的底線。何況那位漂亮的姑娘為了改變生活狀態,可以出賣自己的肉體,今後倘若對處境再有不滿,會不會故技重演呢?我在心裏對自己說:這位姑娘完全是自覺自願,完全是咎由自取,和我毫無關係。可只要一想起那美麗的身體,想到她那秋波流慧又充滿哀怨的眼神分明流露出對我的好感和期望,我立刻就會感到良心的不安,就想立刻回到那個大別山裏的小村莊。哎!人生處處都會遇到讓我們進退兩難的尷尬處境。臨別時我托其他上海姑娘將自己背包裹的醫學書本交給那位漂亮的女孩,這樣一來,我不但行軍時更加輕鬆,而且良心也多少得到了一點解脫。

大別山,你總是像沉睡在夢裏,什麼時候才能擁有屬於自己的藍天白雲,才能走出夢境煥發真正的青春呢?

蔚藍的天空

　　我那時還在部隊裏，駐地附近有家福利院，那是專門收留無家可歸的老人和被遺棄兒童的地方。我們經常利用週末和節假日前往福利院，為老人翻洗衣服被褥，幫他們做各種力不能及的事情。我們還和殘疾孩子一塊兒玩耍，給他們講故事，輔導功課。通過我們的幫助，讓這些弱勢群體感覺到社會的溫暖，更加熱愛生活。

　　其實我覺得，這樣的活動不僅僅對生活在社會邊緣的老人和孩子非常重要，對我們則更必不可少。我們通過這樣的活動能體會到自己的責任，每個正常人都應該具有這樣的責任心，而一個溫暖和諧的社會正式通過每個人的責任才得以最充分體現。那些無助的老人和孩子就像一面面鏡子，映出了我們的精神境界，映出了每個人在道德社會中的地位。你是不是用一片真心實意來幫助他們，是不是用愛來點燃另一片愛，完全的看你心中的真善美有多少？

　　一個週末的下午，我們又來到福利院，隔著老遠就看見一個小女孩孤伶伶坐在門口臺階上。走得近了，才看清小丫頭約莫四五歲，胖乎乎的小臉上露出焦急等待的神色。她不時低下頭，歪著腦袋像在傾聽著什麼。我們從前沒見過這個小女孩，便圍攏過去，和她打招呼。小女孩抬起頭，用一雙雖然清澈可顯得十分茫然的大眼睛東張西望，像是在尋找聲音的來源。一位福利院的老師悄悄告訴我，這是一個雙目全盲的孩子，四天前被人遺棄在福利院門口。

　　小女孩明白我們的身份和來意之後，立刻露出高興的神情，顯然認定我們會給她最大的幫助，會幫助她解決所有困難。

　　小女孩很可愛，柔嫩的臉蛋上天真爛漫，就像一朵剛剛在陽光中綻放的花兒。面對如此一朵柔嫩嬌豔的小花，我們情不自禁想撫愛她，想竭盡全力去保護她。然而隨著小女孩天真童稚的敘述，我們的心漸漸往下沉，先前的笑容從我們臉上消失殆盡。據小女孩說，她和媽媽是上街尋找親戚的，媽媽卻走丟了。她說老師們都很好，可這兒不是家，她每天都在門口等待媽媽領她回家。

　　我的心因憐憫憤怒而疼痛，能不憤怒嗎？一個母親竟然迷失了母愛，遺棄自己孩子的女人，母親這偉大神聖的稱呼將不再屬於她。我們都想安慰小女孩，然而面對那張陽光般燦爛的小臉，面對那朵充滿希望的鮮花，你又能用什麼樣的語言來安慰呢？

　　小女孩顯然感覺到周圍氣氛的壓抑，她忽然揚起臉，咪咪笑著，揮舞著兩條胳膊，讓我們看天空。它邊晃動胳膊邊告訴我們，媽媽說過，天空永遠是蔚藍的，那兒住著許多善良可愛的神仙，只要你求他們，他們準定會幫助你。我們不約而同抬起頭，哪兒有蔚藍的天空呀？漫天烏雲層層疊疊，就像一座座小山壓得我們喘不過氣來。可那小女孩仍然在笑，彷彿她透過濃厚的烏雲，看見了陽光，看見了一片充滿希望的蔚藍天空。

　　那天之後，我們開始格外關心這個小女孩。她與其他孩子不同，那張充滿希望的小臉雖然有時也會因失望而涕淚橫流，可轉眼間又雨過天晴，又是一片和純淨天空一樣的蔚藍。她每天坐在門口等待，會認認真真告訴我們：媽媽也能看見蔚藍的天空，而那片藍天上的神仙們一定會幫助他們重逢。我們對小女孩的憐憫不知不覺

淡了，那張笑臉感動著我們，讓我們和小女孩同樣充滿希望。有那片蔚藍的天空，心中就永遠會陽光燦爛。

我們對那位迷失心路的母親也不再那般譴責，她雖然無情拋棄了女兒，卻給小女孩留下一片永遠抹不去的蔚藍。小女孩將這片蔚藍和母愛聯繫在一起，只要藍天在心中，母愛就時時刻刻伴隨著她。無論颶風下雨，無論大雪紛飛，小女孩始終坐在門口等待，因為那一片蔚藍在支持著它，是母親為她撐開這片蔚藍的天空，只要有這片蔚藍，母親就一定能回到身邊。

就這樣，我們和小女孩在這片蔚藍的天空裏等待了整整一年，我們的心始終充滿希望，相信小女孩的願望一定能實現。又一個週末，我們來到福利院時，忽然感覺有些異樣。過了好一會兒，我們才反應過來，那個小丫頭沒有出現在門口臺階上。我們的心都懸起老高，千萬別讓病魔降臨在小丫頭身上，大家立刻拔腿跑進福利院。老師看見我們，頓時變得喜笑顏開，我們的心放下了，潛意識中感覺到將會有一個喜訊。果不其然，老師告訴我們，小女孩母親終於回到福利院，將遺棄的女兒重新接回了家。並一再告訴我們，小女孩非常想念我們，臨走時哭得眼淚汪汪，再三說以後一定要來看我們。我們又一次不約而同抬起頭，蔚藍的天空上，只有幾朵悠悠的白雲柔柔飄過。我們彷彿看見小女孩正在向我們招手、正在向我們笑。那一片蔚藍已經變成我們和小女孩的共識，希望就在那兒，只要藍天在，希望就永遠不會走失。

後來部隊移防，我再也沒看見那位小女孩，如今她一定長大成人，一定也為人妻為人母。雖然我不知道小女孩的現況，可是有一點是確定無疑的，她一定會將那片蔚藍的天空留給自己的孩子，她也會讓自己的孩子充滿希望，生活對他們一定永遠陽光燦爛。

　　時隔二十多年，沒料到我也陷入一片黑暗之中，失明帶來的痛苦深深折磨著我，讓我對未來充滿憂慮。然而那位小女孩的笑容從來就沒從我心中消失，有這樣一個小女孩，那一片蔚藍當然與我同在。那一片透明純潔看起來無動於衷的蔚藍，究竟為什麼讓我們如此信賴嚮往呢？從古至今，所有的神靈都居住在蔚藍的天空，那就是我們心目中的天堂。每個人都希望自己的靈魂在那兒永駐，因為那兒沒有憂愁恐懼痛苦絕望，那兒永遠是陽光燦爛歡樂幸福。

　　每當我們攀登上高高的山巔，與日常生活中柴米油鹽拉開了距離，和煩惱我們的家庭矛盾工作糾紛拉開距離之時，我們立刻就會感覺輕鬆愉快，立刻就會覺得心靈像鳥兒展開翅膀飛起來了。在雲霧繚繞的山頂上修建的廟宇神殿，更能使人遐想聯翩，似乎更進一步靠近了神靈，在那兒頂禮膜拜焚香祈禱，或許更容易打動上天。

　　我感謝那位小女孩，她用最執著的信念堅持著自己的希望，那一片蔚藍已經在小女孩的心裏扎下了根。失明對我來說，當然是痛苦，當然是艱難，可是一個蔚藍的天空能讓你相信希望和你同在，只要希望還在你的心中，那些艱難困苦就不會讓你消沉。一個用眼睛發現蔚藍的人和一個用心靈發現蔚藍的人，一個用哀求尋找蔚藍的人和一個用意志堅守蔚藍的人，你認為他們誰會得到最大的快樂呢？

　　當然，這片蔚藍是需要一個前提的，那就是愛。是親情至愛、是友情至愛、是心與心之間的一種契約。這個契約用不著保證承諾、用不著海誓山盟，心與心沒了距離，這個契約就永遠不會失效。那個小女孩之所以堅守著自己心中蔚藍的天空，是因為她始終保持著母親對自己的愛，是因為她堅信這樣的愛永遠不會離去。與你的

愛人深深的接一次吻；與你的孩子緊緊地擁抱一次；與你的父母促膝而談；與你的朋友暢所欲言。這就是心與心的交流，是愛的最自然互動。扶一把過路的盲人，幫一個失學的孩子，一個善意的問候，一個真誠的微笑，這些舉手之勞就是我們送給社會的愛。只要有了這樣的愛，那一片蔚藍的天空就可能停留在你的心中，你對生活就會始終充滿希望。如果說你真的感覺到了這片蔚藍，那麼你已經開始步入真正的快樂，那麼你已經生活在人間的天堂之中。

　　隨著我開始進行義務推拿，用自己的雙手幫助人們解除病患，用滿身的汗水換來人們如沐春風的笑容，快樂就來到我的心中。只要你想付出自己的愛，就會有更多的愛來到你的身邊，一片純淨的蔚藍就是愛與愛的匯合。即便是視力正常的人，也會有白天和黑夜，太陽不可能二十四小時照耀你的眼睛。即便是白天，也會有陰雲籠罩，也會有秋雨淅瀝，陰晴不定永遠是大自然的規律。然而對我來說，那個小女孩心中的蔚藍已經在我的靈魂中永駐，只要你堅持不懈付出自己的愛，那一片蔚藍的天空就不會離去。希望就是愛，愛就是希望，有了這片蔚藍的天空，你就擁有了世界上所有的美和愛。

帶兵的日子

　　一九七六年元旦剛過，我就奉命去安徽亳縣接兵，作為一名軍醫，這個任務當然非同小可，部隊需要最健康優秀的戰士；我的主要任務就是負責對新兵的挑選，監督參加體檢的地方醫生，保證入伍的戰士個個身強體壯。亳縣地處安徽的最北邊，被戲稱為安徽的西伯利亞，可見那裏天寒地凍，老百姓的生活多麼不盡如人意。亳縣現在更名為亳州，這個名字更讓人想起了三國時期的群雄之首，那個挾天子號令諸侯的曹孟德。亳縣至今仍然保留著許多曹操的痕跡，你走進那讓人驚詫不已的地下運兵道，感受著四通八達佈局精巧的地下運兵方式；你走進曹操女兒的墓穴，眼望著栩栩如生的壁畫，就彷彿那個叱吒風雲文武雙全的大英雄站在你的面前，不能不讓你肅然起敬。亳縣的公路在當時也具有一定的規模，筆直寬敞的路面一眼看不到頭。不像南方的公路，繞來繞去像迷宮般搞得司機頭暈眼花。坐在汽車裏，放眼望去，似乎將現實和遠古連接起來了。

　　亳縣雖然窮，你所看見的每個亳縣人卻都顯得那麼神采奕奕，彷彿他們仍然生活在當年曹孟德的領導之下。由此可見，一個偉大的人物對故鄉的精神面貌有著多麼非凡的影響啊！亳縣的文化有很深的根基，這是因為那兒出了許多古代名人。除了曹操，著名醫學家華佗也讓亳縣人引以為豪。華佗為關羽刮骨療傷的故事流傳至今仍然被我們津津樂道，他首創的麻沸湯可謂世界第一，被尊為醫

學界麻醉學的鼻祖應該當之無愧。據說華佗創造的五禽戲在中華大地上經久不衰，我認為華佗不可能看見過那麼多的野獸，他創造五禽戲應該憑著豐富的想像力，其中許多惟妙惟肖的精彩動作也許是後人不斷更新改造出來的。

　　除了五禽戲，亳縣還有一種當地獨有的戲劇形式，即鬼會。據歷史文獻記載，這是明朝年代時產生出來的，據說當時的那個州官愛國情節特別強烈，對岳飛崇拜得五體投地，朝思暮想要親手捉住秦檜為嶽飛報仇雪恨。不料因此患上了精神疾患，每日喝令班頭四處搜捕秦檜。那個班頭被逼無奈，便心生一計，命令手下衙吏裝扮成陰曹地府的牛頭馬面，將一個囚犯扮作秦檜，捉拿到州台大人面前邀功請賞。說是從閻王那兒將這個喪國賊子緝拿歸了案，至此，這種裝神弄鬼的把戲就在亳縣廣為流傳。解放以後，為了破除封建迷信，這種鬼戲就被禁止了。

　　我們這支接兵小分隊是從全師抽調出來的精兵強將，大家的心裏都有一本小九九，誰都想將最好的士兵弄到自己的麾下。他們一個個對我竭盡討好之能事，將香煙一根根塞進我的嘴裏，其用意不言自明，無非是想讓我替他們留心物色最棒的戰士。除了我們師，來亳縣帶兵的還有一個空軍單位。我們雖然和空軍弟兄們點頭哈腰握手言歡，可大家心照不宣，誰能帶走最好的士兵，就看你的本事如何了。

　　到亳縣的當天晚上，縣政府和人武部就舉行了招待宴會，雖然菜肴非常簡單，可是人家的一片真心誠意讓我們盛情難卻。亳縣有一種東西舉世聞名，不用我說大家都知道，這就是大名鼎鼎的古井貢酒。據說這樣的酒當年只有皇帝才有資格享用，每個到亳縣的人不喝此酒根本就不能算是到過此地。要說喝酒，我們個個都不含

糊，哪個都有半斤以上的量。然而當酒擺到桌上時，我們還是暈了。每桌十二人，竟然在桌子上放了兩隻五公斤裝滿酒的塑膠壺，平均下來每個人至少得喝一斤半白酒，要知道那可是六十度的純白干哪！當兵的從來不能服輸，我們裝出滿不在乎的樣子，主動動手打開酒壺，喧賓奪主給那些地方幹部倒滿酒杯。我再偷眼看那些空軍弟兄們，不由得暗暗冷笑。原本上綠下藍神氣活現的空軍們，現在被那些塑膠酒壺嚇呆了，一個個面如土色兩眼發直。他們雖還是正襟危坐，表面上瀟灑自如，可臉皮紋皺皺擠成一堆。這也難怪，在軍隊裏素來對酒量有名次排行，這是根據建軍幾十年來經過反覆對比才得出來的結論：海軍喝酒用的是臉盆，陸軍喝酒用的是粗瓷大碗。你猜猜看，空軍使用啥喝酒呢？說出來下你一大跳，據說空軍很正規、很守紀律，所以他們喝酒一般用最大號的挖耳勺。這當然是玩笑話，可空軍和陸海軍迥然不同，他們沒有豪放粗獷的作風，也許是因為他們常常提心吊膽在空中飛行，需要特別小心謹慎的緣故吧。

那頓酒是我經歷過最慘烈的一次，飯廳裏一片混亂，叮叮噹噹的酒杯碰撞聲，向吵嘴一樣口齒不清的勸酒聲，和滿屋的酒氣交相輝映。亳縣人喝酒海量名不虛傳，尤其是那些女幹部，更是令人歎為觀止。但見她們伸胳膊挽袖子，面紅耳赤豪放得讓男人甘拜下風。和我們一桌的一位年輕女幹部，眉清目秀，可是一端起酒杯，頓時就變成了母夜叉孫二娘，嚇得我們這些天不怕地不怕的軍人脖頸上直冒涼氣。那晚上所有的酒壺都被喝空了，如此慘烈的場面讓那些空軍弟兄們失魂落魄，一個個藉口上廁所偷偷溜之大吉。剩下我們臉紅脖子粗玩了命似的和地方男女幹部碰杯，左一杯右一杯喝得不亦樂乎，最終還是我們大獲全勝，將那些男男女女放倒了一大

片。夜半時分整個餐廳裏杯盤狼藉,我們互相架著歪歪倒倒回到了招待所,昏天黑地的度過了第一天。

其實我們都明白,這頓酒不是白喝的,縣政府人武部把我們一次灌個夠,在完成帶兵之前就只能滴酒不沾。如果喝了沒有經過體檢和政審的準士兵家裏的酒,你還能保證自己一定會掌握原則嗎?當兵的幹活向來雷厲風行,第二天我們就分頭展開工作,我直接來到縣醫院,和那些負責體檢的醫生打成一片。人心換人心、八兩換半斤,我開誠佈公陳述利害關係,講明了軍隊裏對戰士身體的要求之所以嚴格,完全是為了對這些戰士家庭和軍隊負責。我掏出自己的香煙,左一支右一支,將那些醫生們哄得個個喜笑顏開,有了這樣的感情交流,他們要想做手腳也得在良心上打個滾。我們這次不帶女兵,所以只需和內科、外科和五官科打交道,總共十幾名醫生,經過我的握手遞煙拍肩膀,看來個個都被我擺平了。除此之外,我還要求那些搞政審的幫助,看看這些醫生中間有沒有親屬在徵兵之列。

然而體檢的第一天就出了紕漏,我興致勃勃地走進外科體檢室,冷不丁發現原來負責體檢的一位男醫生竟然被換成一個約摸二十歲左右的大辮子。這是開什麼玩笑,這樣一個剛剛走出校門的丫頭片子,絕對不能碰我們未來的鋼鐵戰士。我並不是害怕那些脫光屁股的小夥子在姑娘的手下會有什麼不良反應,只要願打願挨,搞出孩子來我也管不著。我之所以生氣,是因為知道這個戲法中的奧妙,但凡參加體檢的醫生,每人每天都享受一元錢的補貼。那時候的一元錢和今天絕對不能同日而語,一個工作十年的老醫生,每月工資至多四十多元。體檢前後需要二十多天,所有的補貼差不多等於大半個月的工資了。再說,我對那些醫生有了瞭解,基本可以保

證體檢的質量，現在忽然來了個初出茅廬的小丫頭，誰敢擔保不出意外呢。我怒氣衝衝地找到院長，質問他為什麼偷樑換柱，堅決要求更換醫生，否則我就告到縣政府。院長起初還強詞奪理，說不過體檢而已，連個護士都能搞定，何必那麼小題大做。我不得已開始給院長上綱上線，將他的錯誤做法提高到國防建設的大是大非。最終院長不得不咬牙切齒地換回了原先那個醫生。事後經過我的調查，果然不出所料，原來那個小丫頭是院長的遠房侄女。

我的注意力主要集中在外科，因為內科檢查必須經過我自己的複查，並且大多數檢查都依靠器械和化驗室，做假很困難。而外科檢查靠的是直觀和手感，不盯住現場，很難保證質量。四名外科醫生統統集中在一間大診療室內，這樣我就可以自始至終全盤掌握。小夥子們無論高矮胖瘦黑白醜俊，一律脫光衣服一絲不掛，將全身每個部位都暴露在我們眼前。小夥子們很顯然都有些害羞，有幾個還不由自主地用手遮住襠部，又不是在洗澡堂裏；脫得光溜溜讓別人盯住瞧，哪個都會不自在。我的目光在每一個小夥子身上搜索，通常在第一眼中就可以發現明顯的異常，比如雞胸、羅圈腿、平底足、脊柱側彎、靜脈曲張等等。我將自己發現的幾名不理想的小夥子記住，然後裝作漫不經心的樣子走到那些體檢醫生面前，拿起體檢表格一一對照，看來這些醫生還算盡責，表格裏填寫的和我觀察的相差無幾。

檢查室的門忽然被推開，一個人不打招呼破門而入，原來是我的南京老鄉，這傢伙姓姜，據說受過高人點撥，會兩下拳腳，對武術酷愛得幾近癡迷。來接兵一路上，姜連長就和我打招呼，他們特務連無論如何要接幾個拳腳功夫精湛的好兵。我知道姜連長的來意，亳縣是武術之鄉，小夥子中肯定藏龍臥虎，少不了精於舞棍弄

槍的好手。姜連長旁若無人地走進來，將一支支香煙塞進醫生們的嘴裏，順手在小夥子們的肩膀上拍一掌，或在他們的胳膊上扭一把。很明顯他這是在測試小夥子們的力量，因為我發現那些小夥子個個都被他弄得齜牙咧嘴。

姜連長的注意力很快就被一個中等身材的小夥子吸引住，他來到小夥子的身邊，細細打量起來。其實我早就發現這個與眾不同的年輕人，他肩寬腰細，渾身的肌肉一塊塊隆起，腹部六塊肌肉就像方磚那樣平整堅硬，沒有長期有序的鍛煉，不可能有這樣的標準身材。姜連長上一眼下一眼地打量許久，然後走到我身邊，和我商量能否讓這個小夥子做幾個動作。在這兒，我是第一把手，誰都得聽我的。我搖搖頭，把姜連長拉到一旁，悄悄告訴他，要他放棄這個小夥子，並且讓他注意看看小夥子的腳，我第一眼就發現這個小夥子是個平底足，這樣的腳板是不符合接兵要求的。姜連長不死心，掏出他預備的一盒紅牡丹精裝香煙硬塞進我的口袋，要我答應他的要求。抵不住好煙的誘惑和老鄉的情面，我無可奈何地點了頭，於是那個小夥子立刻被帶進了另一間房裏。

眉開眼笑的姜連長又前後左右的打量了一番小夥子，要求他表演一套拳腳，說自己一眼就看出小夥子有功夫。小夥子也不謙讓，就這樣光著屁股，一哈腰，擺開了門戶，在房間走開拳路。我和姜連長目不轉睛地在一旁觀看，但見他拳如流星趕月，身如風擺荷葉，旋轉騰挪前呼後應，面不改色氣不長出，把我和姜連長看得目瞪口呆。最終隨著小夥子的收勢，我們情不自禁地脫口叫出一聲好來。姜連長仔細地問了小夥的出身，然後告訴我，這個小夥子打的是當地最有名的六和八法拳，一定是祖傳的正宗拳法。並把我拖到一邊，說這個兵他帶定了，要我無論如何幫個忙。

　　小夥子顯然也知道自己的處境，他對自己的平底足應該瞭解，所以用一雙可憐巴巴的眼睛緊緊盯住我。不過規矩是死的，人是活的，我也有自己的獨門絕招兒。看看這樣的平底足對軍隊生活是否能夠適應，外觀決不是唯一的標準。我於是讓那個小夥子雙手抱頭，蹲下，要求他不能直起身體。照這樣蹲著往上跳躍，如果能跳得高，就說明他的平底足能經得起長途拉練，能夠跑跳攀躍，否則我也無能為力。我的這種做法有理論根據，一個人的彈跳能力主要靠足弓，真正的平底足絕對是跳不起來的，只要小夥子能跳得起來，就說明他的腳弓存在，當然不屬於真正的平底足嘍！小夥子抱著腦袋，拱背彎腰，輕輕鬆鬆的跳起老高，一連跳了幾十次，我和姜連長都開心地笑了。

　　我們的接兵任務圓滿完成，臨離開亳縣之前，縣政府和人武部又舉辦了一場告別酒宴，這一次桌面上擺著五瓶正宗亳縣古井貢酒，看來我們的表現得到了縣政府和人武部的肯定。那些空軍們這次個個奮勇爭先，他們上次的表現丟盡了面子，所以想在臨行前挽回一點兒。看著他們一個個摩拳擦掌，端著酒杯穿梭般在各個桌子周圍來回走動，我們都裝作看不見。其實我們的不計較並非因為酒量的大小，真正的原因是我們帶走的士兵個個都比空軍帶的強得多。這是因為我們和老百姓打成一片，那些地方幹部都處處替我們著想。再說空軍們擺譜擺得太過分，那種做法只能迷倒小姑娘，對縣政府的官員們充其量只會起到負面效應。最後，我們和縣人武部同屬於陸軍系列，哪兒有胳膊肘往外拐的道理呢？當然了，這樣的想法和做法都只能放在心裏，有許多事情心照不宣只能做而不能說出口！

白衣天使

　　糖尿病的嚴重發作讓我不得不住進醫院，從而以一個病人的身份接受那些白衣天使的照料。我是軍人，理所當然住的就是軍隊醫院，軍隊醫院的醫療技術某些方面不可否認要比地方大醫院稍遜一籌，可是護理方面卻無與倫比，要說真的有天使，我看多半會在軍隊醫院裏出現。做這樣的推斷當然離不開時間的前提，現在的軍隊醫院令人不敢恭維，雖然我已很久沒感受軍隊醫院裏白衣天使的照顧，但充斥於耳的牢騷讓我對現代天使們有些不以為然，市場化或多或少對天使們也產生了作用。

　　我當年住的那所醫院，坐落在南京市郊的湯山，風景優美、空氣清爽，的確是療養疾病的絕佳處所。得天獨厚的地下溫泉讓湯山獨領風騷，像個極有魅力熱情奔放的主婦，將四方來客吸引得流連忘返樂此不疲。儘管大多數人都對溫湯泡浴趨之若鶩，我卻不敢問津，那濃濃的湯水裏所包含的礦物質讓人難以招架。洗浴後皮膚乾燥緊皺，就像穿了一件緊身衣似的，令人極不舒服。再說我住院時正值盛夏，將近四十度的高溫讓人們對那個熱湯避之唯恐不及。

　　走進醫院的第一印象就是白色，無論牆壁櫥櫃，無論床上的被單被套，無論醫護人員的衣帽口罩統統一律潔白無瑕。在一片白色的籠罩下，我對那些白衣天使們當然不會有特別的印象，只憑著一雙露在口罩外的眼睛，基本上無法發現誘人的魅力。由於醫院裏年

輕女護士居多，所以不可避免地就會成為是非之地，故而那些護士們也顯出超級嚴肅的架勢。當然我現在可以輕而易舉地看破她們貌似嚴肅的後面所隱藏著的活潑可愛和女性的魅力，然而對一個剛剛入院的新病人來說，那一片白色恐怖足以讓人望而生畏，根本不敢有半點非分之想。

　　天使們的確非常辛苦，發藥打針，收拾病房，對特護病人進行二十四小時床邊護理，從上班到下班忙得不亦樂乎。那時沒有病人家屬陪床的規矩，一切都要依靠護士，所以病人對護士就會產生一種託付生命的感覺。眼看著護士們像一朵朵輕盈的白雲在病房裏飄來飄去，耳畔迴響著唱歌般動聽的輕聲細語，感受著護士們體貼入微溫柔輕巧的精心照顧，你一定恍恍惚惚置身於天堂之中，我想將護士們比做天使的說法也應該由此而來。

　　久而久之，我漸漸對那些口罩後面的真實面孔發生了興趣。優雅動人的身姿、清脆悅耳的聲音、體貼溫柔的目光，就像一根根點燃了的導火線，點著了我的熱情，使我急於想揭開那些口罩後面的美麗。其實我偶爾也看過這些女孩子們的臉，她們在病房之外絕對不會戴口罩，可是我無法仔細觀瞧，那時候認真地看一個女孩子是非常危險的，會被看作是居心不良的好色之徒。

　　有一天睡到半夜，我口渴難忍，而病房裏的水壺早已空空如也，只得起床去向護士討要。夜半更深，病房裏靜悄悄，只有走廊和護士值班室的燈光發出柔和的黃色光芒。為了怕驚醒其他病人，我的腳步很輕，一直走到護士值班室的門口也沒驚動裏面的護士。眼前出現的一幕讓我驚愕不已，那件將護士們裹得嚴嚴實實的白色工作服被拋在一旁，一個胖乎乎的姑娘正趴在桌上津津有味地閱讀一本書。讓我驚愕的是，她將一雙裸露的腿浸泡在一隻桶內，而那

個水桶竟然是每天早晨用來給病人們分稀粥的。當她抬起頭，用因為吃驚而將眼睛和嘴巴張到極限的面孔對著我時，我覺得自己看到的根本不是一個護士，完全是一個不懂事的胖丫頭而已。我們倆面對面都因吃驚而瞠目結舌，那個脫了工作服的胖丫頭下意識的從水桶裏跳出來，赤著腳丫抓住工作服就往身上亂套，胖嘟嘟的臉上汗流如注。我知道自己嚇著了她，照醫院裏的規矩，這樣的行為毫無疑問要受到處罰。然而我絕不忍心看到這樣的結果，於是忍著口渴，悄無聲息地轉回病房。

第二天早晨交班時，主任、醫生、護士長、護士一群人魚貫走進病房，我裝作若無其事的樣子和他們寒暄。我眼睛的餘光卻發現那個昨晚值班的護士一雙露在口罩外的大眼睛瞪得溜圓，時不時緊張地朝我掃視一圈。我能看出其中的懇求，便不動聲色地朝她露出一絲微笑。事情就這樣神不知鬼不覺地過去了，那個胖丫頭後來對我非常關照，且由於她的引薦，我還認識了其他幾位護士。這些女孩子不戴口罩都和平常的姑娘一般無二，都讓人覺得單純可愛，可見那白色工作服和口罩具有多麼巨大的威力啊！

這一次我的新書出版，她們都來向我祝賀，這有些出乎我的意料。時隔幾十年，難為她們還記得我，可見新聞媒體的厲害。據她們說都已離開了醫院，雖說再也看不見她們的面孔、再看不見她們那一雙雙美麗的眼睛，不過這也許更能讓我感到慶幸，在我的心中她們將永保青春，在我的心裏這些白衣天使將永遠伴隨著我。我是個與人為善的人，所以別人也一定會善待於我，這當然相輔相成順理成章，與人為善和善待自己是一致的。不過自從那晚之後，我再也沒喝過醫院裏的稀粥，你再喜歡哪位姑娘，恐怕也難以下嚥她的洗腳水吧！

在部隊農場待過的人都知道最艱苦莫過於搶收搶種，靠天吃就
必須爭分奪秒，就必須看老天爺的臉色，趁著老天爺的好臉色趕緊
將莊稼收穫入倉，將下一季莊稼栽種下去。幹這樣的農活就等於打
仗，沒日沒夜起早貪黑，什麼作息制度都不存在，連拉屎撒尿都要
放在一邊。

雙搶剛結束，我就被抬進了醫院，嚴重的酸中毒幾乎要了我的
小命。輸液架成了我當時從早到晚離不開的東西，我有幸成了被特
殊護理的危重病人，一個護士二十四小時坐在床邊，目不轉睛地注
視著我的一舉一動，小心翼翼地為我料理所有事情。這樣的享受讓
我受寵若驚，許多人直到生命的最後才會有這樣的機會，然而他們
太老，行將就木讓他們再也找不到其中的幸福感覺。

糖尿病人血液裏的葡萄糖由於胰島素的匱乏而不能被組織細
胞利用，這樣一來人體內三大物質，即碳水化合物、蛋白質、脂肪
共同參與的新陳代謝就發生了障礙。本來應該由葡萄糖燃燒而產生
的能量以及此種能量參與代謝的作用，現在就只能由脂肪直接燃燒
產生能量。這種非正常代謝的結果，使脂肪產生大量的丙酮酸堆積
在血液中，這就是酸中毒的原理。由於機體酸鹼平衡失調，正常的
機能運轉不可避免的失控，病人的呼吸系統、循環系統、消化系統
都像脫軌的列車般處於無序狀態。治療當然要對症下藥，首先就是
注射胰島素，同時靜脈滴注碳酸氫鈉，這樣血液裏的葡萄糖就可以
被利用參與新陳代謝，血液裏的酸性代謝產物被碳酸氫鈉中和，酸
中毒就能得到糾正。

說說容易，要達到酸鹼平衡，一方面要看酸中毒的程度和醫生
對病情的正確診斷治療，另一方面還要看病人的機體素質，更需要
病人和醫護人員的積極配合。因為病程太長，我的酸中毒相當嚴

重，當時的感覺就像騰雲駕霧一樣身體基本不能自主。躺在床上就像一座小發酵廠，從口鼻內噴吐出類似爛蘋果氣味的丙酮酸彌漫在病房裏，連護士的口罩都遮擋不住。我一連好幾天都處於嗜睡狀態，昏昏沉沉，腦子裏亂七八糟胡思亂想，盡是一些稀奇古怪的念頭。經過連續掛注碳酸氫鈉和胰島素，經過醫生護士的精心治療，我終於清醒過來了。睜開眼睛所看見的場面讓我大吃一驚，我的手緊緊握住一位護士的小手，望著那位護士的愁眉苦臉，我知道自己犯下了男女授受不親的錯誤。雖然那位護士什麼也沒說，可是我以後只要一看見她就會有做賊心虛的感覺，就會點頭哈腰不由自主地臉紅脖子粗。這一次我的小說出版，她也在媒體上看到了，出於真正的關心，她居然想方設法通過出版社找到了我的電話。當我從電話裏聽見她的名字時，頓時又身不由己地對著電話聽筒點頭哈腰。雖然我知道她什麼也看不到，可是我的臉還是熱烘烘火燒火燎，一定紅得像猴子屁股一樣。

只要有人群，就會發生意外。這是因為人形形色色，每個人的行為都有可能出乎別人的意料之外。我住院期間也發生過這樣的事件，那是一個精神病人的發作，在普通內科病房裏驚現這樣的事件無疑會讓我們驚心動魄。那天下午，寂靜的病房裏忽然傳出一片驚呼，這顯然有些反常，尤其是女孩子刺耳的尖叫聲更加讓人毛骨悚然。我們幾個病號不約而同竄出病房，立即看見一幅怪異的景象。幾個護士正在沒命地奔逃，在她們身後，一個五大三粗的男病號緊追不捨。那個男病號是一位感冒入院不久的戰士，平常看起來有些靦腆，可是現在卻顯得非常古怪，嬉皮笑臉齜牙咧嘴，兩隻失神的眼睛裏滿是不懷好意的凶光。素來舉止高雅一本正經的白衣天使

們，這次可出盡了洋相，她們就像一群被狼追趕著的兔子，矇頭轉向地在病房走廊上抱頭鼠竄。

我們也有些發憷，如果在幼稚園裏，這就是老師和孩子在玩老鷹捉小雞的遊戲，可是眼前完全不是這麼回事，一旦那個男病號捉住小天使們，這些女孩的一生清白將蕩然無存，被玷污的名聲如影隨形，將讓她們一輩子抬不起頭。就在那兩隻大手將要捉住最後面的一位護士時，我本能地一個箭步從斜刺裏衝過去，投懷送抱將自己的身體投入那個男病號的胸膛。那傢伙膀闊腰圓力大無比，一把將我緊緊抱住，差一點就把我全身骨頭擠碎了。這時的我什麼也顧不得，屈膝猛頂，正中那傢伙的襠部。與此同時，幾個病號也一擁而上，七手八腳將那傢伙摁倒在地。值班醫生此刻也清醒過來，明白自己該做什麼，三兩下扒下那傢伙的褲子，照著屁股推了一管鎮靜劑。

後來經過仔細追問，才知道那個戰士原來在家裏就曾經犯過情感性精神病，也就是老百姓通常所說的「花癡」。這次因為感冒發燒，導致舊病復發。

白衣天使們經過這次事件，在我們的面前再也不敢趾高氣揚，你再神氣活現不還是一個小女孩麼，女孩就是女孩，絕對需要我們的保護。我之後不久病癒出院，這讓我非常遺憾，英雄救美一般來說都會引出一系列的浪漫故事。要是我賴在醫院裏一段時間，或許真的能讓我和那些白衣天使激蕩起愛的火花呢！

重回南京

　　老部隊進行整編，作為一個團衛生隊，醫生的數量顯然超過了編制，於是我被調往南京某單位。那是一九七九年的冬天，接到調令時，我的心情就像冬日裏的陽光一樣明朗燦爛暖洋洋。作為我從小成長的地方，南京對我如同母親般親切。另一方面，我的父母也已回到南京，和家人團聚盡享天倫之樂，不是所有人都夢寐以求的夙願嗎？然而這興奮中也夾雜著一絲隱隱的不安，臨離開安徽時，一位精通陰陽八卦的老兄鄭重其事地告誡我說，此番調回南京恐怕會有無妄之災。那個年代唯物主義被人為曲解，很多經典的學說統統被冠以封建迷信的大帽子，所以我當時對算命預測一概堅決抵制。再說南京和家庭至關重要，那個八卦之說豈能讓我擺脫似箭的歸心呢！

　　從火車站出來，我扛著行李直接搭上去玄武湖的遊船，眼望著綠波鱗鱗的湖水，不由得讓我有一種久別重逢的感覺。和今天相比，二十多年前的玄武湖是南京人最鍾情的地方，無論什麼時候總是遊人如織。一對對情侶款款並肩而行，一家家老少席地促膝而坐，滿園歡聲笑語不絕於耳，不由你不感到生活的美好和幸福。我做夢也沒想到，那次的玄武湖之行竟然是我最後一次用眼睛欣賞滿園的美景。失明之後雖然我還去過玄武湖多次，可是那一片碧波蕩漾的湖水和綠草紅花完全消失於茫茫黑暗之中，只剩下如煙的往事化為美好的記憶留在我的心裏。

　　就這樣，我肩扛行李興致勃勃地在玄武湖裏走馬觀花，我覺得那就是我的家園，就是從小撫育我成長的母親。眼望著父母們帶著孩子不知疲倦不厭其煩地奉獻出滿懷愛心，我當然不由自主地回想起自己的童年。那時的我也被父母牽著，坐著遊船蕩漾在湖水之中，叫著嚷著奔跑在花草叢裏。幾十年過去了，回頭想一想，我們又回報給父母了什麼呢？父母對我們來說，就是一條來自童年的小路，只要看見父母，我們就會看到自己沿著這條小路從童年蹣跚而來的身影，就會將童年的記憶和現實緊密聯繫在一起，就會用這樣的聯繫來判斷我們的人生得失。這是一種感悟，是通過潛移默化的非物質的精神體驗得來的，所以是刻骨銘心的，必然會伴隨著我們走完人生的全程。

　　新單位的門診部當然和野戰部隊衛生隊大相徑庭，不僅規模較大，而且人員的組成也有了不同的性別和不同的年齡層次。衛生隊裏一律二十郎當歲的年輕男性，這樣的構成是戰爭的需要，不是我看不起女性，打起仗來女性絕對無用武之地，那個蘇聯小說「這兒的黎明靜悄悄」不就說明了這一點嗎？雖然小說表現的是女戰士的英勇犧牲精神，可是這樣的悲劇又會讓我們得出另一個結論，女人上戰場對保證戰爭的勝利憑添了幾分懸念。讓女人犧牲太不人道，她們應該待在大後方。然而女性在醫院或門診部裏又要另當別論，她們就像一道亮眼的風景線，讓男性病人趨之若鶩，讓男病人在享受治療的同時還感受到異性的溫暖。女醫生和女護士有她們的獨到之處，不但耐心細緻動作柔和，而且對那些營區裏外的女病人來說，檢查治療非這些同性莫屬。除此之外，門診部裏還有許多像我父母一樣年紀的老醫生，她們的經驗是無價之寶，醫生和其他職業不同，需要積累臨床經驗，需要每一位醫生通過對自己所接觸的病

人進行總結，來獲取第一手經驗教訓，所以年紀越大，治療的病人越多，接觸的疑難雜症越多，當然經驗也就越豐富。

　　和我坐對面在同一間診療室的是位年紀和我相仿的「二餅」女軍醫。她雖然剛結婚不久，面對著我這樣的未婚男性，卻會擺出一幅老大姐的派頭。工作了好幾天之後，我對她印象最深的就是從鼻孔裏略帶嘲諷地噴出一個「哼」字來，這當然是對我的不以為然，當然說明我的身上還存在需要改進之處。漸漸地我發現那個「哼」字原來是針對我的噴雲吐霧而出。無論何時何地，只要一提起香煙，立刻就會遭到女性醫務工作者們不共戴天的口誅筆伐。當時要我不抽煙，那簡直是做夢，前邊提到過那麼漂亮的對象都沒有讓我放棄對香煙的嗜好，就這麼一個一般關係的女同事，又怎麼可能讓我與香煙一刀兩斷呢？

　　然而讓一個無辜的女醫生白白吸我的二手煙，也的確有些不太像話，於是我買來糖果。每當將要噴雲吐霧之前，就會從口袋裏摸出幾粒糖果，擠出一絲裝模作樣的皮笑肉不笑，將糖果放在她面前。其實糖衣炮彈誰都能利用，而且屢試不爽，我這一手顯然讓這位「二餅」女軍醫減少了先前的敵意，自此那個從鼻孔裏噴出的哼字就從我耳畔消失。當然這也是一個小插曲，我們之間還算是互相關照合作默契的，遇到疑難病症，我們會誠心誠意地進行推敲切磋。這是每個醫生都必須做到的，同行之間應該互助互愛相得益彰，互相拆臺只會害己害人，絕對不可能從中獲利。

　　有一天這位「二餅」女同事忽然透過眼鏡片認真地對我打量了好一會兒，然後若有所思得像我提出一個建議，說如果我能戒了香煙，她保證給我介紹一個好對象。「二餅」女軍醫的話讓我大跌眼鏡，以至於竟然讓燃燒著的香煙頭燒痛了手指。這個建議當然是我

求之不得的，我知道她所指的對象是誰，那是個看上去嫻靜貌美的
護士。

就這樣，我和前妻開始有了接觸，讓我感動的是在整個戀愛過
程中，居然沒有因為我這個老煙槍而導致感情風波，更加讓我感動
的是她的一片真心，我們都是從醫的，當我告訴她自己的糖尿病
時，她無限溫柔地安慰我，說一定會幫我控制好那個煩人的疾病。
她愛笑，會為一句稍稍過火的玩笑話而面紅耳赤，這說明她的閱歷
單純，而這樣的單純往往和美麗的相貌具有同等巨大的殺傷力。

現在看來這樣的單純也許不值得推崇讚賞，因為永遠的幸福快
樂需要我們的深思熟慮，需要我們在擁抱接吻的時候認真考慮自己
對愛人和未來家庭的責任。不過我知道自己是在廢話，是做無稽之
談，假如從頭來過，我一準還會重蹈覆轍。現在看來我們過於草率，
生活絕非只存在幸福和快樂，與此結伴而來的還有不幸和痛苦，這
應該是一個事物的兩個方面。

人在追求快樂方面永遠是動物性的，哪個也不願承認快樂的後
面會有痛苦如影隨形。我們總是被一時的快樂迷昏了頭，一而再
而三，視而不見實際生活另一面的痛苦煩惱，所以在愛的道路上出
軌翻車也就不足為奇。後來因為我的失明，使她遭受到極大的打
擊，與此同時我也深深地感覺到對她不起。故而我們終於在婚後的
第七年，灰淚灑別分道揚鑣了，這是後話了。

洞房花燭

　　我們之間從戀愛到婚姻只經過了短短的三個月，現在看來戀愛時間的長短對婚姻的穩定不無關係，沒有足夠的時間就很難對你的另一半做最充分的瞭解，就很難讓兩個人達到心照不宣的完美磨合。我們前兩個月是卿卿我我甜言蜜語，後一個月就開始了緊張忙碌的婚前準備，簡直就和打仗一樣屁滾尿流。在這樣類似一級戰備的狀況下，一切都得務實，虛無的談情說愛統統擱在腦後，話語中只剩下請客購物旅行等等繁瑣具體的內容了。

　　我想那時候我的全身一定充滿了喜氣洋洋，所有的人見到我時都情不自禁的笑顏逐開，可見一個準新郎多麼具有感染力。還沒辦喜事，我的所有口袋裏已經裝滿了喜煙和喜糖，遇到男同事不管會不會抽煙硬往人家的嘴上塞一根，遇到女的就往外掏糖果，一天下來，上衣褲子六隻口袋空空如也。除此之外，還得裝飾新房，傢俱衣服床上床下，要買的東西會讓你頭昏腦脹心煩意亂。還有婚前體檢，往各單位跑進跑出將各種表格反覆填寫，以及我們的調休時間安排，用最婉轉的語氣寫出請假報告，儘量延長我們的新婚旅行時間。總而言之，一個月下來我們都累得沒了人模樣，婚還沒結心裏已經開始煩亂無章，對那個洞房花燭的盎然興致也變得有些索然無味了。

　　那個負責結婚登記的老太婆兩眼放光滿面春風，彷彿即將步入婚姻殿堂的不是我們而是她，看著我們倆伸出的手掌，這個老太婆

就是不將那張紅豔豔的結婚證書放在我們手上。愛人輕輕推我一下，我這才如夢方醒，急忙掏出早已準備好的一大袋糖果，那兩張填寫了我倆名字類似判決書一樣的證書這才物歸原主。說句實話，直到現在我也沒搞明白，到底我們屬於那張證書，還是那張證書屬於我們，這也許就是社會和我們之間隸屬關係的寫照。結婚證書有兩張，我和愛人的名字分別在兩張證書上各自佔據首位，後來在離婚時也是這樣的位置，可是我們一直沒有搞明白哪一張該由哪個人保存，所以最終很可能還是弄錯了。

　　拿到結婚證書的那一刻，我忽然覺得還有許多事情沒想清楚，忽然覺得這個結婚證書似乎過於嚴肅，結婚到底是不是人生的一場遊戲呢？遊戲只是為了滿足興趣，誰也不必對結果負責，就像小孩子玩過家家，拍拍屁股各奔東西了事，腦袋裏只剩下下一場遊戲。那張結婚證書卻非同小可，其中包含的不言而喻簡直令人有些不寒而慄。結婚後就有了一個家庭，有家庭就不可避免的派生出一系列重大問題。例如，財產的分配使用、家務的合理安排、各自的隱私保護等等。以後若有了孩子，有關孩子更是一個讓人頭痛的專項問題。結婚一旦涉及到具體事項，保準會讓人有一種萬丈高樓一腳踏空的感覺，是飛起來快活似神仙，還是墜下去摔的粉身碎骨，只能聽天由命看你的造化，天堂和地獄就是這個結婚證書所帶來的一步之差。

　　除了以上的重大問題，還有一些不能放到桌面上的細微末節。從小到大，哪個沒有屬於自己的小是小非呢，哪個沒有不可告人的小毛病呢？就拿夜晚睡覺來說，一個人無論怎樣都無所謂，放屁磨牙打呼嚕，蹬腿夢囈流口水，你愛怎麼著就怎麼著，天王老子也管不著。可一旦結了婚，兩個人睡一被窩，你的一舉一動直接關係到

自己在對方心目中的位置，關係到是否能在對方面前趾高氣揚的大問題，你還能對先前那些見不得人的小勾當掉以輕心嗎？當然事後證明，我的那些顧慮完全是自己找出來的煩惱，人們從小就在家庭氛圍裏被潛移默化著，知道什麼時候該睜一眼閉一眼裝聾作啞，知道小不忍則亂大謀。再說夫妻間的好惡之感是隨著感情的親密程度變化的，相親相愛的夫妻甚至會將對方的惡習看作優點加以追捧，要是你的老婆對你手指甲的長短都要吹鬍子瞪眼橫加指責，那你就得掂量你們婚姻家庭的穩固程度了。

我們的興奮和疲憊同步增長著，臨到舉行婚禮的時刻，我們都已覺得身心交瘁，走路時腳底像踩著棉花飄飄悠悠，眼皮像塗滿了膠水，稍微放鬆，上下眼皮就會粘在一塊兒。可是最重要的時刻就在眼前，親朋好友賓客如雲，再累也得裝出一副喜笑顏開，也得給自己和客人們留足了面子。

人生的喜事有三，金榜題名時、他鄉遇故知、洞房花燭夜，所以此時的我應該是人生絕對幸福的時刻。客人們輪流像走馬燈似的在我眼前閃過，我根本分不清張三李四王二麻子誰是誰，只顧將手中酒杯底朝天往肚子裏灌。要說中國人的能耐，表現在歪門邪道上分外出色，例如勸酒的時候無論你怎麼戒備森嚴，到頭來總會爛醉如泥一吐了事。

那天我就是這副德性，嘴裏說這不能再喝，杯裏的酒卻左一杯右一杯往肚子裏灌下去，就像喝自來水一樣完全沒了斤兩的概念。最終的結局當然可想而知，鑽進桌肚子底下不說，所有喝進去和吃進去的統統倒了出來，吐了個滿身的臭不可聞。不是說量小非君子無毒不丈夫嗎？既然君子小人丈夫匹夫都成為酒桌上的試金石，你對杯中的酒怎麼可能說三道四呢？雖然我的酒量有限，可是為了有

福同享，沒量也得有量，哪怕是毒藥你也得硬著頭皮喝。我不知道愛人當時的狀況如何，想必和我大差不差，因為那幫女的勸起酒來也同樣絲毫不含糊。

　　往後的事我根本就找不著東南西北，那一夜我自己也不知是怎麼睡到床上去的。簡直就是一頭死豬，昏天黑地完全失去了時間和空間概念。當我第二天睜開眼睛時，滿屋子的陽光讓我覺得自己恍恍惚惚是在一個童話世界裏。我發現自己的身邊居然睡著一個女人，她也同樣用莫名其妙的眼光打量著我，四隻眼睛大眼瞪小眼，很長時間誰也沒有認出誰。然後我們忽然同時哈哈大笑。這就是我們的洞房花燭夜，真是酒中乾坤長，洞房春宵無。所謂的洞房花燭之夜，對我來說只是一個醉酒的體驗，只是昏天黑地一場空。

軍醫手記

　　既然我是一個醫生，救死扶傷就是工作的第一要務，這個原則是需要每天二十四小時牢記在心的。作為一個醫生，我當然非常遺憾自己沒有在大醫院裏工作，沒有主刀進行過闌尾疝氣以上的大手術，沒有就那些疑難病症寫出高水準的醫學論文。然而疾病是無所不在的，表現形式也是包羅萬象的，我作為一名軍隊醫生理所當然就應該立足於軍隊的特殊需要，必須全力以赴保障軍隊的戰鬥力。在那些大醫院的專家看來，我們這些醫生所治療的疾病無非是雞毛蒜皮的小兒科，根本不屑一顧。然而要是沒有我們，這些感冒發燒拉肚子，中暑失眠筋骨傷之類的小毛病就可能讓軍隊打敗仗。特別是各種傳染病對軍隊的威脅更大，戰士們成天摸爬滾打，在一口大鍋裏掄馬勺，一旦傳染病蔓延開來後果不堪設想。

　　除此之外，軍隊是一個特殊的團體，這個團隊需要付出鮮血甚至生命，而這個團隊所有的生命是靠一根看不見的線緊密聯繫起來的。除了裝備訓練等等硬體之外，這根看不見的線也是軍隊戰鬥力的保證之一，我們將這根線賦予一個特殊的名稱——戰友。軍隊就像一個大家庭，情同手足、義比天高就是對戰友的寫照，俗話說上場親兄弟打仗父子兵，換個角度來說就是這個意思，軍官要像父親一樣對戰士體貼關懷呵護備至，戰士們要像兄弟一樣手足相聯同生共死。戰場上貪生怕死當逃兵就是背叛戰友、就是出賣親人，應該

被槍斃。有了這種生死與共的感情，戰友這個稱號就變得無比神聖，只要在一個部隊裏待過，今生今世就會兩肋插刀肝膽相照。所以說，我們當醫生的對戰友就更需要關懷備至，對自己的兄弟絕對不能有一絲一毫的馬虎。

有一次，連隊一位戰士突然高燒不退，持續四五天用盡各種物理治療也不見效，因為病因不明所以不可用藥物退燒，急得大家團團轉。我們幾個軍醫怕病人出意外，輪流二十四小時監護在病床邊，量血壓、測體溫、端水倒尿上冷敷，忙得不可開交。一直到第四天終於在病人血液中找到了瘧原蟲，我們這才放下心來，可以用抗瘧藥了。那個戰士病癒之後，對我們感激不盡，他一遍遍向我們敬禮，眼睛裏噙滿了淚花。我心裏也很為自己的盡職感動，可臉上什麼也不露出來，只是輕描淡寫地揮揮手了事，既然是一家人，還有什麼好說呢！

戰士們入伍前都經過嚴格的體檢，所以我們接觸的都是急性病和怪病，經常會出其不意地碰到各類出乎意料的病例。有一天，一位連隊指導員找到我，愁眉苦臉的對我說他們連裏的一名戰士學習積極性太高，簡直讓人受不了。其實學習問題和我這個醫生根本就不搭界，然而我的心裏還是有些不安，讓一個成天鼓吹學習的連隊指導員都覺得無法忍受，這顯然很不正常。那天晚上熄燈號吹過之後，我拎著出診箱來到連隊，戰士宿舍裏呼嚕聲此起彼伏響成一片，組成一支軍營小夜曲。我也是從連隊裏出來的，對這樣的生活環境感同身受，對戰士們的床鋪排列順序瞭若指掌。當我摸到那個戰士的鋪位時，果然發現從被子底下隱隱閃出一絲亮光，指導員說的不錯，這樣的刻苦學習精神的確令人佩服。我輕輕掀開被角，那個戰士正就著一隻手電筒微弱的光線在筆記本上寫著什麼

呢！我拍拍他的腦袋，示意讓他跟著我出去，我要搞清楚他的學習動機。

　　由於長期缺少睡眠，他的眼睛像兔子一樣紅通通，瘦削的臉上顯出憔悴，可是他的手裏仍然緊緊捏著那本筆記本。我讓指導員給他端過椅子，然後故作輕鬆地拿過他的筆記本，邊翻閱邊和他交談起來。筆記本上記得是閱讀「國家與革命」的學習心得，我起先認為一個戰士的水平再高也有限度，可看著看著，我的眼睛就離不開那個筆記本了。

　　說實話，革命理論對解放全中國，讓勞動人民當家作主起到了一定的作用，可是由於成天被動灌輸，那些老生常談早就讓人麻木不仁。然而眼前這個戰士關於國家的理解卻讓我打開眼界。照他的理解，國家和意識形態之間的關係應該界限分明，意識形態絕對不能超出國家範疇，否則就會導致國家秩序的紊亂。而國家的功能就是維持一個秩序井然的社會環境，意識形態的不確定性有時可能會被利用為政治的工具。

　　指導員的臉色有些陰沉，我覺得他有些嫉妒的成分，一個連隊指導員無論如何不能輸給手下的士兵。正當我饒有興致地準備展開高談闊論之時，忽聽得「啪」一聲，那個戰士拍案而起，只見他昂首挺胸，目光炯炯，就像一個毅力於世界之巔的巨人。我緊張的注視著他的眼睛，因為我覺得這個戰士的舉動超出了一個正常人的尺度。果不其然，我發現他的瞳孔逐漸放大，臉上的肌肉也有些扭曲。按在桌上的那隻手由於用力過度，五指緊緊摳向桌面，甚至手指甲縫都滲出血來。接著這個戰士就一本正經地發表開了演講，那口氣儼然就是一位指點江山的偉人，就是一位決定世界命運的救世主。我暗暗向指導員使個眼色，自己仍然裝出一副洗耳恭聽的架勢，不

動聲色地將身體悄悄向他靠近。正當那個戰士直視遠方口若懸河之際，我和指導員同時撲了過去，一前一後牢牢抓住了他。與此同時，連部的文書、通信員也一擁而上將這位自我陶醉的戰士捆在椅子上。這是不得已的無奈之舉，因為四周的槍支彈藥唾手可得，萬一這個戰士出現過激反應，什麼意外事故都可能發生。令人哭笑不得的事，這個戰士雖然被牢牢捆綁，可仍然面不改色侃侃而談，儼然一副慷慨就義的悲壯氣概，看來他真的深深陷入了自己的偉人夢中。

第二天我們就將這位戰士送進了醫院，後來診斷為妄想型精神病急性發作，就是現在人們稱之的「偉人綜合症」。我為那個戰士感到惋惜，在那個年代，有如此深刻認識實屬罕見，可見異常的精神狀態的確會產生出非凡的思想。對於那個戰士的疾病，我有時會覺得這和塞翁失馬有類似之處，要知道，如果不是精神疾病，那毫無疑問必定會作為反革命抓起來。

當醫生的除了掌握診斷和治療疾病的本領之外，還需要掌握黑白鐵技術，你聽說過這樣的咄咄怪事嗎？我就遇到過這樣一件讓人永世難忘的病例。那天晚上輪到我值班，十二點過後，我向值班護士交待了就去睡覺。還沒等合上眼皮，就被大驚失色的護士叫了起來。等我匆匆穿衣趕到診療室時，也有些瞠目結舌，眼前出現的怪異景象完全讓人摸不著頭腦。我認識的一位軍官由他的妻子扶著，滿臉痛苦坐在椅子上，哼哼唧唧呻吟不止。讓我和護士感到驚異的是，那位軍官的腦袋上裹著一條舊床單，纏了一道又一道，就像印度西克族人腦袋上碩大無比的包頭布。我立刻吩咐護士和軍官妻子解開那條床單，同時在心裏暗自思忖，那裏面到底裹著啥玩意兒。

軍官妻子臉色很古怪，她一語不發，用顫抖的手哆哆嗦嗦解著床單。當所有的裹頭布全打開之時，我差一點昏過去。原來那位軍

官的腦袋上帶的並非大蓋帽，竟然是一隻舊痰盂。這是演的哪一出，一個解放軍的堂堂軍官怎麼會被痰盂扣在腦袋上呢？再說這個痰盂的口徑甚至比軍官的腦袋還小，即便想扣，一般來說也是很不容易的。

望著我和值班護士詫異莫名的神色，軍官妻子抽抽噎噎地抹著眼淚開了口。在她支支吾吾高一聲低一聲的述說中，我們這才弄清楚了整個事件的始末端倪，原來小倆口吵架，妻子吵不過丈夫，盛怒之下順手抄起剛撒過尿的痰盂猛力扣上軍官那個裝滿條令的腦袋。聽到這兒，我和值班護士都被如此稀奇古怪的夫妻鬧劇搞得啼笑皆非，忍住笑湊上前仔細檢查。還沒靠近就聞到一股臊哄哄的氣味，人們通常說患「妻管嚴」的丈夫會喝老婆的洗腳水，可眼前這位連老婆的尿都敢喝，真丟盡了天下丈夫們的臉。

病因清楚，症狀也一目了然，然而這樣的怪病該怎麼治療，我想所有的醫學文獻上根本不會有記載。古今中外醫學史上，這樣的病例空前絕後，被我遇上也屬一種緣分。當然這是現代小夫妻們所無法體會的，那時的住房相當緊張，一般夫妻有一間十幾平方的臥室兼起居室兼客廳就算很體面了。至於衛生間，通常在一層樓裏只有一間，並且經常男女通用。所以用痰盂實屬不可避免。我圍著軍官轉了一圈又一圈，搓手皺眉絞盡腦汁，仍然一籌莫展束手無策。照我看，這樣的病例應該屬於醫學和五金黑白鐵技術兩者的綜合範疇，只經過其中一種學科的學習，基本無法解決此等難題。

那些製造痰盂的也夠混帳，為什麼要在半截子箍出一道溝，要是上下一般粗也不至於讓腦袋進出如此困難重重。我急中生智，叫護士打電話通知修理廠派個技術員來協助治療。技術員很快來了，他也和我一樣圍著軍官腦袋上的痰盂轉了好幾圈，最後苦著臉對我

說，如果扣住的是別的傢伙，用焊槍切割開來就得了。可這是軍官腦袋，一千多度的高溫下，那個腦袋肯定會變成烤豬頭。由於軍官腦袋長時間被緊緊箍住，頭部靜脈回流受阻，痰盂下的那張臉開始發紫，軍官的呼吸也有些不暢，眼看著就要有生命危險了。

時間緊迫刻不容緩，我咬牙跺腳下了決心，叫技術員拿過鋼鋸，自己動手解決問題。技術員先用鋼鋸將痰盂的上半部分鋸開，然後插進手指試了一試，看來有門，那個腦袋還有彈性，剪刀還能伸進去操作。換了根小鋸條，技術員在外部開始小心翼翼的鋸那道致命的痰盂口，技術員的汗順著腦袋往下流，手也在發抖，萬一下手不慎操作失誤，那個腦袋就得開花。等痰盂口只剩下很薄的一層時，我用手指墊住剪刀從裏往外剪，只聽得「唪達」一聲，痰盂終於和腦袋分開了。

那個軍官的腦袋就像一個棗核，難怪他老婆輕而易舉地就完成這樣一件高難度創舉。要是換了我的腦袋，恐怕至多只會淋個滿頭尿汁，當然我絕對不可能如此出醜，謝天謝地，我沒有遇到如此兇悍的「河東獅吼」。可憐那位軍官連個申訴的地方都找不到，婦女被欺負還可以找婦聯，還有《婦女兒童保護法》，我們男人遇到這樣的情況就只有啞巴吃黃連。那個軍官臨離開時，滿臉羞愧地懇求我們，說要為他保守秘密，萬一傳開來，他和老婆就沒法活下去。我和值班護士以及技術員都鄭重其事地發了誓，一定為他們保密，所以大家看後就放在心裏好了，這種事無論如何不能大張旗鼓地宣傳。否則扣痰盂成為一種新的時尚，那天下丈夫可要大倒其楣囉！

失明後，我離開了那個綠色軍營中的崗位，曾經被我救治過的戰友們只要知道我的情況，就會立刻前來探望。雖然過去了二十多年，可他們還一口一個莊軍醫，叫得我心裏熱乎乎，我的工作沒有

白幹，我已得到了最好的回報。然而讓我遺憾的是，我居然沒將那些治病過程一一記錄下來，否則完全可以寫出一整部軍醫手記，從另一個角度反映出軍隊生活的風采。

舊病復發

　　那是一九八一年的夏天，第二天就要過解放軍最隆重的節日八一建軍節，人人興高采烈、喜氣洋洋，整個營區裏充滿了熱鬧喧嘩的節日氣氛。住在市內的一位同事家中有事，需要搭班車趕回去，臨時和我換了值班時間，所以我就必須從七月三十一日值班到八月一日。怎麼也想不到，這個建軍節竟然變成了我工作的終結之日。從那一天直到今天，我再也沒回到門診部，再也沒與同事們一道工作學習，再也沒親手開過一張處方。別了，我的白大褂！別了，我的聽診器！別了，我的同事們！別了，我最熱愛的職業！

　　那天下午病人很少，我和值班護士都挺高興，滿以為這個建軍節準能輕輕鬆鬆度過了。

　　然而事與願違，三點鐘左右，一群營區旁邊的老百姓忽然抬進來一位婦女，離著老遠就聞到一股有機磷農藥的刺鼻氣味兒。看著那位雙目緊閉、口吐白沫的女人，我二話不說立刻和值班護士一道展開搶救。在那個年代，這樣的有機磷農藥中毒司空見慣，對那些生活在饑寒交迫之中，生活在絕望之中的人來說，唾手可得的一瓶農藥會讓他們毫不猶豫走進鬼門關。對生命的漠視、對人格的藐視、對社會的敵視、對親人的忽視，導致了這類事件屢見不鮮。我一邊給昏迷的病人插胃管洗胃，一邊下醫囑吩咐護士給病人注射解磷定和阿托品，這是搶救有機磷中毒的必要手段。洗胃是為了儘量

排出病人胃中殘留的有機磷，這當然需要在病人喝下農藥之後的最短時間之內進行。而解磷定和阿托品則是為了中和病人體內的有機磷，阻斷有機磷對神經系統的毒性作用。阿托品的用量必須達到最大化，必須使病人出現瞳孔放大皮膚潮紅呼吸心跳加速才能收效，這在臨床上稱之為「阿托品化」。雖然大劑量的阿托品也具有很強的毒性，然而兩害相權取其輕，在生死存亡的緊急關頭，只有阿托品才能讓病人轉危為安。

我一邊搶救，一邊命令病人家屬用清水洗去病人身上殘存的農藥，那些農藥有可能會被病人皮膚吸收，導致病人再度中毒。一個面黃肌瘦的中年男人涕淚橫流，他是病人的丈夫，看著他痛不欲生的表情，誰都會為之動容。可是當我們瞭解整個事件之後，那種同情之中又增加了無限的感慨，誰也想不到，僅僅為了一兩糧票，幾乎斷送了一條活生生的人命。事情的起因是那位丈夫腹內饑餓難當，偷偷拿了女人藏在枕頭下的一兩糧票買燒餅吃，不料一塊燒餅還沒吃下肚，那女人卻將滿滿一瓶農藥喝了個底朝天。

在那個計劃經濟的時代，每個人該吃多少都是由國家規定的，糧票就是獲得糧食的有價憑證。無論男女，無論高矮胖瘦，一律每月二十八斤，吃不飽只能怪你肚子太大。非但如此，除了糧票，還有煤球票、布票、糖票、煙票、油票、肉票、肥皂票等等五花八門數不勝數的票證。這就是所謂的計劃經濟，一切都需要按照計畫分配，如若計畫不夠用，只能和別人悄悄調換。哪兒像現在，只需要一種票：鈔票就能夠買到任何商品。發生這樣的悲劇到底怪誰呢？怪那女人頭髮長見識短、怪那丈夫嘴巴饞手太賤、怪人窮志短、怪老天爺不施憐憫踐踏人命，到底誰是罪魁禍首呢？也許這就是咱們中國的絕症，衡量人的標準完全不是出於品

德、出於待人接物的態度、出於是否勤奮好學努力上進、出於真善美或假惡醜。

　　就在這時，病人猛然吐出一片伴著農藥的臭水，猝不及防的我被噴了一身，臉上身上一片狼藉。但我不能離開，病人已接近阿托品化，稍有不慎就可能出現意外。經過兩個多小時的搶救，病人終於出現轉機，我們都長出一口氣，第一關總算過去了。病人必須留院觀察，因為體內的有機磷隨時都可能重新蓄積，再一次引起中毒症狀，到了那時，病人的呼吸循環系統就會衰竭，就真正回天乏力了。交待給病房的衛生員之後，我趁此空隙，跑步回宿舍沐浴更衣，滿身農藥氣味對哪個都是一種惡性刺激。病人的情況顯然漸好，血壓心跳呼吸都基本正常，只是因為折騰得厲害，身體相當虛弱。雖然病人仍然緊閉雙目，可我知道那是她羞於見人，一個女人總是對自己的愚蠢行為耿耿於懷。

　　這時的我也覺得渾身不自在，糖尿病就像一個糾纏不休的惡鬼，讓我的身體和精神不得安寧。尤其是對我這樣的脆性糖尿病，除了胰島素之外別無良方。然而當時的制藥業非常落後，連吃飯都要計畫，可想而知其他用品就更加緊缺。一般來說，只有住院病人才能接受胰島素治療，自己購買則需要千頭萬緒的關係，需要一環接一環的複雜操作，中國人的社會關係之所以如此繁複，就是通過這樣的長期磨練所造成的。

　　除此之外，爭強好勝也是我走進黑暗的原因之一，事事處處絕不願顯得己不如人，每天注射胰島素對我而言就是一種莫大的恥辱。值班護士要我先去吃飯休息，可我故作輕鬆搖頭拒絕，尤其在年輕姑娘面前，我的虛榮心越發膨脹。我一邊書寫病例，一邊想再堅持一晚上，到了明天一定要好好休息。

　　病例還沒寫完，值班室外又傳來一片人聲鼎沸，我的神經開始緊張，準是又來了危重病人。這次抬進來的是一位軍官，一眼就看出情況相當不妙，因為那軍官的老婆面色慘白兩眼發直，完全是一副絕望的表情。我的身上也有些發冷，一來因為我身體非常疲勞，二來因為我和這位軍官相當熟悉。

　　經過詢問和檢查，我的心情更加沉重，病人患的是嚴重上消化道出血。根據他妻子對出血量的描述，出血量估摸六百至八百毫升，如此大出血會引起病人循環系統的衰竭。那軍官意識尚存，見到我勉強擠出一絲笑容，可我覺得那笑簡直比哭還難看，真正的快樂是偽裝不出來的，快樂需要健康作支援。

　　正當我進行體檢時，病人忽然一張嘴又吐出一大口血，鮮紅的血液噴滿了枕頭和床單，真讓人怵目驚心。血壓計上的水銀柱呼呼往下降，40：60的血壓很難維持正常的循環需要。對這樣的疾病，治療原則第一就是止血，第二則是輸血，不如此病人的生命很難挽救。護士雖然給病人打了止血藥，可是這樣的大出血，止血藥物的作用微乎其微，必須使用三腔管氣囊止血。為了避免病人吐出的血被吸入氣管引起窒息，我們將病人側臥，從他的鼻腔內緩緩插進胃管，然後注入清水進行清洗。擱在病人嘴邊的盆很快就滿了，血水還在往外湧，得趕快充氣止血。空氣從三腔管內打了進去，氣囊將病人的食道壁壓迫，血總算止住了。

　　然而輸血卻成了一個難題，病人的血形是 O 型，我們這兒所有人的血型只有 B 和 A 兩種。門診部主任帶著幾個人趕來，可是我們空歡喜一場，其中還是沒有需要的 O 型血。只好用代用血維持病人的血容量，這種權宜之計只能維持一時半會。經過這一鬧

騰，已經過了半夜，我看看屋外的一片漆黑，堅決向主任提出護送病人去醫院急救。

　　夏夜的涼風從車窗吹進來，讓我覺得舒坦，這一天過得真不輕鬆哦！可看到躺在担架上的病人，我的神經絲毫不敢放松，醫生最大的快樂就是解除病人的痛苦。那位軍官因出血量太大已然陷入淺昏迷，我握住了他的一隻手，從那只手裏可以感覺到他對生活的熱愛、對世界的依戀，因為我感覺到他正在用盡力氣向我的手發出信號。

　　救護車終於駛進醫院的大門，我們七手八腳將病人抬進急診室，看著鮮紅的血液一滴滴流入病人的靜脈，我們都情不自禁地長長出了一口氣。我辦完了轉診手續，告別了那位軍官及他的妻子，和駕駛員一道走出醫院。我忽然感覺有些不對，頭重、腳輕，身體忽悠悠飄了起來，然後就什麼也不知道了。

　　等我再度睜開眼時，發覺自己竟然躺在病房裏，潔白的床單和熟悉的來蘇爾氣味讓我毫不懷疑自己的判斷。可是怎麼躺在病床上呢？使勁想了好一陣子才明白了自己的處境，本來是送病人的，一轉眼之間自己也被送了進來。陪在我床邊的駕駛員見我甦醒，立刻變得眉開眼笑，急忙叫了醫生過來。一位白髮蒼蒼的老醫生皺著眉頭，毫不客氣地對我大發雷霆。我認識他，這是醫院裏著名的內分泌科專家吳主任。怒髮衝冠的老主任狠狠瞪著我，說我根本就不配做一名醫生，完全沒有對疾病的科學態度。簡直讓人莫名其妙，我的醫生證書是醫學院頒發的，我對病人的服務也是無可指摘的，怎麼能說我不配當醫生呢！老主任剛剛離開，我悄悄拉了駕駛員，我還在值班，必須趕回門診部。

　　到了今天，我終於明白了老主任的話中含義，一個真正的醫生面對的只有疾病，不論疾病發生在別人還是在自己的身上，都需要用科學的態度嚴格對待。雙目失明之後，吳主任曾經四處打聽我的住址，後來騎一輛破自行車專程來到我家探望。這完全出乎我的意料之外，讓我感動不已。可當我聽到吳主任由衷的感慨時，我吃驚地不知說什麼好，吳主任顛顛地跑來竟然是為了向我道歉。老主任搖晃著白髮蒼蒼的腦袋，他說那晚他應該立刻將我追回醫院，我的病情就不會惡化到如此不可收拾了。我沒法用語言形容那時的心情，感動、敬佩還有後悔，亂七八糟地塞滿了我的心。

　　一個醫生應該怎樣做，吳主任給我上了一堂終身難忘的課，一個醫生的境界就是要為病人考慮得周到周到再周到，要讓自己的一舉一動完全站在病人的立場上。亡羊補牢尤為未晚，雖然我的眼睛失去了，可是現在的我對自己的生活起居格外小心，我再也不能失去任何東西，健康的活著是每個人對家庭和社會最起碼的責任。

第三篇

黑暗世界

一目了然

　　八月一日的早晨，太陽早早升起，預示著又是個酷暑難當的伏日。前一夜送病人到總院，差一點被扣留住進醫院，回來後就覺得全身不適。特別是我的左眼，裏面像有萬根鋼針在扎，痛得眼淚嘩嘩流。接著就覺得眼球往外鼓脹，好像那個東西正在長大，原來的地方已經容不下它了。

　　其實眼睛發現問題已有一段時間，起初眼睛似乎失去了水準，看任何物體都東倒西歪橫豎不成行，直線在我的視野中變成了奇形怪狀的曲線。到醫院檢查之後，結果是因糖尿病導致的血管病變，致使眼底中心視網膜發生病變。那個由視神經細胞組成的部位精密無比，但凡出現一點點病變就立刻會影響我們的視覺，會讓我們和外界的接觸產生莫大的誤差。人們常說「愛護某樣東西要像愛護自己的眼珠子一樣」。然而我卻總是對自己的疾病掉以輕心，回過頭看一看自己的發病過程，糖尿病已影響到眼睛，居然還拒絕注射胰島素，真正是不折不扣的諱疾忌醫啊！

　　每想起這一段，我就恨不得狠狠抽自己幾巴掌，害了自己不算，還連累了親人。由於那天是節日，門診部唯一一名眼科醫生回到市內去了，我愛人急得團團轉，和值班醫生商量之後，先給我用上一般止痛藥物。根本無效，眼球還在鼓脹，我的手摸在那上面就

像摸著一塊石頭一樣硬邦邦。這決不是小問題，準是眼壓急劇升高，很可能患上了急性青光眼。

值班的醫生打電話叫來了門診部主任，老主任用手按在我的眼球上，眉頭立刻就緊緊地皺了起來，吩咐護士趕緊給我吊上山梨醇脫水減壓，同時外用匹羅卡品滴眼擴瞳。然而眼球還在鼓脹，吊了一瓶山梨醇毫無作用，而那種藥副作用很大，不能多用。這時我的忍耐已經到了極限，極高的眼壓引起劇烈的疼痛讓我哇哇嘔吐不止，我的手指摳進左眼眶，恨不得將那只討厭的眼球整個兒挖出來。我想起吳承恩所寫的西遊記，那個孫猴子被唐僧念緊箍咒，痛得抱著腦袋在地上翻滾。也許吳承恩就曾經患有嚴重的青光眼，至少他親眼見過青光眼患者發病時的痛苦狀態，否則絕無法將疼痛描寫的如此逼真。我當時真的就這樣在地上打滾，主任醫生護士和我愛人都束手無策，他們都被我的疼痛揪住了心，老主任用顫抖的嗓音叫護士趕緊打電話讓救護車送我去醫院。

我被送到醫院時，父母也接到通知趕來，這讓我很不安，我知道他們一定心如刀絞，可憐天下父母心。母親緊握住我的手，一個勁兒問我感覺如何，她準是急糊塗了，這還用得著問嗎？眼科醫生給我測了眼壓，正常人的眼壓一般在十二到二十毫米水柱之間，可我的眼壓居然高達八十毫米水柱，難怪在地上打滾呢！父親現在也傻了眼，搓著雙手無計可施。過了一會兒，他忽然從口袋裏掏出一小盒清涼油，用手指挖出一點兒，抖抖霍霍塗在我的腦門上，像是作出一件重大決定那樣長吁一口氣。我知道這是徒勞，可還是勉強擠出一絲苦笑，難為他老人家還知道用清涼油呢！

經過檢查會診，我的眼病並非一般的青光眼，除了虹膜病變引起房角粘連，導致防水受阻之外。眼底小動脈瘤破裂所致的大量出

血更加棘手，一般的虹膜切除手術解決不了問題。眼科主任徵求我父母和愛人的意見，按照他的說法，手術的成功率只有百分之十，而且還有可能會引起交感性眼炎，導致另一隻眼睛的感染。我們都有些左右為難，隨著藥物開始發揮作用，眼壓逐漸降低，我們的手術決心也漸漸動搖，最後決定採用保守治療。

現在我才明白，一個老醫生的百分率是多麼苛刻，隨著行醫時間和經驗教訓的同步增長，他對每一個百分點越來越斤斤計較，要是說有百分之十，那麼至少可以增加一倍的希望。非但如此，一個老醫生還會將最小的危險無限擴大，比方說那個交感性眼炎的可能性微不足道，然而在一個老醫生的嘴裏就像感冒一樣隨時有可能發生。所以我們在分析醫生的話時，必須按照其年齡做反比例加以考量。有一個民間笑話說，什麼叫醫生，就是會讓一個感冒的病人認為自己已經病入膏肓死到臨頭，讓一個生命垂危的病人覺得自己百病皆除健康無比。照此類推，醫生就和騙子沒有多大區別了，不過兩者絕對不可相提並論，醫生總是為病人著想的。

失去左眼之後，我開始用一隻眼睛看世界，聚焦點是集中了，但視野卻狹隘得多。碰到左邊有人叫我，我非得將身體向左側轉，讓人們總認為我未免客氣過分。我還有一隻眼睛，還想工作，門診部領導經過研究決定我離職休息治療疾病。我當時的感覺就像正在天空飛翔的鳥兒，忽然間折斷了翅膀，輕輕飄飄往下落，心裏沒了底。翅膀斷了飛翔就再不可能，然而什麼時候會落到地面呢？一個知道自己將走進絕境的人，最讓他恐懼的就是不知道這一天何時到來。

經過這樣的折騰，我意識到自己簡直是拿自己生命開玩笑。從那時起，直到今天，我再也沒離開胰島素，那小小的針管每天都要

往我的身體注進藥水。說起注射胰島素，也不是一件輕鬆平常的事情，胰島素的劑量必須絕對準確。少了一個單位就會使血糖升高，而多注射一個單位則會引起低血糖反應，要知道一個單位僅僅相當於一毫升的四十分之一呢！

　　低血糖反應是相當可怕的，最初出現心慌頭暈，接著血壓下降，冷汗淋漓。若不及時補充糖分，發展下去會導致休克昏迷。如果注射的劑量很大，還會有生命危險。從接受胰島素治療到現在，我記不清發生過多少次低血糖反應，有時身邊無人，甚至會摔得頭破血流。其實糖尿病分好幾種類型，我換的是 1 型脆性胰島素依賴性糖尿病，此種糖尿病最為嚴重而難以控制。有一次半夜發生低血糖反應，根本來不及伸手拿糖，只覺得腦袋忽悠悠一下就渾然忘我沒了知覺。就像進入了另一個世界，我想人們通常所說的升入天堂，恐怕就是此種感覺吧！兩者之間的區別就在於，真正進入天堂的人再也回不到人間，無法將這種感覺告訴他人。而我卻可以寫出低血糖引起的肉體和精神的反應，可以讓別人與我分享那種飄飄欲仙的體驗。

　　我說低血糖反應和升入天堂差不多，這絕對不是誇大其詞，而是經過自己無數次切身感受得出的體會。在低血糖發作開始時，首先會感覺意識和身體之間出現了分離，自己的身體完全不能支配，明明知道現在最需要的是盡快服用糖，手卻好像不屬於自己，無論如何指揮不了手的運動。接著就進入休克前期，會有許多幻覺出現，而那些幻覺會讓我恍恍惚惚置身於一個縹緲虛無的空間。最常感覺到的是雲霧，漫天的五彩雲霧圍繞著我，將我托起慢悠悠地飛翔。有時還會看見一些怪模怪樣的人，當然這些人通常是在神話故事裏似曾相識的，都是一些善良慈祥的熟面孔。相反假如打入地

獄，那麼見到的准是牛鬼蛇神，準是青面獠牙的閻王小鬼。我知道什麼神呀鬼呀統統是無稽之談，可是出現幻覺時卻由不得你，有時候我們神志的確不是自己所能支配的。別看我現在說得輕鬆，甚至好像還有些玩世不恭，其實低血糖發作的後果極其令人恐怖。據我所知，每年都有許多糖尿病患者因為注射胰島素而發生低血糖反映，其中大約有百分之二因此身亡。更有甚者，許多糖尿病人發生低血糖常常在夜間熟睡時，由於無法清醒及時進行搶救，腦缺血時間超過了恢復的限度，最終變成了植物人，他們從此再也無法醒過來感受人間的喜怒哀樂。

我用僅剩的一隻右眼貪婪地看世界，現在想起來，我的潛意識裏一定感覺到光明很快就要離我而去，我要盡可能多地將美好的世界保留在腦海裏。我不知道我們的祖先什麼時候開始用一目了然這個詞的，正常人只有在進行瞄準時才會用一隻眼睛，因為兩隻眼睛在需要聚焦時會互相干擾，會讓我們打錯了目標。這樣說來，一隻眼睛確實看得比兩隻眼睛準確，即便這兩隻眼睛長在我們同一個身體上，也會各顧各鬧出不一致的結果。就這樣，我用僅剩的一隻右眼瞄準世界，仔仔細細地觀察，認認真真地思考，忽然間變得成熟了。生活才是我們真正的老師，一般來說，誰也不想自找苦吃，但一帆風順會讓我們找不到生活的老師，會讓我們始終處在幼稚期。艱難困苦才是我們生活課堂上真正的老師，為了自己、為了家庭、為了社會，吃一點苦是絕對值得的。

走進黑暗

　　我的視力每況愈下，短短的一個月時間，右眼視力就急速降至零點零五，這差不多等於失明了。我開始真的恐慌。病急亂投醫，南京的各家大醫院，無論中醫院還是西醫院都跑遍了。然而那些眼科專家一個個或顧左右而言他，或攤開兩手給我一個愛莫能助的苦笑，再不就開一些無關痛癢的維生素，我意識到這一次可能誰也沒有回天之力了。然而光明對我來說，就像空氣和水一樣不可或缺，從小到大，我的所有快樂都來源於色彩斑斕的世界，來源於視覺所產生的美好感覺。我認識到自己對最可貴的東西是多麼忽視，然而為時已晚，從現在開始，每一天都可能是走進黑暗的倒數計時，每一個初升的太陽對我都可能是最後一次照耀。

　　懷著對光明的最後一線希望，我和愛人來到北京，那兒的同仁醫院是全國著名眼科醫院。可是，我們所得到的盡是灰心喪氣，那些專家們一個個拐彎抹角地大力推薦各種中藥丸子，興致勃勃地介紹這些藥丸子的奇妙功效。而對我們最關注的是否還可以進行手術，手術後是否還能重建光明，卻裝聾作啞支支吾吾給出一些似是而非的答覆。他們其實不知道，這些所謂名貴藥物，我早就嘗遍了，也許對其他人有效果，但對我根本毫無作用。除此之外，更加令我感到沮喪的，這些專家明明知道我的病情已屬無藥可治，仍然肆意推銷那些價格昂貴的藥品，真有點落井下石的味道。臨走時，一位

年紀較輕的醫生悄悄對我們說,你們犯了方向性的錯誤,北京的保守和妄自尊大是眾所周知的,應該去上海。

我們是在十月份來到北京的,金色的秋天是一年裏最能展現首都風采的季節。北京的春天是風沙的天下,男人戴口罩,女人捂紗巾,根本就看不清北京人的真面目。冬天的北京寒風凜冽,街上行走的北京人個個像鴕鳥,彎腰弓背邁動兩條腿急匆匆奔波,像是在搞競走比賽。夏天的北京和南方一樣酷暑難熬,三十八九度的高溫一點兒也不遜於全國聞名的四大火爐。我們漫步在枝頭掛滿金色柿子的北京街頭、漫步在熙熙攘攘的王府井大街上、漫步在馳名世界的紫禁城外、漫步在寬廣莊嚴的天安門廣場,我的心裏湧上一股與金色北京不相稱的悲哀!這也許是我最後一次來到北京,是我能用僅剩的微弱視力最後看一眼我們的首都了。

天安門廣場上的革命英雄紀念碑巍峨壯觀,我可憐的視力根本無法看清那上面的浮雕。在鐵欄杆外猶猶豫豫地徘徊了好幾圈。正當我悻悻然準備離去時,一名負責警衛的戰士走到我們面前,向我敬了個舉手禮,我嚇了一跳,莫非自己違反了什麼規定。當那戰士說明給我敬禮的原因之後,我和愛人都被深深感動了。原來他是班長,早就注意我了,發現我是一名失明的解放軍軍官之後,他主動過來請我走進欄杆,和紀念碑做零距離的接觸。我的手在紀念碑上小心翼翼地摸索著,熱淚禁不住溢出眼眶,順著面頰一串串滾落。我說不清為什麼流淚,淚水裏的成分很複雜。

回到南京後,我們又馬不停蹄地去了上海,瑞金醫院的一位專家檢查後告訴我們,最近從國外引進了一種鐳射治療儀,可以先在我的身上進行試驗性治療。鐳射治療的原理就是利用鐳射的精密準確,將那些眼底小動脈上的血管瘤燒灼封閉,防止破裂後再度出

血。其實動脈瘤和我們通常所指的腫瘤完全風馬牛毫不相干，腫瘤是機體生長出的異常分化細胞，是靠掠奪正常細胞的營養迅速而瘋狂地生長，最終導致正常組織器官由於缺乏養料而衰竭死亡。動脈瘤的發生第一是因為血管的畸形，血流在畸形血管內改變流速反覆沖刷，致使畸形的血管壁逐漸薄弱，最後失去彈性突出膨脹，形成瘤狀。第二則是由於血管本身的持續缺氧狀態，導致血管運動障礙，引起周圍組織缺氧，為了保證供氧，血管不得以開放側枝循環，而那些在非正常狀況下開放的側枝循環因為氧的缺乏，血管壁發育不良，經不起內壁的壓力，同樣也會出現突出膨脹的小血管瘤。眼底小動脈瘤就是因為第二種情況所致，鐳射治療有些消極，根本問題沒有解決，封閉那些小動脈無疑等於救了火而毀了房屋。然而當時已到了窮途末路，無論什麼方法，一試無妨。

　　當時鐳射治療的水平還在初級階段，每次只能消滅很小一部分小動脈瘤，所以我和愛人每星期都得往返於南京和上海之間。前一天下午趕火車到上海，第二天一早趕赴醫院，進行治療後下午返回南京。最辛苦的是我愛人，她前一天下班後立即陪我趕到上海，治療完又得護送我返回南京，第二天一早還要急匆匆去上班。當時我們結婚還不到兩年，可是我覺得她對我是完全徹底付出的，為了我的復明任勞任怨始終陪伴在我的身邊，我何以為報呢？

　　就這樣，我們在滬寧線上來來回回跑了八趟，最後一次中止於那位專家。她先前的熱情消失了，閃爍其詞竭力向我們推薦上海第一人民醫院的眼科主任趙東升，說那個老教授興許會給我帶來希望。不久我的右眼因突然大出血而僅存光感，窮途末路之際，我試圖做最後一搏。死馬當做活馬醫，我們還是來到上海第一醫院眼科，找到了那位被人們稱為東方一隻眼的趙東生教授。這位老教授平易

近人和藹可親，雖然他檢查後給我的結論是非常渺茫的百分之一，但我寧願失明在他的手上。趙教授那樸素無華的風格和一口濃重的湖南口音至今讓我難以忘懷，手術雖然沒成功，可是老教授卻給我留下了真正醫生的風範。

　　病房裏所有病友們對這位老教授都充滿了由衷的尊敬和信任，一代代病人口口相傳的有關老教授的感人故事，現在又傳進了我的耳朵：有一次趙教授下班時發現醫院門口蹲著一位農村來的中年人，他走出幾步後又回轉身來到這位農民面前仔細詢問。當趙教授明白這位農民是從西北來求診，因為沒有足夠的錢，哪裡還敢跨進這樣有名的大醫院呢。趙教授聽完之後，二話不說立即親自領著這位農民走進醫院。後來經趙教授的手術，這位農民得以重見光明。當他向趙教授千恩萬謝時，誰料老教授什麼話也不說，只是吩咐他注意事項並讓他給其他病人騰出病床。類似這樣的故事，直到我離開醫院也沒有聽完，可見老教授的所作所為真正深入了人心。

　　為了我的手術，趙教授在兔子的眼睛上反覆做實驗，他說我的眼底因為出血沒有及時清除，血液機化形成了一層厚厚的偽膜。現在這層偽膜已經牢牢粘連在視網膜上，手術就是要將這層膜剝離。除此之外，趙教授還和醫療器械公司聯繫，親自跑了好幾趟，專門定製了一套為我手術的器械。手術的那天，全病房的病人及家屬都為我祈禱，他們是善良的，手術的成敗只能聽天由命，可他們的善良和關愛已深深地刻在我的心上。

　　上了麻醉之後，那些刀和剪子就開始在我的眼球裏忙碌，我儘量放鬆，儘量去回憶那些令我愉快的事情，不過假如你的最敏感部位被刀子和剪子在那裏攪和，要做到置之度外是非常不容易的。趙教授只是偶爾發出一聲低低短促的需要器械的命令，我不知道手術

到底進行得如何，只知道大家都在為我全力以赴，還有什麼可說呢，這就夠了。為了避免我的情緒激動，手術護士給我注射了鎮靜劑，這樣手術還沒結束我已昏昏然進入了夢鄉。

　　等我醒過來時，眼睛上被蒙了一層紗布，手術前僅存的一絲光線被這層紗布隔絕，也許拆開紗布之後，光明又會回到我的眼前。愛人的手一直沒有離開我的手，她的手裏隱隱傳來一種不祥之兆，我什麼也不願多想，我們的所有努力難道真的會付之東流嗎？趙教授來了，他還是一言不發，我覺得他和我一樣在等待著，等待著命運的宣判。我的心隨著紗布的一層層揭開忽悠悠地往上懸起，當最後一層紗布完全從我眼上揭去時，我的心再也支援不住，重重跌落下來，跌得我好痛好痛。沒有光明、沒有親人的笑臉、沒有希望了，黑暗終於將我帶進了另一個世界。從這一刻起，我走進了黑暗，走進了一個沒有色彩沒有線條的世界，走進了人生的另一扇大門，那兒有什麼在等待著我呢？

黑暗旅途上的第一步

　　我不得不面對現實，不得不開始黑暗之旅，尋找茫茫黑夜裏的第一條道路。要說完全是靠自己摸索出來的道路，那不是實話，我的前面已經有許多榜樣，他們用艱難的跋涉為我踏出一條曲折坎坷的小路。他們的成功就是我的路標，我知道在這些成功的後面，曾經有過多少絕望的掙扎、有過多少辛酸的淚水。但我更知道，如果沒有這第一步，那眼前的黑暗將壓迫我一輩子，痛苦和絕望會將我帶入地獄。

　　在這之前，作為一個正常人，我對盲人從來就沒有過真正的瞭解，充其量只不過給他們一些廉價的同情和微不足道的幫助而已。直到現在，我才明白盲人們需要的是什麼，他們最需要的是尊嚴，是一個正常平等的地位。假如你真想伸手拉他們一把，那你一定要記住，他們和你是平等的，你是以朋友的身份幫助他們。高高在上的施捨只會讓他們跌入更深的痛苦。失明讓盲人在生理功能上失去了和正常人的平等，生理的缺陷會使他們格外敏感，人們的關愛常常被誤解為廉價的施捨。

　　有一次，我搭乘公共汽車，擁擠不堪的車廂使人與人像被粘在一塊兒。這時，一位中年男乘客從座椅上站起，拍拍我的肩膀，示意讓我坐他的座位。按理說，我應該感激，應該向這位朋友致以最崇高的敬意。然而我卻像塊木頭似的，硬生生給那片友善回報

了一個不知好歹的冷臉。我雖然看不見身旁人們的表情，可分明能覺察到周圍人對我的不解。我知道自己非常過分，過分的自尊恰恰暴露了強烈的自卑。是的，如果我是個正常人，我也會毫不猶豫地給盲人讓座。可是這一讓一坐之間有著太大的落差，從高高的浪尖跌進深深的谷底，心理上的失重狀態讓我失去了平衡。所以我覺得，人們還是儘量一視同仁，千萬別給與盲人過分的遷就照顧。一個盲人雖然在生理上不能和正常人同步，在心理上在感知上卻應該和社會同步，和正常人一樣吃苦受累並不會讓盲人更感覺屈辱。

　　雖然說所有的人都在走自己的路，可是一個殘疾人的道路無疑會艱難困苦得多，要走這樣的一條路，必須站穩腳跟鎖定目標。今天我當然能毫不含糊地說，自己沒走錯道路，沒失去目標。可是有誰知道，我所走出的第一步多麼困難呀！從今往後，凡是依靠眼睛進行的活動，統統需要更換行為方式，一切依靠視覺的感知必須被聽覺嗅覺和觸覺替代。換句話說，哪怕所有代償功能盡數調動，也無法取代眼睛功能的很小一部分。

　　我必須用手和聽覺測定各種障礙，亦步亦趨緩慢前行，稍有不慎就會碰得頭破血流，就會摔得狼狽不堪。三十年來，我摔過不計其數的跟頭，不僅摔破了皮肉，甚至還摔斷了小腿的脛骨，摔掉了一顆門牙。摔個跟頭要撿個元寶，就是說我們必須在挫折中汲取教訓，必須在磨難裏獲得實實在在的人生經驗。

　　我的經驗就是，在一次次的摔打中，讓自己的心理磨出一層厚厚的老繭。對人要溫良恭儉讓，要熱情厚道，要不恥下問。而面對嚴酷的生活則完全相反，你越厚道，它就越刻薄；你越老實，它就越狡猾。有一句俗話，臉皮薄吃不著，臉皮厚盡吃肉。這句話用來

描述人與人的關係，那是厚顏無恥的小人之道，可對待生活，卻是強者的生存法則、是勝利的至尊寶典。

脸皮的厚薄其實反映出我們的心理狀態，你看那些並沒有失去勞動能力的乞討者，他們的脸皮應該算是最厚的，然而他們的心態卻是最脆弱的。不信你試試看，在他們伸出的手掌上放一枚硬幣，立刻就會換來一連串諂媚的謝謝。一旦你指責他們好吃懶做，必然會遭至憤恨的詛咒，一個硬幣比他們心理上的脸皮厚得多。

在看我們面對生活，脸皮的厚薄則起到相反的作用，薄薄的脸皮會讓你失去對生活的抵抗，會讓你成為生活的弱者。我們常常可以看到，行走時不慎摔跤的人，有些人摔倒後立刻爬起來，拍拍身上的灰塵，若無其事地揚長而去。而另一些人則完全相反，他們會倒在地上呻吟不止，可憐兮兮的等待著別人援手。如果真的摔傷，那另當別論。我所說的是，那些挫折和失敗後覺得顏面掃地無臉見人者，他們心理上的脸皮被輕易擊穿，這才是真正的失敗。

失明之前，我自認為自己的心理非常健康，自認為沒什麼挫折不可戰勝。然而兩眼一抹黑的處境立刻就讓我茫然失措，哪怕一次微不足道的磕碰都會令我的心靈遭受巨大的挫敗。我的心理變得比小孩子還要嬌嫩，一個善意的援手或同情的微笑，都會使我無地自容，自尊和虛榮之間差之毫釐失之千里！失明後的我用過分的自尊偽裝起自卑，讓自己陷入了更加自卑的虛弱之中。既然我的自卑是由於失去了光明世界，失去了先前在這一片光明之中的自我感覺良好。我到底能不能在黑暗的世界裏重新找回自我呢？

堅強的意志不可能來自虛幻的想像，心裏的調整更需要實實在在的行動，我必須適應黑暗，必須在黑暗中找到新的自我。我腦袋裏忽然閃出一個念頭，我也來寫作，用筆寫出自己的思想，寫出自

己的感受。通過寫作或許能疏解心中的鬱悶、或許能找到一條嶄新的路。這個想法開始時連我自己都感到汗顏，那是一九八二年，在那個時代寫作是一件絕對神聖不可高攀的事業，是那些有著作家光環的名人的專利。現在由於網路的普及，當個網路作家易如反掌，只要你想寫敢寫，無論在哪兒都能展現自己的風采。可那時在報刊上發表文章，赫然登出你的大名，簡直是創世之舉，會在你的周圍造成火山噴發般的巨大震撼。

我承認自己有些矯枉過正，竭力想通過這樣連正常人都不敢貿然問津的舉動來證明自己的存在價值。家人和朋友們誰也沒有反對，直到現在我都在心裏感謝他們，因為當時我的狀況，誰也不敢相信我能成功。正因為如此，他們的支持才更加珍貴。

然而想寫和真正動手寫作完全不是一回事，我失去了眼睛，失去了對線條和色彩的判斷和運用，故而像一個正常人那樣寫作是不可想像的。現成的英雄為我的寫作指明了方向，奧斯特洛夫斯基，就是那個《鋼鐵是怎樣煉成的》作家，他堅韌頑強的意志和特殊的寫作方法就像在黑暗中的火炬，照亮了我的創作之路。於是我找來廢舊的 X 光片，愛人、父母、弟弟和朋友都動手幫忙，刻出一條條空心的橫格子。這樣我就可以將稿紙用迴紋針別在 X 光片下，在橫格內書寫文字。鋼筆不行，因為寫出來的字會被摸索的手指模糊。用圓珠筆也不行，筆芯裏沒了油，那麼什麼字也寫不出來。所以我的創作都是靠鉛筆完成的，只要能摸著鉛筆頭，當然就可以確定寫出了文字。

然而創作和寫字不是一回事，看別人的書，我們常常會橫挑鼻子豎挑眼，常常會大言不慚用最刻薄的語言批判得一文不值。現在輪到自己，要將文字像符號一樣按照最能打動人心的程式進行排列

組合，讓文字像音符一樣扣人心弦，讓讀者跟著你哭、跟著你笑、跟著你飛翔、跟著你墜落，這就是創作的魅力和偉大意義。

我寫的第一篇文章名為「班長和我」，至今回想起來都覺得臉上發燒，乾巴巴的文字所表現出來的蒼白膚淺虛張聲勢，要說見不得人，非那時的我莫屬。還是那句話，要想成功，一定要做到老臉皮厚，否則第一次失手就會讓你永無翻身的機會。退回的稿件接二連三，我的心裏真有些懊惱，不光為了自己，還為我的親人。她們廢寢忘食嘔心瀝血為我抄寫稿件，為我集思廣益出謀劃策，我的失敗使她們和我一樣痛苦失望。

說句實話，假如退稿繼續下去，假如我一直被失敗困擾，我不知道自己還有沒有今天的喜悅，還有沒有繼續奮鬥的信心。幾個月後，我的第一部處女作，我走上創作之路的第一個里程碑，我的短篇小說《靜靜的蛇谷》終於在《青春》雜誌上發表了。這就是我的第一步，這一部並非只屬於文學，更難能可貴的是，我從生活中重新找到了另一個嶄新的自我。有了這第一步，就會有第二步、第三步，就會走出一片光輝燦爛的前程。

我至今還記得那位雜誌的編輯，他拿著文稿親自跑到我家，想證實我的確是一個雙目失明的盲人。我要感謝的這位編輯叫江廣生，據說現在已經是知名的電視製作人。他幫我仔細修改稿件，給我講解文學創作的要領，我走到今天，江編輯自然功不可沒。小說發表後，我們全家都像過節一樣喜氣洋洋，大家都反反覆覆地說著同一句話，終於發表了，總算成功了。這句話是我們的共同心聲，因為我們都為此做出過艱苦卓絕的努力。在拼搏和奮鬥中，我們都感到了與困難奮鬥其樂無窮。在勝利的喜悅中，我們的心更加緊密地聯繫在一起。現在回頭想想這第一步，再看看之後的金陵文學

獎，看看我出版的長篇小說，更加感覺到這來之不易的第一步的重大意義，沒有當初的成功，還會有現在的我嗎？

黑暗中的衣食住行

　　小孩子在幼稚園裏都喜歡做一種遊戲，用手帕蒙住眼睛，靠聽覺和觸覺尋找其他東躲西藏的小朋友。失明之後，我永遠留在那個遊戲之中，靠聽覺觸覺嗅覺和第六感官，在茫茫的黑夜裏尋找著，尋找生活中所需要的一切、尋找人生的出路。用手帕蒙住眼睛是為了玩耍，是一種快樂的遊戲。但時時刻刻在黑暗中摸索，所有的衣食住行只能用聽覺觸覺嗅覺進行，那就變成一種難以忍受的痛苦，而這樣的痛苦是正常人所無法理解感知並承受的。

　　就拿穿戴來說，無論誰都想穿得體體面面，都想在人前人後顯示自己的風采。不是說人靠衣衫馬靠鞍嘛？然而我失明的初期，看來簡簡單單的穿衣戴帽，卻成為我的一大難題。雖然別人並不和我計較，他們都因為我的雙目失明而網開一面，可是我總覺得顏面掃地，總會為此暗氣暗憋而無比的懊惱。由於看不見障礙物，擦碰時衣服經常被沾染上一塊塊汙斑，被別人指出來，我就會覺得心裏像塞了塊髒抹布一樣噁心得要命。有時扣錯了紐扣，衣服就會變得歪歪斜斜，任你怎麼拉扯也無法熨貼合身。除此之外，還有更加讓我丟臉的，有一次，我由於出門時著急，誤將兩隻不同顏色的皮鞋做一雙穿了。結果走到哪兒，哪裡就是一片哄笑，人們都說「紅與黑」來了。

　　生活才是我們的課堂，苦難才是我們的老師，痛苦的磨練應該是這個課堂裏最重要的課程，應該是人生最不可缺少的考試。經過無數次的痛苦折磨，我逐漸適應了黑暗中的生活，學會了整理自己的衣服，現在再也沒有人笑話我，幾乎所有的人都說我乾淨利索，無論穿什麼衣服都顯得瀟灑大方。

　　然而要做到這一點談何容易呀！首先需要將自己所有的衣服歸類，春夏秋冬，外套內衣，都必須一一按照順序放置停當。如此這般，拿起來就會搭配合適，什麼衣服配什麼褲子再也不會弄錯了。勤換勤洗也是我養成的好習慣，每隔三四天心裏就會感覺衣服不乾淨，即便沒有汙跡，我也會換下來清乾淨。雖說這樣做有些矯枉過正，可整齊乾淨總會給我和周圍的人帶來美的感受。我的鞋子基本都是一種顏色，這樣即便穿的不是同一雙，也不至於鬧出大笑話來了。非但如此，我甚至還能替小孩子穿衣服，小外甥女從小由我帶養，她所有的穿戴都由我負責。一直到小傢伙離開我出國，好像還沒人說過穿戴上有什麼不妥呢。不過小傢伙跟我學會一種偷懶的穿衣方法，那些讓我煩惱的紐扣我從來也不解開，只需將外衣像套頭衫一樣順手從腦袋套下，紐扣就再也不可能扣錯啦！其實無論做什麼都需要專心致志，有許多眼睛正常的人穿戴極為不整齊協調，那是由於他們沒有意識到自己不拘小節的邋遢穿戴。

　　當然我對衣服的式樣和色彩就不能太講究，那些流行色時髦款會讓我這個已經與眾不同的人變得像馬戲團裏的小丑，會讓我的心裏如同蹺蹺板似的找不著平衡。所以我的外衣大多是灰色調，這種顏色最普通、最中性，看見和看不見差不多，誰都不會對你多看一眼。後來我請朋友幫我注意觀察了許多盲人，發現他們中的大多數和我一樣，竟然也穿著灰色的服裝，也許這就是盲人最信賴的顏色

吧，希望依靠灰色將自己隱蔽在熙熙攘攘的正常人流裏！另外盲人們失去了對色彩和線條美的欣賞工具，那些屬於眼睛才能享受的五光十色，對盲人已經無足輕重，興趣索然和灰色調應該屬於同一個概念。

時間長了，我的手指也變得極為敏感，不是自吹，任什麼面料，任你是化纖還是棉紡或毛料，從我的手中一過就能分辨個八九不離十。我母親和妹妹有時購買衣料及服裝也會帶了我同往，讓我幫助她們鑒別質量。化學纖維、棉纖維、毛紡纖維，無論彈性強度都不一樣，所以織出的布料也大相徑庭，我拿在手裏扯一扯捏一捏就能說出其質量的優劣。有一天母親買了件羊毛衫，拿回來一個勁兒說自己真是賺了大便宜。我將信將疑地拿在手裏，立刻就知道母親上了當。和母親來到那家商店，開始售貨員還嘴硬，我拉開毛衣，一鬆手毛衣就縮回去了。這哪兒還是毛衣，簡直就是拉力器的彈簧嘛！那位售貨員知道遇上了行家，只好退了貨，還向我母親賠禮道歉。

至於吃飯，對盲人也有特殊的要求，人們不是常常說摸著黑吃飯會吃到鼻子裏嗎！尤其是咱們中國人，使用筷子挾菜，在老外的眼裏簡直就是一門藝術。憑著兩根細長的小棍兒，就可隨心所欲將碗盤裏的菜肴不偏不倚地送進嘴中。不過在做這些動作時，必須眼睛的參與，你閉上眼睛試試看，竹筷子上挾著的菜準會弄你個滿臉開花。我失明之後，家人勸我改用不銹鋼勺了，因為那樣不至於弄出笑話將飯菜弄得到處都是。

我對筷子情有獨鍾，從小到大使用慣了，怎麼也捨不得放棄那兩根細長的小棍兒。當然我使用筷子必須小心翼翼，絕對不可能像從前那樣用竹筷子將麵條高高挑起，輕鬆一甩就送進口中。我必須

將嘴和碗盤的距離靠得很近，如此近距離傳送，一般來說不至於中途失手。不過這樣也有不方便之處，我必須彎腰低頭，儘量湊近碗盤，別人看我就像個大蝦米似的。後來我的動作漸漸熟練，嘴和碗盤的距離也越拉越遠，現在基本和正常人所差無幾。我的手感很好，竹筷子夾住小小圓圓的花生米或豆類毫不費力，甚至一筷子能夾住好幾粒呢。使用筷子主要是靠手指的協調動作，哪個手指用多大的勁兒，都需要極其細微快速的判斷反映，稍微遲鈍就會功虧一簣，即將到嘴的美味佳餚轉眼間就會旁落別處。

除了怎麼吃，還有一個吃什麼的問題，對盲人也是需要考慮的，人是世界上最饞嘴的動物，恐怕沒有什麼東西不能入口，要是配上一副鐵齒鋼牙，哪怕連石頭也要啃上幾口。如今我們的餐桌上琳琅滿目，不需花多少錢就能大飽口福。可是對一個盲人來說，有許多東西想吃到嘴裏非得花一番功夫，否則只能垂涎三尺望而興歎。比如吃魚，魚當然是營養價值最高、味道最鮮美的食品，可是那些尖利的魚刺卻是我最難對付的。每當吃魚時，我都需要先將魚分成小塊兒，這樣那些大些的魚刺就會暴露，用嘴咬住即可以分離，剩下小魚刺就比較容易對付。我最頭痛的是到飯店吃飯，大家圍坐一桌，筷子都伸向菜盤，我就會顯得很尷尬，看不見盤子裏的菜肴，你怎麼能將筷子亂戳一氣呢。好在大家對我關懷備至，每次都會專門為我準備一隻小碗，用公筷將菜肴挾進小碗內，我只須在小碗裏狼吞虎嚥即可。

除了吃飯，還需要會做飯，雖然現在超市裡什麼樣的食品都有，冷凍的、真空包裝的、直接可以進口的和半成品的，即使再笨蛋也可以毫不費力地吃個肚滾腰圓。不過做飯是人生的一門基礎課，通過這個過程可以瞭解到實物怎樣才能變得色香味俱全，可以

瞭解到飯菜的來之不易，也可以從中獲得自食其力的快感。我當
年入伍時曾經在連隊裏炊事班幹過，所以對廚房裏的設備和操作
還有一點基本知識，可是失明以後那些先前的動作要領竟然變成
了一團糟，必須從頭來過。首先是刀工，切菜是一門藝術，無論
是素菜還是肉類，切出來必須厚薄長短均勻，必須根據你所做的
菜肴加工成片狀塊狀或絲條狀。不僅要切得符合標準，還要有速
度的保證，否則一盤菜你切上一整天，不等吃到嘴裏早餓死了。
然而這可不是鬧著玩的，飛快的刀鋒眨眼間就可能切斷你的手
指，所以一開始我必須小心謹慎，要掌握好刀刃的方向，儘量將
刀刃朝向外側。同時按住菜的手一定要突出中指關節頂住刀的側
面，這樣刀鋒與手指之間形成固定的間距，即便速度再快也不會
切傷了手指。母親自然很不放心，所以我儘量在他們出門時進行
練習，那些蘿蔔土豆南瓜白菜在我的手裏逐漸變成了像模像樣的
蘿蔔絲土豆條南瓜片白菜塊。殺雞斬魚剁排骨，也是我的拿手好
戲，通過這樣的鍛煉，我的手更加靈活自如，這是我今後生活所
必需的。

　　炒菜也是一項需要手腦配合的工作，沒有眼睛，腦袋就更需要
反應迅速，否則爐火熱鍋滾油都會讓你手忙腳亂，讓你吃不了兜著
走。有一次我母親外出，我想機不可失，只有動手才能嘗到自己的
成果，實踐出真知嘛。打著了煤氣，將菜鍋放置在火上，用勺子舀
出適量的菜油，只等菜油燒個八成開，就可以將切好的菜倒進鍋內
翻炒。說說容易，等油冒出油煙，先前的設想完全亂了方寸，剛才
摸準的油瓶醋瓶鹽罐讓我手忙腳亂，被碰得東倒西歪，廚房裏乒乒
乓乓險象環生，讓我出了一身又一身冷汗。好在有驚無險，一頓午
飯總算端上了桌，黃瓜炒肉片、涼拌土豆絲、蟹黃蛋，還有番茄雞

蛋榨菜湯，連父母都驚奇萬分。功夫不負有心人，沒有眼睛照樣能吃到熱氣騰騰的好飯好菜。

我們說人需要適應環境，而不是妄想是環境適應自己，從一般意義上來說，改變自己比改變環境要容易得多。同時在改變自己的過程中也可以改變對環境的認識，經過反覆多次由失敗到成功的過程，就一定能發現自己的可塑性，就一定能最大限度地發揮潛能，使自己適應環境的能力和思想境界不斷得到提高。吃的苦中苦，方為人上人，這是古人給我們的訓誡。可是這樣的話對一個沒有吃過苦的人就是耳旁風，我想盲人都和我一樣會從痛苦中獲得能力和境界的提升。

盲人由於失去了對環境做出直接反映的工具，由於總是身處一種沒有安全保證的狀態，所以思想經常保持著高度警惕，隨時隨地準備改變自己的行為方式，準備作出應急的舉動。生存的環境迫使我們建立應變能力，野生的動物之所以比家養的動物更能適應險惡的環境，是由於它們沒有穩定的生活保障，是因為它們仍保有對環境變化的最快速反應。就這一點來看，盲人雖然經常被環境困擾，雖然經常受到環境的限制，可是在跌爬滾打中終究會練就出一身處變不驚的功夫。我由於沒有經過盲人通常必須的定位定向訓練，乍到一個新環境就暈頭轉向，要經過很長時間才能辨清東南西北。而辨不清東南西北就無法給周圍的桌椅板凳櫥櫃門窗定位，就會冷不防碰得頭破血流。先前摸準了櫥櫃的位置，轉了幾個圈就搞得糊裏糊塗，結果硬是面對面碰一鼻子灰。這還算輕的，許多時候我甚至還可能忘記了下樓的方向，走著就突然一腳踏空，摔個狗吃屎也是屢見不鮮，一顆大門牙就是在一次摔跤時跌落的。吃一錯長一智，經過多次的摔打，我現在有了經驗，走路時先要掌握方向，儘量記

住東南西北，無論怎麼轉來轉去，最後一定要記住自己面對是哪個方向，沒有弄清楚之前絕對不要邁腳。上下樓梯時一定要緊抓扶手，即便一腳踏了空，也不至於再摔一個狗吃屎。

　　當然偶發事件是不可避免的，有一次我早晨起來慌慌張張去倒隔夜茶杯裏的茶渣，不料我家養的花貓正躺在花池裏呼呼大睡，它做夢也沒想到會被我劈頭潑下大半杯茶汁，嚇得怪叫一聲猛地竄出花池。我當然更沒料到花池居然會發出這樣的怪叫聲，被驚得一個倒栽蔥，茶杯脫手而出摔個粉碎不算，一個屁股就栽倒在地，痛得好半天爬不起身。傢俱的擺放也成了一個問題，但凡帶有銳角的傢俱對我都構成了威脅，能換掉的儘量更換，實在換不掉的用軟布包裹住傢俱的銳角，以免不慎碰傷了我。為了保證我的活動空間，傢俱就需要按照最優化的排列方式，後來找了裝潢公司，特地為我打造了吊櫥，這樣一來，我的活動空間就更加開闊。此外家裏所有的房門必須全開或者全關，因為假如門半開半關，面對我的只有很窄一道門邊，我的手很難準確觸摸到，迎面撞上後果不堪設想。

　　然而即便再加小心，身上也總是被磕碰出一道青一道紫，沒有辦法，就算是用疼痛付出的學費吧。父母常常為我的磕碰感到傷心，他們會輕輕撫摸著我的傷痕，無聲地歎息。我知道天下父母的心都僅僅牽掛在孩子身上，他們寧願所有的痛苦都由自己承擔，我的每一次磕碰都痛在父母的心上；所以我變得加倍小心，為了自己，更為了父母。

　　最後就是外出行走，很多時候是家人或朋友陪伴我外出，雖然大家都是為了我的安全，可這樣的保護措施也會使我感到不爽，只有完全靠自己才能樹立起真正的自信。再說無數的盲人都在特立獨行，他們依靠一根盲杖，來往於大街小巷，為生活不辭勞苦，我至

少要和他們一樣。在我的要求下，我母親弟弟妹妹和朋友們都幫助我學習行走，其實到了盲人學校，這種事情就簡單得多，那兒是專門訓練盲人的地方。不過我到盲校去也是一個不大不小的難題，需要有人陪同前往，所以我決定自己練習，有志者事竟成嘛！

　　家人朋友們為了我學習行走，一下子送來了好幾根拐棍，竹子的，木頭的還有藤杆的，一根根精緻漂亮，真有些捨不得往地上戳。到了外邊，方向感就更加重要了，沒有眼睛的觀察，任何一個微小的拐彎都會讓我迷失既定的目標。首先在住家的大院裏練習，家人在我身邊，隨時告訴我走到了那兒，每到一個具有明顯特徵的標誌地點，我就需要記住從上一個標誌點到這個標誌點的步數。行走的過程中一定要專心致志，否則就有可能忘記數步，那就很難準確到達既定目標。路途上的每一個拐彎也是一個難點，因為現在的居住區都差不多，幾乎所有的拐彎都沒有特別的標誌，拐錯了一彎，就走進了迷宮，想再走出來就難上加難。除了數步，還需要記住路上的氣味，你會說走路和氣味有啥關係？當然有關係，因為我上班和下班都是每家每戶正在用餐和準備用餐的時間，從每個門戶裏傳出的氣味都別具一格各不相同，哪家習慣吃啥，幾個來回就記在了我的腦袋裏，聞到什麼樣的氣味就知道走到了哪裡。走了一段時間，我基本能熟記行走路線，不需要別人在身邊也能自己行走，一個人走路的感覺真好。

　　然而事情並非如此輕鬆簡單，我到附近的醫院裏去為病人義務推拿，每天都需要走幾個來回，上班時還好，經過大量消耗體力的推拿，下班時走路就有些精力不夠集中，腳下就會出現失誤。有一天由於一連推拿了十個病人，體力過於透支，在下班的路上竟有些暈頭轉向。誤走進了一個正在被開挖的樓基前，拐棍忽然戳了個

空，我的腳收不住，身體懸空咕咚一下就栽進了深溝裏。那一次摔
得真夠狼狽，溝裏的污泥濁水把我弄得像個泥猴。更慘的是，我的
右小腿脛骨摔成了骨裂。自打那次之後，每當下班時或由病人陪同
或由家人來接，我就只有半程的行動自由了。沒辦法，人總得受環
境的限制，你再異想天開不甘示弱，天的權威終究不可挑戰，做一
個人有時不得不逆來順受啊！

　　現在的社會越來越人性化，對殘疾人的關懷越來越體現於各類
保護措施上，可很多時候還是不盡如人意。就拿為了盲人而特別鋪
設的盲道來說，那些凸起的標記可以給盲人的行走帶來很大方便。
然而我們常常發現，在那些盲道上居然擺滿了自行車或各種雜物。
更有甚者，有時還會在盲道的中央堂而皇之的矗立起一根粗大的水
泥電線桿。真不知這些做好事的人心裏是咋想的，這種不倫不類的
好事讓人哭笑不得，盲人走著走著腦袋咕咚一聲就被撞個頭破血
流，這樣的做好事到底為了啥呢？

　　我們盲人走在路上，最渴望的是有人伸出手扶一把。我在學習
行走的過程中，最難忘的就是親人朋友們的臂膀，他們的手就是我
心裏的最大保護。一個弱勢群體生活在社會中，絕少不了正常人的
扶助，如果大家都伸出自己的手，這個世界一定會變成永遠充滿陽
光的天堂。

校友聚會

現在各式各樣的校友聚會非常流行，從大學到中學到小學甚至各類培訓班，連幼稚園的小朋友都被算作校友。可想而知，每年需要多少桌美酒佳餚才能滿足多如牛毛的校友們，才能讓校友們在歡聲笑語酒足飯飽中獲得精神和肚皮的雙重快感。大小飯店老闆抓住這個商機，每到年底各式聚會就轟轟烈烈地展開，男女老少各色人等紛紛以校友的面目出現，穿梭於燈紅酒綠之間。在推杯換盞中，在歡聲笑語裏，那一片濃濃的往日情懷會讓人們欣喜若狂不勝感慨，一杯杯美酒恍惚之間化為一圈圈倒轉著的年輪，將人們帶回了無限美好充滿純情的校園。

從理論上講，每個人從小學到中學到大學，都應該有同等數量的校友。然而隨著歲月的過往，隨著人生的變遷，最終能夠謀面相聚的並不很多。也許這就是我們常說的緣分，也許友情並不一定都會地久天長吧！不管怎麼說，校友總是最值得懷念的，因為這個詞將我們的心留在了金色的年華，讓我們重溫青春最美麗純潔的時光。朋友們來探望我時，也會喋喋不休地議論他們的校友聚會，熱烈歡快的場面讓他們激情澎湃，憶往昔訴衷腸也會讓他們蹉跎人生。然而他們常常會突然打住話頭，會用尷尬的態度向我表示歉意，唯恐他們的興奮勾起我對不幸遭遇的悲痛。直到這時我才猛然

醒悟，原來自己已經脫離了校友的行列，如同一朵被風兒吹到半空
的蒲公英，找不到那塊可以讓我降落的溫馨故土。

其實我也並非絕對沒參加過校友聚會，我弟弟和我同是一個中
學的，他比我低一年級，有時他與同學們聚會，也會帶著我去感受
那樣的歡樂。然而那不是曾經在同一個課堂裏熟悉的氛圍，我更渴
望和自己的同班同學相聚，將那些課桌間的故事重新溫習。記憶就
像一本從孩提時代寫起的日記，每天都寫出最新鮮的一頁，日積月
累，新的書頁覆蓋了往事，記憶漸漸模糊，需要故友幫助你重新翻
開閱讀。然而我有心病，失明之後雖然我表面上看起來還是那樣滿
不在乎地談笑風生，心裏卻有些羞於見人。尤其不敢見到過去的老
同學們，混到這個份上，真無顏見江東父老。當然另外我出門也確
實非常困難，必須要別人的全程陪同，不給別人增加太多麻煩也是
我的原則之一。再者一說，老同學們是否願意見我還得打上問號，
一個盲人的自卑情有可原。

有一次，我弟弟和他的同學又約我一道赴宴，席間一位名叫顧
志堅的忽然問我願不願尋找同班校友？顧志堅號稱顧佛，這個綽號
含有與人為善和神通廣大兩層含意，一般而言綽號都能最大限度地
反映出本人的特質。我隨口說要他幫忙，心想這不過是順口一說而
已，這種事情反正辦成辦不成無所謂。不料話音未落，另外一位叫
朱爭平的立刻就撫掌而笑，說他們早已替我聯絡上同班校友，只要
我願意今年春節就可去揚州一聚。直到這時，我方才明白弟弟對我
的心思瞭若指掌，這一切無疑都是他和同學們的暗中策劃。說話間
春節就到了，這個節日是校友聚會的黃金時期，因為一來傳統春節
是親朋好友相聚的最佳時間，二來春節七天的長假也最適合讓各行
各業同學們安排聚會。

　　我弟弟約齊了他在南京的十餘名同學和我的幾位朋友，搭乘一輛中型麵包車，浩浩蕩蕩向揚州進發。汽車開上了新建成的南京長江二橋，江風從車窗吹進來，雖然冷颼颼，可是卻讓我精神為之一爽，猛然間又回到了如煙的往事之中。樸素平凡的年代，樸素平凡的老師學生，是那時的社會特徵。我記得最清楚的是我在初二年級的班主任劉老師，他始終穿著一件藏青色中山裝，無論颱風下雨無論平時還是節假日，那一件中山裝成為我記憶中劉老師不可分割的一部分。當時劉老師剛從南京師範學院畢業不久，是我們的數學老師兼班主任。我之所以對劉老師念念不忘，不是因為他在黑板上橫七豎八寫出一串串數字和畫出奇形怪狀的弧形三角形，也不是他提拔我當上了班長。最讓我們難忘的，是他和我們這些剛剛發育的半大後生一道，躲在大運河畔稀稀疏疏的灌木叢手忙腳亂更換游泳褲時的情景，原來他只不過比我們稍稍發育得成熟一點點罷了。劉老師，你現在怎樣了，還穿著那間藏青色中山裝嗎？也許那張充滿青春氣息的臉上，已經被無情的歲月之刀刻下一道道深沉的痕跡了！

　　汽車一路疾馳，南京至揚州只需一個多小時路程，然而我卻用了三十多個年頭才完成現實和記憶的跨越。失明所引起的自卑束縛住我的雙腳，使我無法跨出尋找青春時代的一步，使我總在懊惱和期盼裏苦苦掙扎等待。一個人要真正走出黑暗的陰影是非常困難的，彷徨、困惑、後悔、自卑就像一張縱橫交錯的羅網，纏繞住我，讓我無法獲得自由。而一個沒有自由的人絕對找不到真正的快樂，因為快樂才是我們人生旅途的最終目的，一個失去自由的人哪兒還有目的可言呢！

　　在我身邊的鄭渤甯也是我弟弟的同班同學，他和我相當熟悉，那是因為他和我一樣對體育情有獨鍾。只要是體育項目，鄭渤寧總

是躍躍欲試，無論什麼場合都要赤膊上陣。記得有一次，他路過足球場，碰巧他們班正和別的班級在比賽，他立刻就紅了眼，拖下一個場上同學衝進了混戰之中。忙亂之際，他忘記了自己居然穿著一雙翻毛大皮鞋。皮球飛來，鄭渤寧甩起一腳，那只皮球沒有飛起，而是撲哧一生就癟了。原來他用力過大，再加之皮鞋堅硬，竟一腳將皮球踢穿！我又重新提這段往事，鄭渤寧不好意思地笑了，他說幸虧那天沒踢到人，否則後果不堪設想。坐在另一邊的薛峰也探過頭來加入我們的閒聊，他也是我弟弟的同班，和我家住得很近，應該算是同學家鄰居。有些人經常改頭換面，兒時和長大成人之後判若兩人，有些人則恰恰相反，從小到大一成不變。薛峰就是後一類人，小時候老實巴交見了人就臉紅，特別是見到陌生女人，說話就有些前言不搭後語。

汽車開進揚州城，大家你一言我一語向我介紹揚州的變化，那個我心目中的揚州似乎消失不見，取而代之出現了一個隨著改革開放而煥然一新的蘇北都市。這個揚州固然不錯，給人們帶來了更多的發展機遇和繁榮豪華的印象。可對我來說，卻是一種極大的失落，我朝思暮想的是那個小而溫馨樸素無華的故鄉啊！我弟弟用手機和揚州的校友們頻繁聯絡，我故意置若罔聞，我要等待著見面時那瞬間的激情蕩漾。汽車終於穩穩停住，車門打開，可是誰也不動彈，他們都向我轉過臉，說要我先下車。是的，我當然明白，在車下一定有我的同班同學們，我和他們企盼這個時刻已多少年了啊！

我扶住車門旁的把守，跨下汽車，腳還沒站穩，身體立刻被人緊緊抱住了。接著一大群男男女女呼啦一聲擁過來，拍肩握手捏耳朵捶背，把我搞了個不亦樂乎。被塵封多年的校友之情霎那間融化，畫成滴滴淚水，湧出眼眶、湧出了我孤獨的心。意識和行動之

間，行動才是實現目的的可靠保證，只有意識就像一隻飄蕩在天空的風箏，那根被捏住的線會讓你一輩子遙遙等待。事實證明，我的所有想法都毫無根據，這一步我早就應該跨出了。

第一個擁抱我的是于光亞，他問我還記得他的模樣嗎？能忘記嗎！我和于光亞有著太多的友誼需要重新回味。我當時是班長，于光亞雖然看起來老實，可是骨子裏卻對校規和老師很不以為然，經常會有過分逆反的舉動。我這個班長自然責無旁貸，應該幫他做個好學生。然而最終不是我幫助于光亞變得中規中矩，而是和他同流合污，變成了一個打鳥摸魚的行家裏手。後來于光亞下放插隊鹽城農村，我們就靠著書信來往傳遞友情。再接著由於我經常變換住址，最終失去了聯繫。失明後我的腦海裏常常會浮現少年時代的于光亞，會浮現出當年玩耍時的快樂場景。可是越是想快樂，隨之而來的則是被現實困擾的更大痛苦，漸漸我的下意識將所有的快樂封閉在心的最底層。

第二個和我擁抱的是張建楊，在我的記憶裏，他是個非常忠厚的男孩子，總是笑瞇瞇露出一口潔白的牙齒。出乎意料的是，張建楊竟然就住在南京，是省電力廳報紙的總編。他用勁捶著我的胸脯，責問我為什麼多年來一直銷聲匿跡？我無話可說，羞於見人的自卑讓我作繭自縛，失去了多少快樂和幸福呀！

接著是王新明，他少年時比我矮一點，沒想到現在人高馬大，比我高出了半個腦袋。更讓人驚訝的是他現在居然是西北工業大學的著名教授，儼然變成風度儒雅的大學者。其他同學紛紛圍攏過來，季廣明、劉小明、朱龍根、嚴小英，楊小麗等等，男同學輪番和我擁抱，女生們也不甘示弱，親熱地抓住我的手緊握不放，一口一個班長，叫得我心裏熱浪翻騰。所有的記憶一瞬間忽然甦醒，我

忘卻了時光的消逝，他們還是那樣年輕，還是那樣朝氣蓬勃。真要感謝二十多年的失明，時光永遠定格在光明消失的最後一刻，將青春永遠保留在他們給我的美好記憶之中。

我和我的同班校友坐一張大桌，我弟弟和他的同班校友坐另一桌，包間裏熱浪滾滾。並不是溫度太高，而是我們心裏的熱情逼走了春寒料峭，融化了時間和空間裏的一切。展靖擠到我的旁邊，他摸出香煙，二話不說就塞進我的嘴裏一支。我早就戒了煙，可這一支煙不能不抽，展靖和我有著太多的不解之緣。文革時他的父母也是走資派，人以群分，我們當然就走得近一些。展靖的彈弓水平全班第一，他是個左撇子，所以打彈弓瞄準總是瞇縫起右眼，和我們正好相反。彈無虛發對展靖決非言過其實，只要彈丸發出，準定有一隻鳥兒死於非命。我們打鳥一般都是為了快活，可是有時打下斑鳩、竹雞等等美味，他總讓我帶回家去。展靖現在是一家私人汽車水箱製造廠的老闆，據說產品在市場很有競爭力，看看他抽煙時的大揮大灑，你就可以斷定他的自信絕對非凡。

接著兩個女生將展靖和另外一個男生擠開，左右包抄，開始展開進攻。她們靠得那樣近，左一杯右一杯向我敬酒。按照她們的說法，想當年還是黃毛丫頭時就對我暗生愛意，直到今日才有表白的機會，恨不得時光倒轉，再來一次刻骨銘心的愛。我嚇得魂不附體，這樣駭人聽聞的話居然在眾目睽睽之下從淑女的嘴裏吐出來，莫非她們當真要鬧出個節外生枝不可嗎？可其他同學毫不在意，還幫著起鬨，我這才意識到酒桌上的虛虛實實、逢場作戲，才意識到自己和現實社會有了多麼大的差距呀！

女生敬酒自然不能退卻，於是我開了失明之後的戒，一杯接一杯底朝天將酒灌入肚裏。三十多年了，不就盼著如今的一醉方休

嗎！身邊輪流換人，同學們親熱的與我暢所欲言，說起了學校、說起了老師、說起了金色年華里的璀璨青春。學校現在變得越來越小，從前讓我們浮想聯翩的池中瓊花，如今居然被為了旅遊而建的一坐道觀所強佔。班主任劉老師也已退休，時間永遠只存在於我們的前方，回顧過往，引起我們的追悔莫及，所以才有痛失時光這一說，所以永遠是寸金難買寸光陰。生活就像一架天平，就看你在得與失之間將自己置於哪一端。我的心醉了，靈魂飛回了陽光燦爛的歲月。同學、老師、學校，我愛你們，我愛那美好的時光，愛那一段地久天長的校友情懷。

妙手回春

　　人們常用妙手回春來表示對醫生醫術高明的褒獎，不過要是認真考察一下，這個詞應該是專屬辭彙。醫學現在越分越細，除了內科、外科、婦科、兒科之外，還出現了什麼整形外科，什麼心理諮詢和男性專科等等現代醫學專科，然而無論怎麼分科，妙手回春只屬於一個特殊的醫學行當，這就是我們老祖宗留下的中醫手法：推拿按摩治療專業。這樣一說，大家應該恍然大悟，給病人治療，除了中醫手法推拿之外，還有哪個專業如此直接用雙手在病人身體上進行治療呢？那些因為骨關節疾患或其他疾病而痛苦不堪的病人，在推拿醫生的推揉、按摩、捏拿、敲扳等等手法的運用下解除病痛，當病人滿面春風地離開時，用手到病除、妙手回春來形容絕對恰如其分。

　　說句實話，我在醫學院學習時，對這些中醫的傳統治療方法根本不屑一顧，認為都是些江湖流浪醫生混飯吃的騙人勾當，只有坐在診療室內，身穿白大褂，掛著聽診器，在處方簽上龍飛鳳舞的小白臉才是真正的醫生。我們醫療系的同學自命不凡，從不與中醫系的同學來往，認為他們遲早會被現代醫學淘汰，會被拋進歷史的垃圾堆。可是畢業後分到部隊的第一年，我就徹底改變了這種看法，甚至還激發起對傳統醫學的學習探索興趣。

　　那次部隊在山裏野營訓練，部隊「頭兒」忽然腹痛難忍，頭上冒出豆大汗珠子劈劈啪啪撒落塵埃，抱著肚子在木板床鋪上翻來滾去。我們衛生隊的醫生都慌了手腳，在這個小山村裏遇到領導患急腹症，真是個要命的棘手問題。止痛藥不能用，因為那會遮掩真正的病情，會耽擱治療而引起嚴重後果。然而，若要用救護車送到醫院救治，最近的縣級醫院也有二百多公里，怕就怕還沒等送到醫院半路上就一命嗚呼。眼看著領導的垂死掙扎，事後追究起來誰也負不起這個責任。

　　還是衛生隊長老謀深算，他吩咐衛生員趕緊到村裏尋找這一帶的知名醫生，說一定要找最老的，哪怕背也得背來。我們這些年輕醫生都覺得隊長簡直急糊塗了，深山老林裏尋找神仙，真有些異想天開。可是隊長毫不理會我們的冷嘲熱諷，他說這兒那麼多群眾無論男女老少個個看起來身強體壯精神矍鑠，在這樣缺醫少藥的地方，要讓群眾保持健康只有一種可能，非傳世名醫誰也做不到。

　　就這樣，沒一會兒衛生員果然領進來一位顫顫巍巍，看起來猥瑣不堪的老頭兒，無論穿著舉止那光景和大街上的乞丐相差無幾。隊長也皺起眉頭，我想他和我們一樣，覺得讓這樣一個其貌不揚的糟老頭兒給領導治療有些擔風險。老頭兒什麼話也不說，就像沒看見我們一樣，抖抖霍霍伸出兩隻雞爪般乾瘦的手，我們不約而同盯住隊長，希望他制止住這樣的冒險，隊長的臉上毫無表情，只用兩隻眼睛盯住老頭兒的手。

　　只見那兩隻雞爪子在我們領導的肚皮上亂摸一氣，先是掐住了肚臍眼兒，把那個領導的肚臍眼兒掐得青一塊紫一塊，就像一顆變質的葡萄。接著老頭的手指頭開始在肚皮上畫圈，不過那圈兒不像是亂畫，似乎橫七豎八中隱藏著某種玄機。而且老頭兒也在暗中用

勁，畫圈兒的手指抖個不停，畫著畫著老頭兒竟然流下汗來。這還不算，老頭兒最後居然用兩隻雞爪子在我們領導的肚皮上肆無忌憚地亂拍亂打，把一個軍隊領導的肚皮當作牛皮鼓敲得砰砰有聲，讓我們一個個瞠目結舌。

領導的後竅門隨著拍打聲開始排氣，一連串的放屁聲和老頭兒拍打聲此起彼落遙相呼應，這種奇妙的聲響組合讓我們哭笑不得，一個個憋得臉紅脖子粗一幅怪模怪樣。這樣的治病手法在我們眼裏空前絕後，就像一出活鬧劇，要不是領導在場，我們準笑得前仰後合。

不由你不信，就在這些亂七八糟的動作裏，領導的臉色漸漸恢復如初，隊長也有些喜形於色了。短短三十分鐘，領導就像換了個人，滿面春風，剛才的痛苦蕩然無存，他一翻身下床緊握住老頭兒的手連聲稱謝。可是老頭兒還是那副猥瑣木訥，對領導致謝毫無反應。隊長命令衛生員拿了許多吃食和煙酒送老頭兒回家，等老頭兒走遠了，隊長才神神秘秘地翹著大拇指讚歎不已，說真人不露相，露相不真人，這位一定是深藏不露的氣功大師。後來我們也對領導的病情進行過分析，腸梗阻、腸套疊急性闌尾炎發作、膽道堵塞、急性胰腺炎等等都不能排除。其中最大的可能還是腸梗阻，不過這類疾病非要在大醫院裏做各種各樣複雜的檢查才能最後確診，可想而知當時的情況有多麼糟糕。這些疾病都屬於危險性很高的急腹症，不進行手術治療很難解決問題，甚至會有生命危險。然而在這麼一個糟老頭兒的手下，卻輕輕鬆鬆化險為夷、轉危為安，不能不令我們既感詫異又十二分的刮目相看肅然起敬。

打那之後，這種神秘的傳統治療方法就深深在我的腦袋裏扎下了根，那個老頭兒雞爪一樣的手總在我眼前亂晃。對我們這些學西

醫的來說，那隻在病人身體上亂摸亂捏的手具有不可思議的神奇功能，其中的無窮奧妙令人心馳神往。我在學校時也曾學過中醫，但由於心理的排斥，所以大多都一個耳朵進一個耳朵出，還給了老師。這一次是我從眼見為實裏激發出來的主動學習熱情，效果當然大相徑庭。那些經絡學說、脈診浮沉、推拿手法，以及黃帝內經、素問、醫宗金鑒等等中醫經典，都被我像一鍋香米飯一樣津津有味吞進肚裏。幸虧那是學會了中醫傳統治療手法，現在雙目失明之後，我還能在醫學舞臺上有用武之地，還能憑著一雙手為患者解除病痛。中國傳統文化講究個緣分，那麼我和中醫推拿的緣分應該追溯到野營訓練的山村裏、應該追述到那個乾巴巴的其貌不揚的老頭兒，遺憾的是我再也沒去過那裏，今生今世也許再也見不到那位我的推拿啟蒙老師。

　　初學推拿的人最先發現的是自己的力量不夠，那種力量絕非舉重運動員使用的負重力、絕非短跑運動員必須的爆發力、絕非體操運動員慣用的柔韌力、絕非拳擊運動員兇猛的擊打力。這種力量用語言很難說清楚，更無法通過物理學的測量和計算得出一個精確的數據，要說這種力量的大小強弱的判斷標準，那只有通過病人身體才能得到結論，病人的康復就是功力的檢驗標準。

　　現在人們偶爾可以耳聞目睹許多氣功大師的精彩表演，比如隔著豆腐打磚，將一塊嫩豆腐放在磚塊上，掌劈豆腐，豆腐完好如初而磚塊卻粉身碎骨。還有用紙張包裹石塊，手指頭在紙上隨意點戳，不破紙張而碎石塊。這些神乎其神的絕技在古書上都曾有記載，可惜現在大多都已失傳。

　　我初學手法推拿時，也曾仿效古人，做過一些近乎荒唐的手法練習，雖然大多沒有成功，可是我對其功效仍然堅信不疑。將一隻

煮熟的雞蛋擱在掌心，兩隻手掌合力揉搓，蛋殼絕對不能揉致破
裂，而淡黃和蛋白卻務必揉得稀爛。我當然沒有達到如此神功，可
是打開雞蛋殼，無論蛋黃還是蛋白，分明和先前已有了不同。我還
練習過用手指頭點敲雞蛋，原則是必須將熟雞蛋敲出一個對穿的小
洞，四周的蛋殼不能有絲毫破裂。為此我的主食就變成了熟雞蛋，
目的只是為了練習功力。後來差不多能打出一個和子彈穿過相似的
洞口，可是那麼多的熟雞蛋讓我完全倒了胃口，現在只要一聽到雞
蛋，滿嘴立刻泛出雞屎的臭味。這樣的匪夷所思，現代物理學無論
如何作不出清晰明瞭的解釋，說不清這是一種什麼樣的力量，而傳
統推拿手法正是在這樣的神奇中才能保證立於不敗之地。

　　中醫是一門科學，所以不能像練習武功指懂得力量、功法和緣
分，治療疾病必須對中醫的「四診八綱」爛熟於心活學活用。「四
診」就是望聞問切，即通過觀察病人的氣色舉止，瞭解病情虛實。
通過病人的體味，掌握其身體內部代謝狀況；通過詢問病情，瞭解
患者衣食起居，看清是外界傳入還是內部鬱結；通過切脈明瞭病人
全身狀態，掌握病情的發展和預料疾病的演變結果。既然是科學，
就來不得半點的敷衍和弄虛作假。「四診」需要通過大量的病人實
踐、需要通過真心誠意地不恥下問、需要承受失敗的難堪，實事求
是才是我們學習的唯一捷徑。還有「八綱」，更加令人頭暈目眩，
什麼「陰陽虛實表裏寒熱」，這八個字完全是空對空極為抽象的神
話概念。

　　就拿陰陽來說吧，何為陰何為陽？根本沒有一個可以直觀而固
定不變的客體，似乎可以隨心所欲任意發揮，可以用「陰陽」來表
示世界上的萬事萬物。一般來說，白天為「陽」黑夜為「陰」，這
還好理解，沒有陽光自然可以認為是天陰。可是若只是將太陽直

截了當解釋為「陽」，那就大錯而特錯，因為太陽裏也還包含著陰呢。陰陽學說是我們中國傳統文化中的根基，是東方哲學博大精深的精華所在。用通俗的解釋，「陰陽」就是對立統一，就是一個事物或者一對互相密切關聯的事物的兩方面，這種關係是對立統一此消彼長互為因果的，是相對運動並互相作用著的。

至於那個五行，通俗的說就是金木水火土，就是它們彼此的相生相剋。相生是指金金生水，水生木，木生火，火生土，土生金，金生水。相克則是水克火，火克金，金克木，木克土，土克水，水克火。這樣的辯證雖然看起來有些雲山霧罩，可是根據中醫治療原則卻完美無缺。比如你換了氣管炎，中醫就認為肺臟及呼吸系統屬於金，乃是金破不鳴之症。如果按照西醫治療，就只能因病治病，只能按照呼吸系統的範疇進行治療。然而按照中醫的五行相生相剋，就可以治療脾土，通過脾土生金來調治肺經疾患病症。如果你的胃口欠佳，飲食失調，在西醫看來就是消化系統的疾病。中醫則認為是肝木傷了脾土，就可以經過治療肝膽、通過瀉肝木之火達到扶正祛邪的功效。中醫理論就是建立在「陰陽五行」學說之上，用對立統一、用互為因果、用此消彼長、用扶正祛邪來解除病人身體內的疾患，這樣才能真正做到有機協調辯證的進行治療，使全身功能恢復正常，還我們一個健康有序的身心。當然中醫和中國傳統文化與中國哲學思想體系是一脈相承的，要想真正掌握中醫精髓，就我所學這點皮毛知識絕對望塵莫及，對那些中醫界的名門望族我只有頂禮膜拜的份兒。

失明之後和搞文學創作的同時，我也開始利用自己所學的手法推拿為周圍的親朋好友和生活貧困的百姓義務服務。一方面我始終對醫學難以釋懷，難以割捨心中那份救死扶傷的熱情。另一方面我

想通過幫病人推拿治療，和病人進行交流，從而獲得第一手的生活素材。由於我中西醫都受過良好正規的訓練，所以對手法推拿基本上得心應手，從未出現過任何差錯。失去眼睛，盲人的手在某種意義上就起到眼睛的作用，這雙手的感覺特別敏銳，對所觸碰的物體立刻就會得出類似直觀的感應。這樣的手在推拿中如虎添翼如魚得水，自然就可以解釋為什麼盲人的推拿格外有效。

當然，剛開始進行義務推拿時，的確讓我有些力不從心，通常一天推拿下來總覺得腰酸背痛手腳酸軟。有一次，由於我的熱情和推拿技術，竟然來了十幾位病人，他們對我的信任讓我熱情倍增，我二話不說一一招呼他們就坐。推拿手法的操作有一定的程序，從放鬆輕揉點壓穴位到手法復位，從牽引按壓到旋轉重定，每個病人至少需要三十分鐘，遇到重病人時間還需延長。這樣一來，十幾個病人的治療，我就連停下來休息的時間也沒有。

推拿也並非只是靠力氣，還有許多竅門，在同樣一個動作裏，往往能出現迥然不同的效果。比如一個腰椎間盤突出症病人，進行牽引是最費力氣的，遇到身高體胖的病人就會讓你出一身臭汗，不用九牛二虎之力根本無法將病人變形的腰椎拉開，也就不可能緩解壓迫引起的疼痛。後來學會了側扳復位法，讓病人側臥，用兩個胳膊肘分別相反方向頂住病人的肩部和髖部，同時發力校正，這種手法具有顯著功效，往往幾次就能讓病人康復。當然推拿也不是沒有危險，有些病症是絕對不能用推拿進行治療的。如骨質疏鬆症、皮膚病、出血性疾病，以及癌症擴散期，還有嚴重的心血管疾病，這些疾病都是手法推拿的禁忌症，稍有不慎後果不堪設想。

推拿是一門科學，自然就存在學識和技術的差別，就有高低層次的不同。我基本屬於中等檔次，對那些玄乎其玄高深莫測的隔山

打牛、子午流注以及靈桂八法等等高難度手法，我都可望而不可即，只有垂涎三尺的份兒了。所謂子午流注，就是通過精密的計算，判斷出此時此刻應該是哪個穴位應時開放，在這個穴位上進行治療，則事半而功倍。子丑寅卯，甲乙丙丁，根據天干地支按照口訣即可演算出當時的穴位，可惜的是我對此認識膚淺，至今仍然沒有真正掌握此中奧妙。

　　通過這些年來的義務推拿，我覺得獲益匪淺，失明後的人生在為患者推拿治療中煥發出來點點光彩，經我手恢復健康的病人和我都建立了一種良好的互動關係。他們對我的肯定增強了我的自信，對我是一種最好的生活動力。再說我的寫作離不開社會，這些病人就是我瞭解社會的視窗，他們的喜怒哀樂酸甜苦辣對我來說，是最直接最樸素的第一手素材。另外，推拿對我也是一種鍛煉，這樣的鍛煉方法具有不可思議的效果，病人的笑臉讓我持之以恆堅持不懈。總而言之，我熱愛推拿這一行當，古老而神秘的推拿不僅給病人帶來了福音，更加難得的是為我的知識提高添磚加瓦，為我打開了生活中一扇最亮麗的視窗。

貝多芬帶我走進歡樂

　　音樂和文學對人生都是不可或缺的，我從小就喜歡在歡快舒展或委婉哀怨的旋律裏享受情感的蕩漾，享受另外一個時空傳來的美好祝福。被淹沒在一層層起伏跳躍的海浪般的旋律所帶來的喜悅裏，被風兒一樣的旋律帶著飛翔，是我們擺脫痛苦煩惱的神奇妙方。在走進黑暗的漫長歲月裏，如果沒有音樂的陪伴，引導我對生命意義的執著追求探索，賦予我對真善美的嚮往，那麼失明對我可能就是沒有盡頭的長夜，就是一座永遠無法翻越的高山。對我來說，沒有音樂的生活就像冬天沒了太陽、春天沒了鮮花、夏天沒了涼風秋天沒了果實，如此春夏秋冬，人生還會有樂趣可言嗎？

　　對音樂的喜愛是人之共性，音樂根本不存在什麼高低貴賤，更不存在好與不好，對音樂的分類只是出於不同人群對不同音樂的喜好需求而已。要我說，只要是旋律，只要能讓我們隨之飛翔，能讓我們共鳴心中的喜怒哀樂，那就是美，就是我們的歡樂源泉。按照通常的分類，音樂被分為嚴肅的高雅音樂和通俗的流行音樂兩大類。前者產生於歐洲貴族文化所追求的典雅高貴，這樣的浪漫裏似乎包含著刻意造就的高深莫測，雖然美妙，但對廣大聽眾來說，還是過於陽春白雪。後者則完全不同，那是幾乎所有人生活中息息相關的一部分，是人們喜聞樂見的最具代表性和廣泛性的藝術表現形式，自然就屬於「下里巴人」嘍！

　　然而「下里巴人」也好，陽春白雪也罷，屬於音樂這一點是毫無疑義的，只要是音樂就一定會給我們帶來無窮無盡的歡樂，就一定會將我們團聚在一個用美妙的旋律組成的大家庭裏，讓我們和平共處相親相愛。

　　我們祖先其實早就為我們將音樂分了類，而且極為簡明扼要，「絲竹肉」三個字，你看多麼形象。「絲」就是弦樂，「竹」就是管樂，而「肉」當然指的就是人聲了。「竹」不如「絲」，「絲」不如「肉」，就是說管樂的表達意境不如弦樂，而弦樂又不如聲樂。這樣的分類在西方也如出一轍，音樂的最高殿堂是歌劇，歌劇集中了所有的音樂表現形式，在管樂弦樂和打擊樂的烘托下，男女聲及合唱就像被海浪托起的水花，在陽光映照下五彩繽紛晶瑩剔透，化為雲蒸霞蔚的昇華，融入那一片蔚藍的天空。

　　不幸的是，正當我們需要汲取豐富多彩的藝術來營養我們的精神，激發我們對生活的熱愛時，文化大革命就像柴科夫斯基的天鵝湖裏那個惡魔，奪走了我們對美和愛的嚮往和追求。我是幸運的，一個好朋友用他的老式留聲機為我打開了通往音樂之路，讓我在一張張唱片中，跟著旋轉、跟著飛翔，進入了一個超越那悲慘時代的美好世界。

　　那個留聲機使用前必須握住把柄使勁搖動幾十下，然後根據唱片的規格，將留聲機的轉速調好。由於唱針的磨損，唱片在出聲前會呲呲啦啦亂響一陣，接著那撩人魂魄的音樂就飛逸而出！

　　我們的唱片少得可憐，有幾張是中國民樂，其中最讓我入迷的是《春江花月夜》，還有《平湖秋月》、《鷓鴣飛》、《望春風》等等。當然最美妙的還是那首至今仍然膾炙人口的、可以說是中西合璧的小提琴協奏曲《梁祝》。中國民族音樂和西方樂曲之間的差

別顯而易見，聽中國民樂，你會感到優雅恬淡，會覺得自己彷彿置身於縹緲虛幻的仙境之中。但中國樂曲很少能夠讓人熱血沸騰，能夠讓人的情感起伏跌宕，即便《梁祝》那樣的樂曲也不過是對愛情的單純注解而已。

對於苦難的描述，中國樂曲中有和世界音樂一樣毫不遜色的作品，大家都知道《二泉映月》，這是盲人作曲家「瞎子阿炳」的傳世之作，據說世界指揮大師小澤征爾在聽這首樂曲時，聽著聽著，身不由己地從座椅上滑落到地上，涕淚橫流，硬是跪著聽完了整部作品的演奏。他說這樣的作品，只能跪著聽，這是上天傳來的聲音，是對人類苦難最忠實的寫照。

就我個人對中國音樂的看法，我覺得中國音樂中最缺少的，是那種抗爭和奮鬥，是那種對新生活孜孜不倦的追求。歐洲的古典音樂卻不然，樂曲超越了對單一事物的表述，它所追求的是一種精神的境界、是一種靈魂的解脫。正因為如此，古典浪漫派的音樂才更加讓人情不自禁地隨著飛翔，身不由己的被帶入另外一個忘我的時空之中。在那樣的迴腸盪氣裏、在那樣的熱血沸騰中，你會覺得自己的靈魂飛出了軀殼，隨著音樂而去，我想這也許就是西方人所追求的天堂吧！

我是幸運中最幸運的，因為那為數不多的唱片中竟然有一張莫斯科大劇院管弦樂團演奏的《天鵝湖》全場樂曲。說柴科夫斯基是屬於全人類的，這話一點不錯，無論什麼人、無論你有沒有音樂細胞，只要有一顆純潔的心靈、只要追求真善美，柴科夫斯基就會與你同在，就會用他所有的熱情擁抱你。後來讀了柴科夫斯基的生平，才知道他原來始終生活在痛苦裏，除了需要依靠梅克夫人的經濟援助之外，他還深深地陷在性壓抑的苦惱之中。聽柴科夫斯基的

音樂越多，就越能感覺到他的痛苦，這種痛苦所帶來的絕望造就了俄羅斯音樂的特殊性，使我們聽俄羅斯音樂時總會感覺到一種悲劇的色彩。這種悲劇色彩表現最明顯的就是柴科夫斯基的第六悲愴交響曲和一八一二序曲，他想寫的是英雄，然而由於看不到光明的前景，柴科夫斯基所創造的英雄逃脫不了失敗的命運，他帶給我們的只能是奮鬥掙扎痛苦和絕望。在轟轟烈烈的聲淚俱下裏、在和命運的殊死搏鬥中，最終只能給我們留下一片無可奈何的歡息！說柴科夫斯基是偉大的，因為它代表了俄羅斯民族，他的音樂表現的正式俄羅斯人民世世代代奮鬥，無休無止失落的精神狀態。這樣的痛苦失落在柴科夫斯基《如歌的行板》中表現得更加淋漓盡致，但凡聽過那首樂曲的人，其中如泣如訴的哀怨絕望會伴隨你一輩子。

不過柴科夫斯基的音樂裏也有歡快愉悅的，他的第一交響曲《冬日旅行中》從頭到尾都充滿了興高采烈的馬車飛馳鈴聲叮噹，結尾採用了俄羅斯民歌《小樺樹》的曲調，清純美麗的樺樹林讓我們感受到俄羅斯人的善良和純樸。我想柴科夫斯基的音樂之所以如此扣人心弦，就是因為我們每個人都渴望著超越痛苦，都渴望著到達幸福快樂的彼岸，這才是人生的終極目標。柴科夫斯基離開我們已二百多年，可是他的音樂仍然縈繞在我們的心頭，仍然讓我們在這美妙絕倫而又痛苦哀怨的樂曲裏浮沉，由此可見，我們距離幸福的彼岸還有多麼遙遠的路程啊！

在那些老唱片裏還有一張蘇佩的輕騎兵序曲，這也是我的最愛，那清脆歡快的馬蹄聲、嘹亮激蕩的軍號聲、節奏分明的軍鼓聲，撥動著我的心和每一根神經，讓我不由自主地隨著輕騎兵們馳騁在通往戰場的道路上。後來入伍當了一名真正的軍人，這首樂曲更加讓我感同身受，軍隊的生活當然不像音樂那樣浪漫，然而不正

是在艱難困苦的環境裏才能產生出真正攝人魂魄的音樂嗎？至今
只要我聽到那首樂曲，只要我聽見那熟悉的軍號聲，軍隊生活的一
幕幕就會在我腦海裏重現。

　　翻開我收藏的唱片，有關戰爭和軍隊的名曲還真不少，幾乎所
有的大作曲家都涉足過這個領域。海頓的軍隊交響曲、貝多芬的土
耳其進行曲、埃德蒙頓序曲、柴科夫斯基的《一八一二序曲》和
《斯拉夫進行曲》、蕭邦的《軍隊波羅乃茲》等等，凡此種種不一
而足，說明軍隊在人們心中有著不可忽視的地位。我若是一名作曲
家，也會用畢生的精力創作出一支屬於中國的軍隊交響曲，咱們
中國軍隊絕對需要這樣一支驚天地泣鬼神的偉大樂曲。

　　改革開放以來，科學技術和文化的同步發展，給我們帶來了物
質和精神的雙豐收。我享受音樂的方式終於鳥槍換炮，與時俱進跨
進了時代的行列。先是由老式留聲機換成答錄機，單聲道雙聲道環
繞身歷。接著又換成 CD 多聲道數位播放機，卡式磁帶變成了 CD
唱片，現在更有了 MP3 播放機。音樂在這些先進技術的扶植下，
飛速更新換代，人們漸漸由對音樂的喜聞樂聽轉變為對音響器材的
追求，出現了一大批狂熱的發燒友。在我還沒來得及體會音樂和社
會變遷之間的反差時，我所喜愛的音樂已經發生了變化。我現在收
藏了幾乎所有古典浪漫派大師的作品，而且都是由最負盛名的樂團
和指揮家所演奏。和我文革時所能聽到的音樂相比，現在簡直有了
天地之差。可是在這樣一大堆無論聲響和收聽器材都達到登峰造極
之中，看起來美不勝收的絕對享受裏，卻再也找不到那架老式留聲
機給我帶來的快樂和滿足。這一方面是由於可以選擇的曲目太多，
耳朵被那些美妙絕倫的樂曲搞得無所適從，感覺也變得不那麼敏銳
了。另一方面，生活在安定滿足的物質環境裏，所需要的是另外一

種滿足。現在出現了那麼多格調古怪離奇的音樂，匪夷所思的搖滾快板和扭擺，真令人有些不知所措呢！我所期望的那種隨著開放而來的對古典音樂趨之若鶩的熱潮，並沒有出現。非但如此，越來越多的年輕人甚至對此嗤之以鼻不屑一顧，也許這正是社會發展的必然趨勢吧！我相信真正的音樂會在我們的心中永駐，在人們對物質的追求到達一定的階段時，那些純美無比的古典浪漫音樂定會成為人們不可或缺的精神柴米油鹽。

　　失明之後，我的耳朵更加敏銳，從而對音樂的要求也提升到一個新的高度。現代人對音樂的追求其實有些走偏，不信你看看舞臺上那些坦胸露肚皮的辣妹，她們只不過是利用節奏在表現性的挑逗。這樣的表演絕對是為眼睛所帶來的欲望服務的，可憐音樂被無知的人們所出賣了。聽古典音樂是不需要眼睛參與的，不信你試試看，用眼睛盯住舞臺上那些演奏樂器的音樂家，看看他們中哪個最漂亮、哪個最符合你的審美標準，那麼你絕對什麼也聽不出來，所有的旋律節奏在你的眼睛參與中蕩然無存了。

　　如果說音樂家的創作來源於他們對生活的感悟、來源於他們的價值取向。那麼，我這樣的聽眾也是如此，對音樂的要求也同樣會隨著生活狀態的改變做出相應的調整。音樂家通過他們對音符的排列組合，將其對人生的感悟、對社會的責任、對大自然的熱愛灌輸給我們；其實他們也是在尋找，在茫茫人海裏尋找他們的知音，尋找能夠和他們進入永恆的朋友。我說不清是貝多芬找到了我還是我找到了貝多芬，反正我覺得和他成了莫逆之交，他是我在黑暗中發現的最值得尊敬的良師益友。雖然貝多芬和我相隔二百多年，雖然我們生活在截然不同的兩個時代和文化背景裏，然而音樂讓我們跨越了時間和空間，讓我們心心相映同甘苦共患難。因為有了貝多

芬,我再也不覺得孤獨,再也不會顧影自憐自暴自棄。我想貝多芬
也和我一樣,正因為有了我這樣的聽眾,他才會進入天堂,才能無
憂無慮永住在那片蔚藍的天空。

　　貝多芬無疑是一個偉大的劃時代的音樂家,他將一個單純的音
樂主題發展為兩個對立統一互為因果的主題,他開創了古典浪漫主
義音樂的新時代。貝多芬也寫英雄,然而他所表現的英雄與柴科夫
斯基所寫的英雄迥然不同,這才是真正的英雄,是我們所崇拜所仿
效的頂天立地的英雄。貝多芬從他的第三交響曲開始,就將「命運」
和「英雄」兩個主題絲絲入扣的貫穿於全部作品,這兩個主題掙扎
搏鬥糾纏不休,尤其是英雄的主題在不斷的變奏中、在失敗和不屈
不撓的鬥爭裏,最終到達勝利帶來的歡樂頂峰。每一個聽眾都會隨
著貝多芬、隨著英雄的命運,在靈魂的深處作出對自己命運的選
擇。在貝多芬的鼓舞激勵下,誰也不會甘當懦夫,誰也不會甘願自
己被命運擊敗。

　　在我的心目中,十八世紀古典浪漫派音樂大師個個都偉大,個
個都是音樂王冠上的鑽石。然而真正出類拔萃的只有貝多芬,他是
偉大中的最偉大,是鑽石裏最耀眼璀璨的一顆。我這樣說絕非虛言
誇張,在所有的音樂大師中,只有貝多芬的音樂每一支都是絕對的
精品,而其他音樂大師的有些作品裏多多少少總會存在著一星半點
的敗筆瑕疵。除此之外,貝多芬的人格也是無人可比的,他用驚人
的毅力竟然在雙耳失聰的情況下創作出那首驚世駭俗的不朽作
品,即《第九合唱交響曲》。這部作品突破了先前的交響曲模式,
在第四樂章裏採用了大合唱,氣勢磅礴的歡樂頌,最終將我們所有
的情感完完全全揮發出來。據說當年貝多芬自己指揮樂隊演奏第九
交響曲,當全曲演奏完畢之時,全場觀眾不約而同的起立鼓掌歡

呼，人們都為這首樂曲所震撼所陶醉。然而雙耳失聰的貝多芬卻有
些茫然無措，因為他背對觀眾耳朵失聰，所以誤認為人們沒有對這
首樂曲產生共鳴和歡迎。可是當他默默轉身面對觀眾時，他發現了
全場觀眾的無比興奮和對他最熱烈的愛戴，淚水禁不住溢出了他的
眼睛。一個音樂家此時此刻應該到達了天堂，心心相印對貝多芬來
說是最大的喜悅和滿足，他已經和廣大聽眾融為一體。當我靜心傾
聽第九交響曲時，我想哭、想笑、想歡呼，還能說什麼呢？任何語
言都是蒼白無力的，任何文字都是虛弱無助的，音樂的偉大、音樂
的神奇，被貝多芬發揮到了極至，願貝多芬永遠與我們同在！

過眼的煙雲

　　今天五月三十一日，是世界無煙日，掐指一算，我戒煙已經整整八年了。如今那兩根焦黃的手指頭再也不羞於見人，張開嘴巴，也是明月皓齒一片銀光閃爍。然而，那一段煙民的歷史，卻總是讓我難以釋懷，那一縷縷飄蕩在眼前的煙雲，似乎再也無法撥散，因為香煙和我一道度過了生命中最值得留戀的日日夜夜。

　　我的抽煙歷史，應該從當兵的第一天算起。我們這一群來自五湖四海的新兵蛋子，笨手笨腳的從一個山東籍的戰士手裏接過一支支大前門香煙，通過這條所謂的友誼之橋，在噴雲吐霧中融入了草綠色的大家庭。如果說世界上存在著男人和女人兩個性別，那麼同樣也存在著抽煙者和不抽煙者兩個陣營。幾乎所有的人從小就對香煙有著天生的過敏，咳嗽噴嚏總是隨著苦辣的煙霧發作，不經過這樣的磨練，要想成為一名合格的煙槍，那是絕對不可能的。

　　那位山東戰友的一支大前門為我打開了煙民大營的門戶，從那天起，香煙就再也沒有離開過我的嘴角和指間。當一縷縷青煙從我瞇縫著的眼前飄過時，總會讓我覺得莫名的惆悵，那一支支有模有樣精巧細緻的煙捲，竟然會被我吸進肺中，化為飛揚的煙霧，融入蔚藍的天空，只把灰燼留在手指間。如果遵照能量守恆的定律，那麼這一支支香煙，會以什麼樣的形式再一次光臨我的身邊呢。總有

一天，我也會化為青煙，升入宇宙，那麼我將又會以何種形式再一次來到這個世界上呢。

香煙櫥窗裏，中國的外國的、男士的女士的、硬包裝軟包裝的、鐵盒的罐裝的，粗大的雪茄、細長的摩爾，五花八門，琳琅滿目。生活的變遷，通過香煙櫥窗裏的變化，帶著我們在歷史的長廊走過來又走過去。那位山東戰友的大前門，在當時可以算是奢侈品了。試想一下從六塊錢的津貼中拿出百分之十五，換一包香煙讓大家分享，該是多麼大的氣度呀！如果說抽煙者有煙癮，那只說對了一半，其實香煙是和你所處的環境分不開的，是和你當時的心境分不開的。一個大學生抽煙，無非只為了擺擺譜，無非只為了耍耍酷。而一個剛剛離開家門，一個從父母溫暖的懷抱裏，步入一個軍紀森嚴，生活單調的鋼鐵營房裏的新兵蛋子，那就的另當別論了。在天亮之前起床，一分鐘內著裝打背包，列隊出操。成天不是在訓練場上就是在莊稼地裏摸爬滾打，晴天一身灰，雨天一身泥，永遠是臭氣熏天的解放鞋，永遠是讓人不寒而慄的緊急集合哨聲；人在這兒，就像機器一樣被時間和口令指揮得團團轉。什麼時間做什麼，什麼時間不准做什麼，每個士兵都失去了對自己身體自由支配的權利，任何行動都得令行禁止。吃飯睡覺，一分鐘都不得耽擱，哪怕是拉屎，錯過了時間就只能憋著。新兵在軍營裏，就像是王八鑽進了灶坑，窩囊帶憋氣，除了幹活，還得挨訓。只要比自己早一天當兵，就有資格罵你，就是你的老子。所有的委屈和辛苦，只有一個發洩對象，那就是香煙。

說到這兒，自然就可以認可香煙應該是士兵的第一戰友。古今中外，有的軍隊禁止搞女人，有的軍隊禁止酗酒，可是從來就沒有哪個軍隊敢於禁止抽煙。據說直到現在俄羅斯軍隊仍然把香煙列入

軍人伙食費之中，士兵每人每天齊等香煙十支，軍官每人每天五等
香煙二十支。當然不抽煙的軍人可以用香煙換到糖果，這說明俄羅
斯人對香煙多麼重視，他們把香煙和吃飯看的同等重要。如果說槍
和戰士們的生命緊緊聯繫在一起，那麼香煙就是戰士們心心相印的
伴侶：想家的時候抽煙、勞累的時候抽煙、挨了批評抽煙、受到表
揚還是抽煙。可以這麼說，人的心情千變萬化，但無論怎麼變香煙
總是相得益彰，時時閒逸。心情萎頓時可以讓你振奮，興高采烈時
可以用散發的香煙讓周圍的戰友們和你分享愉快。

　　部隊裏的生活是艱苦的，這一點完全可以用我們所抽的香煙品
牌來加以證明。當時我們部隊駐紮在江蘇，江蘇可謂魚米之鄉，最
便宜的香煙是一種名為農家樂的白紙包裝，每盒只需八分錢。如此
廉價的紙煙只能自己躲著偷偷抽，若要拿出手，最得體的要算飛馬
牌了。二角九分錢一包，既不會破產，又不會被貶為小氣鬼。每逢
過年過節，軍人服務社總要千方百計進一些錫紙包裝的大前門，這
種香煙永遠是軍人津津樂道的最愛。除此之外，還有一種阿爾巴尼
亞用來抵債的勇士牌香煙，一角五分就可以隨隨便便買一盒精緻講
究的硬殼包裝香煙。雖然那種煙又苦又臭，可是別具一格的包裝和
花裏胡哨的外國鬼畫符卻也夠得上耀眼炫目了。

　　後來部隊移防到了安徽，香煙的檔次再一次下降，許多時候甚
至只能自己用煙草卷成炮筒煙。那樣的香煙夠猛夠凶，端在手裏抽
起來相當氣派。有人分析男人抽雪茄，其實根本不在乎味兒如何，
那個又粗又長的大傢伙堂而皇之叼在嘴上，分明就是雄性的炫耀
麼！如果按照這種理論，我當年曾經用廢報紙卷過一根足有尺把長
的大炮筒，那樣的威風至今仍然可以讓我在男人堆裏感到高人一
頭，仍然可以讓我傲視群雄。那根應該載入吉尼斯的大煙棍，必須

用兩隻手端著抽，抽一口炮筒的頂端就冒出火花，真有些駭人聽聞。雖然今天想起來會被肺癌的危險嚇出一身冷汗，但與當時的好極了的感覺相比，也就不值一提了。

轉眼就到了談婚的年齡，經人介紹，我和一個剛剛從醫科大學畢業不久的姑娘接上了頭。那個姑娘無論人品模樣都應該可以算得上百裏挑一，而且和我同樣對文學有著濃厚的興趣。幾乎所有的朋友都說我們是郎才女貌、天設地造，絕對可以組成一個當代標準家庭的典範。

我們的關係只維持了三天，第四天，那個姑娘終於用一種不容置辯的口吻對我說，在她與香煙之間，我只能二者選其一。這突如其來的當頭一棒竟把我打了個七葷八素。女人和香煙都是我的最愛，這樣的不共戴天絕對是每一個男人的痛苦抉擇。無論我怎麼調解，一個女醫生的反應大家都可以想像得出。轟轟烈烈的初戀鬧了個不歡而散，至今回想起來都覺得遺憾，連個嘴都沒來得及親一口。我認為一個姑娘如果真正愛男人，就因該連他的嗜好一起接受。當然我不是女人，所以一個女人應該如何做，我也只能憑自己的一廂情願來加以判定了。歸根結底，真正的原因還是那根大炮筒，男人的自尊往往在關鍵時刻讓我們撿了芝麻丟了西瓜。

我最終還是和香煙永別了，那是八年前六一兒童節的前夜，為了孩子，我必須和香煙這個伴我度過艱難困苦的忠實朋友一刀兩斷。我的妹妹出國前將女兒託付給我照顧，這個聰明伶俐活潑可愛的小丫頭似乎和我天生有緣，總是像一根皮筋緊緊纏住我不鬆開。六一兒童節的前一天，小丫頭興奮異常，將所有漂亮衣服一件件在身上比來比去。我叼著香煙手忙腳亂幫著收拾，煙霧隨著我的噴吐一縷縷鑽進小丫頭的口鼻。忽然間，那個小身體像一支失去控制的

陀螺歪歪倒倒跌坐在地上，緊接著，嘴裏發出一陣令人毛骨悚然的怪叫。聽見小丫頭變了調的哭聲，我立刻就想到了南京是個小兒哮喘病的高發地區。刻不容緩，我抱起小丫頭，大步流星地往醫院飛奔，一路上那個小身體不停的在我懷裏痛苦的痙攣抽動。我下意識的從衣袋中掏出香煙，將自己的最愛毫不留情的拋棄垃圾桶內。嗚呼我的朋友，嗚呼我的命根子。現在想起來，為什麼將世界戒煙日放在兒童節之前，應該是不言而喻了。

大丈夫一言九鼎，戒煙其實也並非想像得那麼困難，男子漢也並非只有抽煙才能體現。過眼的煙雲也罷，如煙的往事也罷，抽煙也罷，戒煙也罷，留給我們的只不過是生活的感悟。生活對一個年輕人來說是物質的，可是對一個過來人就會逐漸化為精神的寄託。少兒時所品嘗過的食物，哪怕一粒微不足道的糖塊，那種甜滋滋的感覺會一直伴隨你走完人生的全過程。

現在看來，只有感覺才是永恆的，她就像煙霧一樣，融入了我們的血液，融入了我們的精神，融入了蔚藍的天空。我雖然戒了煙，可一代代後起之秀仍然前赴後繼，在浩浩蕩蕩的煙民大軍裏耀武揚威。嗚呼哀哉，世界就是這樣不可救藥，然而就在這樣的不可救藥之中，就在矛盾的發展和解決之中，生活照舊循環往復一如既往，在物質和精神之間不懈的加速度。也許這其中就有我曾經抽過的那一根大炮筒的威力，也許我來世還是一桿不可救藥的老煙槍。

小天使

　　今天是「六一」兒童節，是一個屬於花朵的節日，唯有我們的孩子才配得上這個鮮花盛開的日子所蘊含的濃郁芬芳和絢麗色彩。我說這句話時的心情並不那麼單純，因為潛臺詞中的另一層含義就是，花朵隨著孩子的成長必然會凋謝，而長出什麼樣的果實才是我們真正的關注所在。按理說，對花兒的關愛一定會得到果實的回報，然而許多時候我們卻悵然若失，似乎我們所有的付出都猶如竹籃打水，似乎我們所有的關心只為了讓一個獨立的生命早日離開自己而已。如果你說我是個孤家寡人，沒有孩子還談什麼花朵和果實，還談什麼付出和回報？那你就大錯而特錯了。我雖然沒有自己的孩子，卻撫養了一個小女孩從咿呀學語直到走進大學，從調皮搗蛋出落為一個優雅大方、知書達理的少女，你說我有沒有資格談付出和回報呢？

　　那是我妹妹的女兒，由於我妹妹和妹夫先一步下海沒日沒夜忙於打拼，實在無法照顧孩子，只得將他們的寶貝女兒託付給我和父母照管。如果說世間真有天使的話，那我這個小外甥女一定是天使的化身，一定是上天為我的失明給我最妙不可言最美好的補償。當我妹妹將一團亂動著的東西塞進我懷中，當那團東西忽然發出刺耳的怪叫時，我完全手足無措了。這是一條活蹦亂跳的生命，是一個將來一定要走進社會的人，我能擔得起如此重大的責任嗎？我聽見

妹妹輕輕的歎息，她是一個女人，更是一位母親，哪個母親願意將自己的心頭肉交給別人代管呢？妹妹默默將女兒重新抱回去，在嬌嫩的小身體上一遍又一遍親吻，然後再將手腳亂動的小丫頭端端正正放入我的臂彎，交給我怎麼抱孩子這個生命工程中一道必不可少的工序。冷不防小東西趁和我面對面之際，哇嗚一口咬住了我的鼻子，看來我的鼻子還有被它關注一下的榮幸呢。小牙齒還沒長出來，一股甜蜜蜜的感覺隨著那張小嘴湧入我的心房，我將那個柔軟的小身體抱得更緊，霎那間意識到自己已被徹底征服了。

其實孩子是我父母和我共同照管的，父親專負責外交事務，一切有關小傢伙和社會的聯絡都有外公處理。母親負責小傢伙的吃穿，為了這個饞丫頭，外婆成天提著菜籃子在超市和菜場轉悠。剩下的歸了我，遊戲睡覺啟蒙教育，我完全融進了小傢伙的喜怒哀樂之中。小丫頭叫凌子，是取凌晨最清新、最富希望的意思，可見父母在孩子出生時對孩子寄託的厚望。從此家裏就充滿了小丫頭無憂無慮的歡叫，它被圈在一隻特製學步器裏，手舞足蹈隨著學步器的輪子在屋裏橫衝直撞，活像一隻目空一切張牙舞爪的小螃蟹。說說容易，帶孩子絕對不像一口氣吹出漂亮的氣球那麼輕鬆簡單，八十後的小皇帝、小公主個個都不是省油的燈，帶孩子就意味著你將要沒完沒了地在苦惱煩亂中掙扎著找出一片屬於你和孩子共有的美好天空。聰明伶俐的凌子在第一時間感覺到了我對她的絕對寵愛，立刻就開始用各種合理、不合理的要求折騰我。其實她並不懂我的鍾愛是出於對上天的敬畏，上天將這樣一個活潑可愛的小生命交到我的手中，我能不為自己有如此榮幸而誠惶誠恐嗎？另一方面，我將自己對生活的所有期望寄託在這個可愛的小生命之中，將全部自信和這個小丫頭的未來緊緊聯繫在一起。凌子的健康成長、凌子未

來對社會的作用，孩子成長中的每一步都成為我戰勝挫折的標記。當然我也明白妹妹對我的關心，失明後的我需要這個可愛的小姑娘帶我走出黑暗和孤獨，我也需要和凌子一同健康成長啊！

　　起初妹妹和妹夫每晚回來帶凌子睡覺，週末還帶著凌子出去遊玩。然而沒過多久就有了變化，先是妹夫到北京學習，後來妹妹也去了北京。再後來妹妹東渡去了日本，妹夫去了海南，一個小小的家庭被生活一分為三了。這樣凌子就真正由我和父母託管，小丫頭每天見到的是我和我的父母，一個不同姓氏的奇特組合家庭誕生了。凌子開口說的第一個詞是「豆豆」，起先誰也不明白她說的是啥意思，可是當大家都看見那張向我綻開的笑臉和那兩隻向我伸出的小手時，頓時都聽懂了凌子是在叫我這個舅舅呢。這讓我很是受寵若驚，孩子的單純足以證明我在她心中的地位，我今後無論如何更要對得起小丫頭的厚愛呀！

　　父母年事已高，且心腦血管多少都有點兒問題，所以帶凌子睡覺的任務就非我莫屬了。按照我們全家的初衷，孩子應當從小就養成獨立生活的習慣，可不料小丫頭固執己見，死活不願單獨睡在特地為其準備的小床上。所有大道理凌子一概充耳不聞，出於無奈，只好將一堆小鋪蓋搬到我的大床上。

　　帶孩子睡覺並不是一件好玩的事情，除了需要夜裏經常起來給小傢伙蓋被子，餵他喝水等等雜事兒之外，臨睡前還得給孩子講故事讓孩子進入一個充滿美好未來的夢鄉。粗粗計算一下，帶凌子睡覺幾年下來，每晚兩到三集，我至少給小丫頭講了兩千個以上的故事。

　　牛皮不是吹的，泰山不是堆的，我所說的故事絕對每一個都是原創。那些書本上有的我根本不屑一顧，嚼別人啃過的饅頭真令人

反胃，我之所以現在能寫出小說一定與那段為凌子講故事的經歷密切相關。其中有些精彩的故事章節我甚至想加加工，今後編寫成冊出版發行也未可知呢！例如《太陽黑子歷險記》系列故事，例如《哥倫布航海大事記》一百六十集故事，我覺得完全可以作為兒童讀物，可以給孩子們帶來無窮無盡的美妙想像和豐富的知識。其實我講故事也是出於無奈，凌子睡覺前總格外纏人，我覺得小丫頭有些黑暗恐懼症，似乎睡覺時關燈對她就意味著與世隔絕。於是乎我就用故事作為凌子的催眠曲，讓她輕輕鬆鬆入睡，讓她開開心心告別過去的一天。我講故事，第一集總是用各種稀奇古怪妙趣橫生的情節讓凌子開懷大笑，然後第二集就用舒緩的語調將凌子帶進飄飄悠悠的世界，讓她不知不覺就沉入夢鄉。

　　凌子上學了，所有的家長一定有懷有同感，上學的孩子對家庭意味著什麼，清晨是全家最緊張的時刻，我是個當兵的，就是在部隊也從來沒有如此手忙腳亂，緊急集合和叫孩子起床相比，那簡直算是小菜一碟了。凌子七點半上早自習課，我就需要六點鐘之前起床，先將我自己的事務忙完，接著就在六點三刻叫醒凌子。小丫頭迷迷糊糊被拽起來，下意識的伸出兩臂，閉著眼睛把個腦袋往前伸，我立刻就將翻轉整理好的衣服麻利的往小丫頭套過去。接著凌子從被窩裏伸出腳丫，我熟練的將襪子一下就給穿上。我們的配合非常默契，在小丫頭一連串的哈欠聲中，所有的起床動作宣告完成。

　　然而這樣的配合是經過長期訓練才能夠做到的，而在訓練中又會產生多少煩惱和不愉快呀！不僅我忙，外公外婆也忙得不可開交，買早點、準備午餐，哪一項也少不了。等外公領著背大書包的凌子和我們揮手告別說再見時，我才彷彿完成一件天大的事情般長長吁出一口氣。不過還得收拾凌子留下的一大堆亂七八糟的東西，

小丫頭就像打足氣的皮球，旺盛的精力化成各式各樣的搞怪和惡作劇，將手邊的任何東西到處亂摔。換下的髒衣服、髒襪子害我找半天，說出來不怕你不信，為了尋找凌子的臭襪子，我不僅用兩隻手四處亂掏亂摸，有時還需要像一條獵狗那樣憑著自己敏銳的嗅覺床上地下到處聞來嗅去。人的所有器官都需要充分發揮作用，誰叫我失去了雙眼呢！

　　有人說孩子是天生的破壞者，幾乎所有的家長一定對這句話感同身受，好端端的東西轉眼間就面目全非變成一堆破爛，這也許就是孩子的天性。

　　不過平心而論，孩子的破壞完全是出於好奇，不破不立，要想有所創造就應該對舊事物進行挑剔破壞嘛！凌子時常專心致志地拆開玩具，她並非存心搞破壞，無非只想弄明白那麼好玩的東西到底是如何造出來的罷了。當然了，那個玩具從此再也不會好玩了，製造玩具的企業家們準為孩子們的破壞而拍手稱快。

　　無論你怎麼飛揚跋扈，無論你在別人面前怎麼趾高氣揚，在你孩子的老師眼裏你其實什麼也不是。在帶凌子的這些年裏，我不得不委曲求全，不得不低三下四地向老師點頭哈腰，不是逼急了，沒有哪個家長敢和老師翻臉。作為家長，被老師叫到學校是一件很難堪的事情，這時候你的心理需要承擔很大的壓力。聽著老師不容置辯的訓斥，你的臉上還得掛滿謙卑的微笑，我想那時候家長們一定恨不得將老師活活吞了。有一次凌子的作業字跡潦草，不但被老師罰抄一百遍，還要家長去學校檢討。這件事直到現在仍讓我想不通。我覺得老師對學生的懲罰是一種變態的發洩，而對家長的訓斥無疑更是為自己沒有盡到責任的狡辯，孩子的學習難道有必要讓家長替老師承擔嗎？

　　那晚上我陪著凌子一直抄到深更半夜，和凌子一起將那位老師深深銘刻在心中了。要是凌子日後也當了老師，那麼她很可能也會如法炮製，用懲罰的手段同樣讓學生們記恨他一輩子。你也許會說，這樣才能讓孩子認真對待工作生活，可是一個從小就在痛苦中成長起來的孩子，和通過怨恨培養起來的責任會讓我們得到幸福和快樂嗎？一代代中國人就是在這樣的痛苦和屈辱中成長起來的，我們早已忘記了人生的真正目的，人活著到底是為了快樂還是痛苦呢？

　　凌子漸漸大了，她成了我的眼睛和拐杖，每到星期天，她就攙著我去東郊風景區遊玩。我家住在南京後宰門，離東郊風景區僅僅幾分鐘路程，這種優勢讓凌子和我獲益匪淺。一路上，凌子像只小鳥兒似的嘰嘰喳喳個不停，給我講述她看見的一切。直到現在，只要一回想起那段日子，路邊的花草樹木、路上的車輛行人，立刻就會栩栩如生出現在我腦海，是凌子使我的心靈回到了美好的世界。

　　那條路上全是風景遊覽勝地，第一站是廖仲凱墓。這位國民黨的元老，靜靜地躺在松柏和桂花叢中，被來來往往的遊客們瞻仰。他的夫人何香凝死後也安葬於同一墓穴，在如此優美的環境裏，在人們崇敬的目光中，兩位老人可以安息了。第二站是中山植物園，那兒的景色更加令人心曠神怡，是凌子最愛去的地方。深秋的植物園五彩繽紛，紅豔豔的楓葉、金黃色的銀杏葉、墨綠色的松柏、紫色的秋海棠，真讓人賞心悅目，當然我對色彩的感受完全來自凌子純真無邪的目光。公園門口通常有售貨亭，裏面儘是孩子喜愛的食品和玩具，花不多的錢就可以讓孩子們一路吃一路玩。我會買一隻風箏再加一小袋橄欖或瓜子，凌子非常容易滿足，她對價值的

取向完全出於自己的所喜所愛，根本不在於那件東西的價格昂貴與否。

那天我給凌子買了一支竹片削成的單葉螺旋槳和一小袋葵花籽，凌子一遍遍用兩隻小手使勁搓動竹棍，眼望著竹葉片飛上天空，凌子小嘴裏發出一陣陣快樂的笑聲。我雖然什麼也看不見，卻真真切切的感受到了小丫頭的心兒隨著竹片飛上了藍天，那顆單純的心靈一定像悠悠飄蕩的白雲那般自由輕鬆。玩累了，我們選一條石椅坐下，我用耳朵享受秋風中的美好，凌子則專心致志地嗑起了葵花籽。聽著小丫頭嘴裏發出的喀喀聲，我覺得自己獲得了一種滿足，你給孩子快樂的同時孩子回報給你了更多的快樂啊！不過這樣的滿足和後來發生的事情相比，就根本不值得一提了。不知過了多長時間，凌子終於將所有的葵花籽嗑得乾乾淨淨。她跳下石椅，撲進我的懷中，將兩隻小手伸到我面前，要我張開嘴巴。我以為又是小丫頭的惡作劇，便微笑著張開嘴等著。我的嘴裏忽然多了一粒粒噴香的葵花籽仁，那兩隻胖嘟嘟的小手還在一個勁兒往我嘴裏塞著。我的眼睛濕潤了，葵花籽伴著淚水咽進肚中，凌子一粒也沒捨得吃，將所有的葵花籽都送進了我的嘴裏，她用天使的翅膀將我送入了快樂的天堂。這樣的感動會讓你記一輩子，因為只有天使的愛才能讓你永遠快樂。

我陪著凌子重新回顧了一趟校園生活，從小學到中學，凌子的課文我幾乎篇篇和她一道朗讀背誦，凌子的數學題我幾乎和她一道絞盡了腦汁，要是當真讓我參加考試，我估計和凌子不分上下。凌子畢業於南京外國語學校，那是全南京最好的中學，高中時凌子住校學習，我也失去了這樣一個難得的學習機會。高中畢業後，凌子去日本上大學，因為我妹妹經過奮力拼搏在日本有了自己的公司，

完全有條件安頓凌子的生活學習了。去年凌子大學畢業，很快找到了一份滿意的工作，她終於成長為一名自食其力的社會人了。

由於學習和工作非常忙碌，現代社會最讓人頭皮發麻的就是競爭，競爭當然是進步的一種形式，可是又有誰願意這種無休無止的進步呢？凌子和我妹妹每星期打回家一次電話，外公外婆搶著要和凌子說話，老人的隔代之愛眾所周知，我當然需要退後一步，可是我心裏卻更希望和凌子再度回味從前的日日夜夜。不過該知足了，凌子給我的回報溢滿了我的心房，天使的愛足以驅散任何痛苦的陰霾。上天對每個人都是公平的，只要你付出自己的愛，就一定會得到更多的愛，凌子就是上天派到我身邊的天使。

二肥

　　凌子扔下書包，沒有像往日那樣大叫大嚷要吃要喝，一個箭步就竄進了自己的房間。這種反常的舉動立刻讓我警惕起來，因為我也算是家長之一，我妹妹出國前再三託付，把她的寶貝女兒完完全全交到外公外婆和我這個舅舅的手上。這麼重大的責任，任何一個成年人都會覺得像一座大山那樣沉重，絕不能掉以輕心。

　　我推開房門，好像聽見凌子正慌慌張張用自己的被子包裹著什麼東西。聽見門響，小丫頭是很緊張，一屁股就坐在那個被包裹的東西上。直到發現是我，她才鬆了一口氣，豎起一個大拇指壓在我的嘴唇上，就像是在進入秘密的軍事行動，示意我絕對不可出聲。待我小心翼翼走進那個被包裹的東西旁時，凌子輕輕掀起被子，那兒聽上去似有小動物在蠕動，哇哈，也許是一隻的小貓咪吧。我沒猜錯小傢夥顯然被凌子的棉被壓得喘不過氣來，大張開嘴，喵喵叫個不停，這當然是它與生俱來的最基本權利。我和凌子完全被這個小傢夥迷倒了，特別是那一聲聲細小綿軟的叫聲，就像是另外一個天空傳來的若有所思的柔情。凌子得意的注視著我和小傢夥，顯而易見她已經認為我會支持這個領養舉動，然而我並非家中第一把手，母親才是至高無上的領導，這種大事必須從長計議。凌子小心翼翼的捧起小傢夥放在我的手上，那小小柔軟的身體在我手裏蠕動，甚至還打了一個哈欠，讓我彷彿看見一張討人憐愛的毛茸茸的

小臉。凌子說它那一身黑白花色搭配得非常別緻，頭頂的一片黑毛像一頂瓜皮帽，四隻黑爪子像穿了兩雙小鞋，屁股尾巴和後腿上半截也是黑色，看起來這個小傢夥整個兒就是一個穿了條大褲衩的小無賴。等到它打出第三個大哈欠時，我已經完全將那個至高無上的領導置於腦後，開始醞釀著應該給這個可愛的小傢夥起個什麼名字。凌子鼓起了胖嘟嘟的腮幫子，讓我頓生靈感，和凌子一樣可愛的小貓也同樣胖得令人無法釋懷，真可謂凌子第二，何不就叫二肥好了。

然而，當務之急還是保密問題，我母親是個很講衛生的老太太，尤其是在離休之後，更把從前在機關裏的那一套令行禁止在這兒施展得如火如荼。不等到生米做成熟飯，萬萬不能揭開這個鍋蓋子。二肥的三頓飯由我從牙縫中節省出來，其餘事項凌子一手操辦。可是，百密還有一疏，紙總是包不住火的。該死的二肥偷偷溜出凌子的房間，在走廊的正中央，端端正正拉了一泡臭氣熏天的屎。領導的嗅覺自然無比靈敏，這種氣味絕對逃不過老人家的鼻子。母親根本不顧我和凌子低三下四百般央求，大發雷霆當即喝令將這個肇事的壞分子三天內押送回老家。這個不爭氣的二肥讓我和凌子完全亂了方寸，何去何從只能聽天由命了。

二肥卻只是覺得自己因禍得福，從地下轉到公開活動，一副大言不慚的小人得志模樣兒，成天把凌子的一個破乒乓球玩得不亦樂乎。眼看三天就要期滿，母親還是滿臉的冰霜，根本毫無通融之處。二肥似乎覺得自己一個人實在無聊，就將那個乒乓球玩得不離領導腳丫左右，想引起領導的重視。可是母親只顧端坐在沙發上，專心致志的讀著老年報上白開水一樣索然無味的文章。二肥的乒乓球無意間滾到了沙發背後，它橫豎著身體無論如何也鑽不進去，無奈之

下就繞到領導的腳丫前，一邊用小身體蹭著領導的腳丫，一邊開始柔聲柔氣地叫喚。據說世上只有人類會使用表情，可是此時此刻，那張毛茸茸的小臉上分明堆滿了諂媚的笑容。母親終於扔下手裏的報紙，低下頭認認真真的打量這個諂媚小人，最後伸出一隻手從地下撈起了二肥。厚顏無恥的二肥終於憑著馬屁功夫征服了領導，搖身一變成為一名堂堂正正的家庭正式成員。

　　雖然我用一隻廢紙箱為二肥打造了一個精緻的窩，可它卻執意要在父親專用的沙發上爭得一席之地，每天總搶在父親之前，大模大樣四仰八岔躺在沙發上裝聾作啞，呼嚕嚕鼾聲大作。凌子悄悄告訴我，那兩隻耳朵隨著各種聲音轉動不已，這傢夥分明做賊心虛，妄想蒙混過關。我父親雖然曾經指揮千軍萬馬，在槍林彈雨中身經百戰，對敵情瞭若指掌。可是現在卻活生生被一隻小貓的雕蟲小技搞得無計可施。幸而沙發夠大，最終父親和二肥各得半壁江山，一人一貓二分天下。母親每天做預算時，也增加了二肥的一份開支，兩尾小魚，或一把鱔骨，二肥足矣。家中平添了這樣一個活蹦亂跳的二肥，真給我們帶來不少樂不可支，快樂之光通過這個小傢夥聚焦在我們每個人的心尖上，幾乎所有的不開心全被二肥消融了。

　　二肥像個皮球一樣迅速鼓脹起來，據凌子說，二肥的祖先有著貴族的血統，是波斯貓和暹羅貓的混血兒。不過這個初生名門望族的後代卻並沒忘記自己的本職工作，有一天居然捉住了一隻比它小不了多少的大耗子。正當我們對此種見義勇為的行動讚不絕口時，凌子卻怒吼著猛撲過去，企圖從二肥的口中搶救出那只可憐的耗子。按照凌子的說法，二肥飽吃飽喝，捉老鼠並非生存的需要，只不過是殘忍本性的大暴露，若不及時進行教育，其後果不堪設想。我們雖知道凌子是將自己的想法強加於貓，可是對此種偷樑換柱卻

又無法反駁。人之初性本善，凌子的這番話符合祖國的傳統文化觀念，我們不能為了一隻貓的生物本性而讓凌子棄善從惡。

　　轉眼間，二肥已滿周歲，變成了一隻威猛雄壯的大公貓。從頭至尾足有一米長。渾身的肌肉在閃亮的皮毛下鼓起一個個大疙瘩，簡直就像一個健美運動員，就是斯皮爾伯格也得相形見絀。走起路來，也不像先前那樣東張西望、蹦蹦跳跳，而是瀟灑自如、目不旁視，走出只有貓科動物才能做到的筆直一條線。當然無論動物或是人類，雄性總主宰著戰場上的勝負，二肥終於也加入了爭風吃醋的戰鬥行列之中。這天晚上，我們忽然被門口的刺耳嚎叫聲驚醒了，等凌子打亮門燈，看清了燈影下的一幕時，不覺大驚失色。隨著慘叫聲，一白一黑兩團身影糾纏在一起，撲抓撕咬翻滾，扭成了一堆。原來是二肥和院裏那只稱王稱霸的大黑貓展開了殊死搏鬥，看來今晚將要江山易主，二肥說不定會成為這一片山寨裏發號施令的大王。

　　然而那只大黑貓絕非善類，甭說貓兒們，就是見了小女孩兒，大黑貓也要呲呲牙，把那些女孩子嚇得哭爹喊媽。二肥雖然年輕力壯、血氣方剛，可還是經驗不足，搏擊技術稍遜一籌，眼看著就被大黑貓壓在了身體下，動彈不得，只剩下一條粗壯的尾巴在地上像一把掃帚，把灰塵掃得漫天飛揚。正當凌子看得驚心動魄、血液沸騰之時，沒料到二肥忽然絕路逢生，採用了兔子蹬鷹的絕招，兩條後腿猛地一蹬，就將那只大黑貓蹬起一尺多高，慘叫著在地上滾出一溜煙。二肥乘機撲上去，咬住黑貓的脖子，直至那個手下敗將發出哀號，再也不做徒勞的掙扎為止。

　　二肥失蹤了，整整一天，我們根本看不到這傢伙的影子，害得領導都慌了神，親自出馬，跑過了兩個街區，還是尋不到半點蛛絲

馬跡。正當全家處於惴惴不安之時，凌子大呼小叫從房屋旁的小雜物間跑過來，說二肥正躲在那兒偷歡取樂。一隻盛放舊衣破襪的破木箱裏，二肥擁著一隻金黃色漂亮小貓妞兒同榻而臥，盡享歡樂時光。當這個重色輕友的好色之徒瞪著我們，用不滿的低吼向我們發出警告時，我們頓時感到悲痛欲絕。小人就是小人，我們的養育之恩居然敵不過一顆糖衣炮彈。可是話又得說回來，現在的人們，不也是把酒色財氣看得比生命都重要嗎。連人都如此，更何況貓呢。

　　整整三天，二肥連個面都沒在家里閃一閃。經過上一次的虛驚一場，我們對二肥已經有了足夠的容忍，指望這個忘恩負義的小人對我們盡心盡力，那簡直是做夢。若是再想這個無組織、無紀律的傢伙能夠每天按時考勤，更是天方夜譚。可是到了第四天，我們還是心神不寧起來，無論怎麼厚顏無恥，這兒畢竟是二肥的家呀。於是我們全體出動，凡是該找的該問的，無不面面俱到，然而可惡的二肥卻像是貓間蒸發了一樣，完全不見蹤影。看著那些平日裏和二肥玩的熱火朝天的貓三貓四們，我們心中的不祥之兆開始像一片陰雲般揮之不去。

　　又過了兩天，母親雖然還是每天給二肥刷碗，拌飯，可是動作卻越來越無精打采。父親還是讓出半邊沙發，似乎那個厚臉皮仍然在那兒裝聾作啞呼呼大睡。只要門外稍有風吹草動，凌子立刻就衝將出去，呼喊那個讓她魂牽夢縈的二肥，可回答凌子的只有一片無情的寂寥，小丫頭漂亮的大眼睛裏第一次出現了憂傷。

　　又過了幾天，我從廣播里聽到一條新聞，說那些貪吃的廣東人在南京開了貓行，專門收購肥貓，運回廣東做宴席上的龍虎鬥。我沒敢將這個消息告訴家裏人，只在心裏把這些任什麼都要往嘴裏

塞的饕餮之輩千遍萬遍罵了個狗血噴頭。後悔自己為什麼不教給二肥如何躲避人類。知人知面不知心，就是我們對那些冠冕堂皇的小人也得十二萬分的警鐘長鳴，二肥哪裡能明白隔著肚皮的那顆心是白還是黑呢？

　　冬天到了，北風把人們的心吹得像一隻放光了氣的皮球，一個勁兒往下縮，家裏沒了二肥，好像少了一個中心，各人又開始忙各人的事兒，絕口不提二肥一個字，但是心照不宣，只要一聽到哪家的貓兒在叫，我們的眼神立刻就會黯淡，我們的目光立刻就會轉向那個空空蕩蕩的貓碗，和沙發上二肥空缺的席位。天越來越冷，家裏空調已經打開，溫暖的房間裏，我們卻像是仍然在冰天雪地之中，因為二肥並沒有和我們在一起。一直等到今天，我們還是忘不了那個給我們帶來快樂的傢伙。二肥，你在哪裡？二肥，你還好嗎？

離婚也是為了愛

　　一九八七年十一月十三日星期五，我之所以記住這個日子，是因為我的婚姻從這天宣告結束。西方人將十三日星期五看作是個不吉利的日子，但用塞翁失馬來加以衡量，那就得兩說了。任何吉利和不吉利都是辯證的，都是可以互相轉化的。既然有結婚這一說，那麼離婚也就無可厚非，兩者完全可以看成一個巴掌的兩面。所不同的是有人將結婚看作手掌的正面，視婚姻為歡樂的源泉。而另外一些人則恰恰相反，將婚姻看作愛情的墳墓，千方百計企圖跳出圍城。這完全取決於婚姻給你帶來的是快樂還是痛苦，取決於你對婚姻該負什麼樣的責任。

　　對雙目失明的我來說，則是第三種狀態，是一種無法用好壞來衡量的婚姻狀態。有個妻子對我是一種保障，我的生活可以後顧無憂，衣食住行正常化對一個盲人更加重要。然而為了這個婚姻，我勢必將自己置於弱勢和被動的地位，勢必會喪失一部分男子漢的自尊，失去的自信也許會讓我從此一蹶不振。

　　你也許會說，那麼愛情是什麼呢？我們難道應該放棄愛情對夫妻間關係的維繫作用嗎？難道愛情不正是夫妻間一方有困難時才會煥發更加耀眼的光彩嗎？是的，我希望所有的有情人終成眷屬，更希望所有的夫妻都能互相扶持，在愛的旅途上走到終點。不過既

然我們是為了愛而結婚，那麼為什麼不能為了愛而離婚呢？設身處地地為我想想，你的愛人為了你憔悴，為了你不敢穿得光鮮亮麗，為了你的病痛而整天愁眉緊鎖長籲短歎，你難道能從婚姻中得到快樂嗎？愛雖然是精神的，是看不見摸不著的，可是生活中的點點滴滴，我們離不開的柴米油鹽，卻將愛打上了實實在在的印記，這些印記就是夫妻之間的平衡點，一對失去平衡的夫妻，難道能夠獲得美滿的愛嗎？純精神的愛只是我們的幻想、是一個浪漫虛無的夢，在一個物質的社會裏，精神永遠無法離開物質的支持，人世間和天堂畢竟存在著可望而不可及的距離。

我們間的婚姻維持了七年，結婚後的第二年我的眼睛就出了問題，從此我的婚姻就被疾病捆綁在一條無法保持平衡的小船上，我覺得自己在結婚時所作的承諾很難經得起風吹浪打，妻子今後再也無法得到真正的幸福和快樂。為了爭取最後的希望，我每星期需要到上海進行一次鐳射治療，妻子在醫院做護士，為了陪同我前往上海，她必須調班。住的地方離火車站很遠，我們前一天就得趕往上海，要在第二天上午九點鐘之前趕到醫院，耽誤一班火車就意味著妻子無法準時回來上班。

到了醫院，前邊早已排了長長的佇列，妻子又要低三下四和上海本地病人們商量，爭取儘早給我治療，目的還是為了及時返回南京。好說歹說總算有一兩個病人勉強答應，妻子立刻就歡天喜地，像一個如獲至寶的孩子，快樂並感激地連聲道謝，忙不迭將我塞進佇列裏。去的次數多了，越來越多的病友們讓我往前移動，我知道這是妻子對我的關心感動了大家，是人們對我和妻子之間的愛的認同。

　　努力是一回事，結果往往又是另一回事，我的眼睛在第八次鐳射治療後又一次大出血。無計可施的我最後找到號稱「東方一隻眼」的上海著名眼科專家趙東升教授，做了只有百分之一希望的視網膜手術。為了我的手術，妻子不得不請假在我的病床邊陪護，那時的條件實在太差，擁擠不堪的病房裏，妻子和我母親輪流照顧我，她們只能靠在我的病床上打盹。我母親年紀大，所以主要還是由妻子負責我的護理照顧。疲倦和焦慮讓她日漸消瘦，每當我撫摸著她瘦削的手臂時，就會覺得自己又欠下一筆無法償還的債務。手術沒有成功，坐在回南京的火車上，我們倆都默默無言。我不說話是因為對未來的生活一片茫然，可是妻子的沉默卻像一朵灰色的雲彩讓我更加不安，給我們帶來歡樂的蔚藍色的愛情還能維持多久呢？

　　失明後的我發生了明顯的變化，常常會無緣無故地大發脾氣，會對過分的關心報以不屑一顧的冷漠。妻子的熱情一次次被我的冷淡澆滅，她也開始用同樣的冷淡回敬我，我們這是在互相傷害。不平衡的婚姻狀態使我對婚姻的態度發生變化，我覺得長痛不如短痛，下意識裏我開始尋找另一條出路。

　　失明後我和父母住在南京市區，而妻子則住在幾十里之外的原單位，這樣每隔一週我們才能見一次面。雖然我已經在心理上開始調整，為了分手進行必要的思想準備，可是對妻子的愛卻反而越發深厚。就像失去眼睛一樣，將要失去的婚姻現在讓我倍覺珍貴。直到這時，我才明白夫妻意味著什麼，夫妻之愛對人生是多麼可貴。從今往後，我將要形單影隻地在黑暗中艱難跋涉，每當需要扶助的時候，我到哪兒去尋找一條充滿愛的臂膀呢？每個星期六的下午，我的心就開始激動，我就會手忙腳亂地收拾房間，想用最好的表現歡迎妻子。妻子回來了，我覺得她和我同樣激動，同樣迫不及待地

盼望著和我的相聚。我們和其他小別勝新婚的夫妻一樣，會情不自禁地緊緊擁抱，會急不可耐地長時間親吻。到了晚上，我們也會行夫妻之禮，也會纏綿悱惻如膠似漆，似乎一切都和從前一樣，似乎我們將會永遠恩愛。

然而第二天我們便會不安，忽然覺得昨晚有些荒唐，那種冷淡立刻像一堵無形的牆橫在我們之間，我們會言不由衷地尋找逃避的藉口，彷彿昨晚的親熱像一條鞭子在狠命抽打我們的屁股。現在回想起來，那種酸甜苦辣鹹五味雜陳的感覺仍然困擾著我，對愛的選擇永遠是一道難解的題目，我的做法對妻子當真公平嗎？有一個週末，妻子沒有回來，這樣的意外讓我既失望又僥倖，如果我們的相聚越來越少、如果我們漸行漸遠、如果我們最終分道揚鑣，那對我何嘗不是一種解脫。然而對妻子的思念還是讓我在星期天給她母親掛了電話，她母親接到電話稍稍遲疑了一下，告訴我說妻子得了闌尾炎已經動過手術。這是怎麼說的呢？作為一個丈夫，我的位置到底在哪兒呀？也許妻子是為了不讓我擔憂，可是從另一個角度來思考，一個丈夫連這點責任都承擔不了，還有什麼名副其實可言呢？

妻子出院後，我終於鄭重其事的提出了離婚。妻子的反應可以用驚恐來形容，她似乎不敢相信我的話是真的，過了好久才抖抖霍霍的使勁搖頭，表示絕對不同意。這使我有些迷惑，我認為妻子其實心裏早就想過這個問題，她不會不考慮自己的未來。有人說，女人是最善於偽裝的動物，真真假假讓所有的男人摸不透她們的心思，該哭的時候會笑，該笑的時候反倒涕淚橫流。不過我相信妻子是真實的，先前對我的那種冷淡只是出於本能的反應而已。在那一刻，我的心裏熱乎乎，甚至有些悲喜交集，如果只是為了考驗，那我一定會將妻子緊緊擁抱在懷裏。然而蓄謀已久的我並不打算

收回自己的提議，我用最堅決的口氣說明自己的態度，說明我們之間再也不可能一如既往，再也不可能攜手並肩走完人生的道路。妻子哭了，她撒開腿奪路而逃，像一隻受傷的小鹿去尋找一個安全的角落。

經過我的反覆勸說，最終妻子同意了離婚，到了這時我們都變得非常理智，我們像朋友那樣平心靜氣地將整個離婚過程處理得有條不紊。

一九八七年十一月十三日星期五，那是一個陰天，和往年相比，顯得格外寒冷。風像刀子一樣刺破了衣服，刺穿了皮肉，一直扎進我的心裏。雖然離婚和結婚同樣是人生的一種選擇，可是從來沒有哪個能將這種事情操辦得喜氣洋洋。區民政局裏，一對對辦理離婚手續的分手夫妻無不顯得灰頭土臉，每一對都保持著足夠的距離，好像要將從前的一半隔開到另外一個世界。只有我們仍然靠得很近，妻子挽著我的胳膊，湊近我的耳朵低聲細語描述著分手前的一對對夫妻。我的胳膊感覺到妻子溫暖的手，不由得用力夾住了那隻手，讓妻子更向我靠攏。妻子會意地挨近我，她的手有些顫抖。這也許是我們最後一次接觸，出了這個門，我們就再也不是夫妻，我們將變成滾滾紅塵裏兩粒互不相干的沙子。那張離婚證書將永遠斷絕我們之間的夫妻緣份，可是我覺得愛並沒有遠去，我們將曾經有過的夫妻之愛留在了各自的心中，離婚難道不也是一種愛嗎？

當愛來到身邊

　　離婚對每個人來說都是痛苦的，當然這裏說的離婚是沒有任何怨恨的離別，是一種無可奈何的忍痛割愛，是纏綿悱惻的突然終結。我當時就處在這樣的境況，離婚讓我覺得心如死灰，讓我切切實實地嘗到了哀莫大於心死的滋味。放眼四望，在我們身邊有多少有情人因為經受不了這樣的打擊而痛不欲生，從此一蹶不振，甚至走上殉情的絕路。雖然我自認為不會做這樣的傻事，可對未來的感情寄託卻很悲觀，像我這樣的人和愛情還會有緣嗎？

　　大家都知道，要解決失戀問題，最好的辦法就是移情別戀另尋新歡，換言之就是移花接木轉移愛的對象。雖然這樣的做法無可非議、雖然獲得愛是每個人天經地義與生俱來的權利，完全是一種合情合理而且正當必要的行為。然而我沒有勇氣，生怕再遭受一次更加慘重的失敗、再也得不到真正的愛。其實我仍然對愛情如饑似渴，我之所以不再付諸實際行動，是因為明白愛情需要健康作保證、需要有能夠承擔責任的實力、需要給所愛的人以真正完美的快樂。我患有嚴重的糖尿病，因為病情沒有得到控制而導致雙目失明，不得不提前退休在家。試想一下，我還能給愛人什麼呢？就是鑒於這樣的想法，我首先提出了離婚，這在我的潛意識裏還有一點先發制人的味道，與其說等愛人先提出離婚而遭受巨大的心理挫折，倒不如表現出一個男子漢大無畏的氣概。做出這樣的決定，讓

我賺了不少口碑，大家都說我高風亮節，說我毫不利己專門利人，然而又有誰知道我的心裏多麼苦澀。

除此之外，傳統的文化意識也無時無刻不在影響我們的言談舉止，在網上讀到一篇文章，題目叫〈英雄原是性冷淡〉，文中所寫的英雄們個個都對女色無動於衷。三國時的關雲長、趙子龍都是當之無愧的英雄豪傑，可他們對秀色卻好像視而不見，再漂亮的女人在他們的眼裏也敵不過「忠義」二字。還有梁山好漢們，一個個也是如此，除了口碑不佳的矮腳虎之外，哪個都對女人毫無性趣。反觀那些故事裏的邪惡之徒，則都是沾花惹草重色輕友之輩，如呂布、西門慶等等。

這就是東西方英雄的差異。在東方文化的英雄光環下，男人和女人所能做的最正當事情就是不經意之間生出了孩子。什麼花前月下的愛，什麼纏綿悱惻擁抱接吻，統統是不務正業的男女之間無聊勾當。在這樣的文化氛圍裏，我們往往竭力將自己對異性的欲望壓制，生怕被人看作好色之徒，從而被打入小人歹人行列。就在我的躲躲閃閃中，愛情卻不期而至，忽然來到了我的身邊。

那是我離婚的第二年，每天晚上睡在空了一半的床上，心裏總會產生一種莫名的惆悵，會不會有一個愛我的女人忽然從天而降，讓我的生活再一次更新如初呢？作為一個男人，想得到女人撫慰理所當然，可是每當我忍受寂寞想入非非之際，緊隨而來的就一定是難以忍受的失落，就會深深地沉浸在更大的痛苦之中難以自拔。特別讓我難受的是，這樣的感覺只能啞巴吃黃連，雖然大家都心照不宣，可我寧願將苦果獨自咀嚼，寧願讓那一份原本正常的情欲在心中發酵腐爛。我知道自己的苦悶需要宣洩，如果有個我信賴的女人在身邊，能夠讓我將所有煩惱鬱悶向竹筒倒豆子一樣一吐為快，那

我會好過的多。冥冥之中彷彿真有神靈在關注著我們，就在我胡思亂想的時候，她出現在我的面前。

那天很熱，無精打采的我忽然被一陣敲門聲驚醒，隨著我懶洋洋打開大門，一股幽幽的香味撲鼻而來。我問了一聲是誰，卻沒得到回答。很顯然門口是個女人，她此刻一定在仔細地打量我。當我問到第三遍時，那個女人才輕輕說出自己的名字。她的話音未落，我早已喜出望外地伸出手，可她並沒有握住我的手，而是一閃身繞過我徑直走進屋內。

我當然認識她，大學同窗好幾年，沒有急功近利趨炎附勢的青春校園友情，永遠令我無法釋懷。走進房間，她還是一言不發，從門後找出掃帚，二話不說便開始幫我打掃房間。這樣的舉動讓我不知所措，像個傻子似地咧著嘴憑著聽覺和嗅覺跟在她身後移動腳步。她那天一定穿著一條寬鬆輕柔的裙子，因為我聽見裙服和她身體摩擦發出的悉悉簌簌的聲音非常柔和，在她轉身時裙子的下擺會掃過我的腿。毋庸諱言，如此細緻的觀察完全出自本能，出自於對一個女人的特殊興趣。那天自始至終她沒說幾句話，後來她告訴我，那是因為她不敢開口，看見我變成這副模樣，只要一開口準會號啕大哭。她走後，那股香味夾雜著輕微的汗味仍然彌漫在房間裏，久久不能散去。我的鼻子太不爭氣，一個勁兒嗅著，將香味嗅進心中，變成永遠的記憶。

我說過，從前的熟人都定格在我失明的那一刻，所以都永遠保留著那個時刻的容貌和身材。她當然也不例外，校園裏所有年輕貌美的形象，當年無不引起我們這些男生的虎視眈眈。尤其是她，嘴角上一顆黑痣就像一枚釘子扎在我們的心中，讓我們在單相思裏做著痛苦的夢

一想到那顆黑痣，我就忍不住用力吸著鼻子，彷彿那天的香味又在心中飄蕩迴旋。自那天起，我開始對房間和身上格外講究，每天都會自動拿起掃帚抹布，清晨起床後第一件事就是用電動剃鬚刀仔細清理自己的臉。我知道自己要糟糕，陷入情網是每個男人最危險的事情。不過這樣的危險對男人來說，就像衝鋒號響起，你腦袋發熱一咬牙就衝上去了。

她幾乎每個週末都來，來的次數多了，我們的交談漸漸變得像當年那樣無拘無束。她會帶來一本剛剛出版的新書，挑選其中最精彩的章節朗讀給我聽。我真有些醉了，書原來就是我的最愛，精彩的篇章和美麗的女人疊加，能不讓我陶醉嗎？我們對書中的某些章節發出不約而同的讚歎，她越來越喜歡當著我的面開懷大笑。每當這時我就不由自主地被笑聲融化，彷彿置身於六十度純美濃烈的老酒浸泡之中。

愛情是一種麻醉劑，像乙醚一樣讓人忘記痛苦和悲哀，忘記自己所有的不幸。如此頻繁光顧我的寒舍，不能不讓我隱隱約約感覺到她的來者不善。可是我又情不自禁總在自我開脫，老同學之間的交往應該是單純而傳統的友誼。我們閉口不談自己的現狀，只是海闊天空地議論人生，興致盎然地涉獵大學校園裏同窗的趣聞，無限感慨地憂國憂民。

不久之後的一天，她來時顯得情緒有些異常，還沒說幾句話，忽然就抽抽噎噎地哭泣起來。我知道有什麼事情將要發生，心情頓覺緊張，渾身的每個細胞都像進入一級戰備的士兵，等待著發起攻擊的號令。原來她的小家庭也和千千萬萬被改革開放市場經濟擊潰的家庭一樣，在痛苦中掙扎了幾年之後，於不久前毫無懸念地解體。據她說是因為下海的丈夫在外邊另有了新歡，同床異夢自然無

法長相廝守。面對她的悲痛，我竭盡全力用自己的現身說法試圖說服這個二十多年前的校友，讓她明白愛情有時會被友情取代，所以大可不必因為一個負心的男人而如此痛不欲生。

其實在說這些話的時候，我自己並沒感到絲毫的快慰，因而此番說教對她絕對不會有任何實質性作用。然而她卻表現得非常信以為真，說聽了我的話感到輕鬆多了。真是天知道，那些陳詞濫調連小孩子都會說，難道從我嘴裏說出來就會有那麼大的威力嗎？我當時不敢確定自己有沒有取而代之的意思，現在回想起來，還真難說呢。接著她提出建議，要我陪她到附近公園走走，說我也不該老待在家裏，出去走一走興許能獲得另一種感受。

父母聽說我要和女同學出去，都表現得喜出望外，我當然明白他們的心意，可心中卻有些不以為然，什麼時代了，男女走在一塊兒沒什麼大不了。就這樣，她挽著我的胳膊，一路招搖過市，走出左鄰右舍們視線組成的火力圈。芬芳的氣味就在我的身邊，柔軟的身體緊緊依偎著我，她的手握住我的胳膊，你說我能不心猿意馬嗎？

我家住在城東，離明城牆咫尺之遙，出了城牆就是全南京最美麗的東郊風景區。這條路我走過無數次，和家人朋友們走在這條路上，我會聚精會神聽他們講述周圍的美麗景色，會仔細聆聽花草樹木在風中飛舞搖擺，會嗅出農村特有的純樸氣息。而現在，那些都不復存在，只有一個又芬香又柔軟的女人在我身旁，所有注意力都被她吸收殆盡。不過直到這時，我們仍舊保持著同窗的姿態，誰也不願首先捅破這層窗戶紙，雖然我們都明白那個時刻遲早會到來。

在夕陽最後一抹餘暉裏，我們倆並肩坐在植物園一片綠瑩瑩的草地上，不遠處一群大學生正在肆意地玩耍歡笑，答錄機的喇叭聲

震天動地響徹雲霄。我覺得她似乎靠得更近，耳畔隱隱能聽得到快速的呼吸和心跳。更有甚者，微風吹拂起她的秀髮，溫柔地掃過我的面頰。我的呼吸心跳也不由自主開始加速，也許這是我給自己的暗示，那些大學生對此時此刻的我們更加是一種回憶暗示。她悄悄對著我耳朵問還能否記清她的模樣，我不假思索隨口回答說那顆美人痣再粗心的人也不可能忽略。她立刻抓住我的手，放在她的臉上，完全不是胡說，我的靈魂差一點就出了竅。那顆突出皮膚的小小黑痣，那個釘在我們男生心中的釘子，現在就在我的手指下。更加要命的是，我的手指有意無意間觸摸到她敏感的嘴唇。就在千鈞一髮之際，我們身後忽然傳來一個沙啞的聲音，嚇得我們倆騰身而起迅速分開。原來是公園裏的清潔工，他一邊用大掃帚在地上劃拉，一邊要我們讓開。我們都明白這傢伙是存心搗蛋，卻又無可奈何，在他眼裏我們的舉動也許不很得當。

待她離去後，我對剛才有驚無險的一幕仍然孜孜不倦地反復回味，我覺得自己彷彿又回到了校園，回到了充滿青春氣息的金色年華。然而想著想著，我的心忽然變得恍惚不安，我當真還有資格享受這樣的快樂嗎？這個問題一經提出，我頓時重回到先前的狀態之中，那些折磨我的想法又開始充填在腦袋裏，亂七八糟攪成一團。不僅如此，我甚至還開始分析她的動機，這讓我很慚愧，可是腦袋不聽指揮，一味地提出自己不願聽到的意見。她的出現，第一個可能就是對前丈夫的報復，許多女人都這樣幹過，她們別無它法，只能用自我犧牲出一口惡氣。第二個可能是尋找排除痛苦的途徑，像這樣的事情，和任何人說都有損自己的形象，搞不好弄巧成拙反被人當作笑料亂傳，只有我這個孤家寡人才是傾訴衷腸的最佳聽眾。第三她確實對我早有愛慕之心，可是沒有機會表白，現在機會來

了，當然就要抓住感情的空白，補充一下先前的缺憾。我知道做這樣的假設有些小人，可是出於自己的現況，也屬正常不得已而為之。我的三個假設，都像涼水潑頭一樣，將剛剛燃燒起的火焰澆得半死不活。

她仍然一如既往每個週末來到我家，我們照舊談論人生、談論文學、談論社會上形形色色的新聞，只是對那個黃昏絕口不提，似乎那個揮舞大掃帚的清潔工還在對我們怒目相向。我知道那個清潔工其實就是我對愛情的恐懼化身，如果我是個正常的男人，當著天下人的面也敢吻一個愛自己的女人。可是我不能不考慮這個吻的後果，這個想法讓我變得前怕狼後怕虎，讓我變成一個思想和行為分離的偽君子。而她也顯得有些拘束，我知道這是由於我的態度變化；女人是一種感性動物，她們天生就能對別人的心思感同身受。這種不明不白地來往維持了將近半年，和她在一起的時候，我全身都充滿了快樂，思維敏捷口齒伶俐。雖然我看不見自己的表情，可是一個被愛情籠罩的人總不至於灰頭土臉吧。

當她離開之後，彷彿熱情也跟著走遠，我立刻就鬱鬱寡歡垂頭喪氣。父母看在眼裏，認為我們的談情說愛已經到了應該談婚論嫁的階段，沒有任何障礙，選個好日子領證搬到一塊兒絕對順理成章。他們哪裡知道，我正在做深刻反省呢。一個大丈夫就要拿得起放得下，既然明知自己負不起責任，還這麼粘粘糊糊，不是小人也和懦夫差不多。要不然就乾脆轟轟烈烈熱愛一場，連一個女人的愛都不敢接受，真愧為男人啊！

春節快到了，有一天晚上，她要我陪她去夫子廟看夜景。我是個啥都沒有、只有時間的閒人，自然心甘情願伴同前往。夜晚的夫子廟是南京最亮眼的地方之一，熙熙攘攘人頭攢動，南來北往的各

色人等將夫子廟演繹出一派洶湧的人潮。用摩肩接踵形容一點兒也不誇張，我們兩個在人群裏，走一步都需要和好幾個人碰碰撞撞。有時碰上一個愣頭愣腦的冒失鬼，我會出其不意被撞個趔趄。每當這時，她就會氣勢洶洶朝對方大喊大叫，那副不可一世的架勢讓我心裏感動極了。俄羅斯人會把妻子叫做小母親，女人對自己所愛的男人，常常像一個母親愛孩子一樣精心呵護。

　　幾圈轉下來，我已經有些暈頭轉向分不清東南西北，看看天色不早，我們便搭上回程的公交車。車裏更加擁擠，穿著臃腫的人們被擠得像一條條壓扁的魚乾塞滿車廂。一直到住家附近車站，我們都無法移動半寸。車門打開，我被急著下車的人們擠向車門，緊跟在我身後的一個中年婦女惡聲惡氣地拼命催促，我被催得心慌意亂，還沒抓住門邊的把手就跨了下去。冷不防那中年婦女在我背後猛推一掌，立足未穩的我失去平衡，一個狗吃屎就栽到車下。她嚇得尖叫一聲，推開幾個夾在我們之間的乘客，撲到我的身上。由於穿得厚實，我沒受到很大傷害，只覺得兩個膝蓋火辣辣疼痛無比。她扶我站起來之後，大吼一聲就朝那女人撲去。儘管我啥也看不見，卻分明感覺到她由於極度心痛而產生的憤怒，想不到一個溫柔可愛的女人眨眼間就變成一隻兇狠的小母豹。我顧不得自己的疼痛，用力抓住她的衣服，好歹沒有讓她和那惡女人廝打作一堆。一些路見不平的乘客揪住那女人，紛紛指責這種不仁不義的舉動，逼著那女人向我認錯道歉。

　　她扶著一瘸一拐的我回到家，沒敢驚動父母，進入房間後讓我躺在床上。然後捲起我的褲管，內褲已經和腿粘在一塊兒，血肉模糊的膝蓋讓她觸目驚心。她嘴裏嘶嘶吸著涼氣，迅速為我用溫水擦乾淨血污。然後又用碘酒棉球為我消毒，最後找了塊乾淨紗布敷在

傷口上。做完這一切，已經很晚，她忽然坐在床邊，一俯身就將臉
緊緊貼在我面頰上。女人最善於用肢體語言，我的心裏咯噔一下，
頓時明白她的意思。她是想留下來，想在我這兒過夜，想用所有溫
情的愛幫住我。我輕輕推開她，在她的臉離開我面頰時，我感覺到
我們的臉都濕了。她一定會認為我是個正人君子，可是只有我自己
才知道推開她的真正用意，我不過是個十足的儒夫，該衝鋒時卻當
了可恥的逃兵。這就是偽君子的真面目，真正男子漢只有在關鍵時
刻才能顯出敢做敢當的大丈夫本色。她無可奈何歎一口氣，默默起
身，頭也不回出了門。我一動不動躺在床上，聽著她失望的腳步聲
漸漸遠去，好幾次我想跳起來叫住她，可是我沒有勇氣，我不敢為
了愛而犧牲一切。

　　她還是每週來我家，還是為我念書讀報，還是陪我去公園走馬
觀花，可是她的笑聲失去了以往的快樂爽朗。我變得萎靡不振，和
她說話再也沒有從前的詼諧幽默，我明白我們該分手了。既然我不
是一個真正的大丈夫，就很難做出響噹噹的舉動，這次分手也成了
我一個終身的遺憾。我給她打了個電話，說我的舅舅生病，需要我
和父母一道去探望。去的時間未定，也許幾天，也許三四個月，得
看我舅舅的病情而定。我選用了最愚蠢的欺騙，用這種沒有誠信的
方法來解決愛情的難題，完全沒考慮到會給她帶來多麼大的傷害。

　　那個週末她果然沒有來，我的心稍微感到一些輕鬆，或許這樣
的欺騙能得到她的原諒，我真的沒有半點惡意呀。不過，失去了她，
我原本被愛充滿的心又變得空空蕩蕩，迷人的香味、柔軟的身體、
動人的笑聲，我到哪裡去尋找呢？

　　有一天百無聊賴的我正在發呆，忽然電話鈴聲響了起來，我不
假思索順手抓起聽筒，剛張口說出一個字，立刻就亂了方寸，是

她，不會錯的。我們倆就這樣隔著電話線長久地沉默著，什麼也不用說，我的把戲完全穿了幫。我其實早該想到，聰明的她不費吹灰之力就能看穿我的心思。我是咎由自取，做個大丈夫太艱難，做個小人倒輕而易舉。只要你把自己的心扔到責任看不到的地方，扔到感情摸不著的地方，扔進狗屎堆裏，你這個無情無義的窩囊廢帽子就戴定了。她首先擱下電話聽筒，我仍然緊緊握著電話，彷彿想從死一般寂靜的電話裏尋找回自己的悔過，尋找到她的原諒。

　　她再也沒來，是我將她推開，是我自己改變了自己和她的生活軌道。我仍然生活在先前的狀態，她呢，還是那個又軟又香的女人嗎？一次幾個老同學來看我，無意間說起了她，說她莫名其妙地辭了稱心的工作。她誰也沒有告訴，一個人去了海南島。我的心忽悠一下懸起，她一定是為了我的緣故，一定深深地被我傷害。不辭而別就是要離開這個沒有感情的地方，要離開我這個沒心沒肺的偽君子。我一直為她默默祈禱，我願意為她付出更多，可是我還能付出什麼呢。

　　不久前，我忽然接到她的電話，又驚又喜的我連連追問她的近況，想從她的口吻中尋找到一點點原諒，可以讓自己逃脫良心懲罰。她的聲音顯得非常平靜，平靜中透出一絲滄桑，就像一個和我毫無關係的朋友，在述說別人的故事。聽完了，我明白自己和她再也不可能恢復那一段愛情，不可能再一次走上那片綠色的草坪，我們已經走上兩條截然不同的心路。她在電話裏淡淡笑著，說要感謝我，感謝我幫她下了決心，幫她走上了自主的道路。對著電話聽筒，我啞口無言，與其說是感謝，還不如說是對我的譴責，一個女人只有得到愛才是最大的成功。我吞吞吐吐問她，還能不能見面？她歎一口氣，反問我說還有這個必要嗎？

　　是的，沒有必要，和我這樣的人交往，一次就足夠了。我不知自己會不會改變，也許會，也許不會，但願老天爺能再給我一次機會。

病房裏的眾生相

　　八十年代開始，隨著開放門戶，和國外的科學交流活動蓬蓬勃勃地展開。為了展現各自的實力，幾乎所有的大醫院都爭先恐後開展各式各樣的科研專案，省人民醫院當時就搞了一個胎兒胰島細胞移植治療糖尿病的項目。一位在醫院工作的同學出於關心，及時通知並鼓動我前往一試。其實我對這些科研項目始終半信半疑，當時文化大革命的流毒尚未肅清，我們國家的科學經常會被政治綁架，科學竟然也變成了政治的工具。除此之外，各級醫生也都憑著科學論文往上爬，這些研究項目就是他們的臺階，沒有一本正經的試驗論文發表，他們的地位待遇就無法提高。

　　所以除非親身感受，我很難確信這些科研專案中到底有多少能夠真正落實到臨床上為病患服務。再說我剛失明不久，好不容易才適應家裏的生活環境，忽然又要變更環境，我自然就有些猶豫不定。然而架不住同學的再三熱情蠱惑，最終決定硬著頭皮試上一試。我的糖尿病一直沒能得到很好的控制，這一次會有好效果也說不定。還有每天必須的胰島素注射，讓我吃盡了皮肉之苦，如果當真不用注射胰島素而能保持血糖的穩定，何樂而不為呢。

　　省人民醫院代表了全江蘇最高醫學水準，各地的疑難雜症紛紛匯聚於此，所以醫院的病床相當緊張，一般住院都須等待一段時間才能替補得到床位。好在有同學幫助，我沒等待多久就住進了病

房。那時的省人民醫院和今天絕對不能同日而語，據說現在的醫院裏條件相當不錯，該有的設施一應俱全，只要有鈔票，你盡可享受高級酒店的豪華服務。那時一間二十多平方的病房內安置八張病床，顯得非常擁擠，不過病房卻非常整齊乾淨。淡淡的來蘇爾氣味，寂靜的病房給人以很強的壓迫感，使你立即感覺到醫院的權威。這樣的權威會迫使你放棄非分的想法，讓你不由自主頓時只剩下服從的地位了。。我當年在醫院當醫生也是如此，醫生護士和醫院的肅殺氣氛融為一體，哪個病人膽敢對醫生護士指手畫腳、膽敢對醫院的條例說三道四，立刻就會被當作刺頭兒，毫無疑問立刻會變成所有醫生護士攻擊的靶子。

　　我母親和弟弟陪同我來到醫院，他們一一和病房裏的病友們打招呼，說明我的處境，要求大家給以關照。我是二六床，一般來說，到醫院之後，你的名字就被一個數字所取代，醫生護士從來不叫病人的姓名，一個床號足以代表你的全部含義。就這一點來說，醫院簡直和監獄差不多，每個人被一個數位記號替代，免不了會有被監視和被管制的意味。所不同的是，病人們大多純屬自投羅網。病友們都很客氣，當知道我的身份之後，他們的客氣中又增加了幾分尊敬。我點頭哈腰，向大家致謝，同時要大家不必客氣，需要我幫忙之處儘管提出，我一定盡力而為。病人們來自四面八方，難免有個缺失，互相幫忙理所應當。

　　母親和弟弟走後，我趁醫生尚未開始體檢，和隔壁鄰居二五床聊了起來，鄰居姓倪，是鹽城地區一所中專技校的老師，大約四十多歲。倪老師的家原來就在南京，二十年前從南京大學畢業之後，響應開發蘇北的號召，帶頭報名去了鹽城。後來在當地娶妻生子，組成了自己的家庭。他的父母都在南京，可是他很少回家，那邊還

有一大家需要他的照顧，他和南京的距離越來越遠。他苦笑著說自己沒有分身法，即便有分身法也沒有那麼多鈔票，一個中專的老師收入實在有限。這次住院治病，倒成為倪老師和家人歡聚的機會，他年邁的父母和兄弟姐妹每天來醫院探望，帶來了他小時候最喜歡吃的食品和往日濃濃的情懷。說到這兒，倪老師忽然有些感傷，聲音顯得很低沉，我從他的話語中彷彿聽出了一絲絲淒涼。

我接著問起他的病情，這也許是我的職業習慣，當醫生自然對疾病最為關注，然而倪老師沒有直接回答，只隔著床鋪把他的一隻手伸過來。我的手莫名其妙被他握住，等我回過神來也不由得嚇了一大跳。那隻手和普通人的手很不一樣，我的手算是標準的尺寸，可是僅僅能遮住他的掌心，按大小比較，就像一個三四歲的小孩子的手握在大人的掌心裏。從倪老師說話時的聲音方位判斷，他大約身高一米七幾，這樣的身高和巨大的手顯然不成比例。我雖然醫學水平不很高，可對一般疾病還有足夠的知識儲備，倪老師可能患的是腦垂體異常引起的肢端肥大症。我的心裏有些不安，按照教科書上的說法，這種疾病多由於腦垂體腫瘤分泌過量的生長激素而致。非但如此，其腫瘤惡性程度也非常高。倪老師顯然對自己的疾病有所瞭解，他淡淡一笑，岔開了話頭，熱情介紹其他病友並帶領我去衛生間熟悉地形。好在衛生間離病房很近，吃飯由護工直接送到病房，看來我能很快適應新的生活環境。

負責我們病房的是一位姓楊的女醫生，可能出於同行的緣故，她顯得很熱情，總是問我有什麼要求，說她會盡力滿足。這樣的謙虛態度很讓我發窘，別的病人一定會有不平等的感覺。

果不其然，等楊醫生剛剛走出病房，一位姓吉的病友立刻陰陽怪氣地開口說生病還分三六九等，醫生全是屬狗的。我尷尬地呐著

嘴，抱歉地陪著笑連連拱手，說對不起大家，都怪自己不注意。其實和我毫無關係，要怪也該怪那姓楊的醫生對其他病人的淡漠，可是那醫生的確對我很關照，我替人家承擔一些也未嘗不可。不過自此我對那位姓吉的病友也留了一個心眼，據我的觀察，此人似乎對社會對人都有些敵意，他的心裏一定烏雲密佈，否則絕對不會如此出言不遜，見不得別人的融洽友善。

　　一夜無話，第二天主任查房，這位內分泌科的專家權威對我的治療原則性地下了醫囑。根據主任的說法，胰島細胞移植就是利用流產胎兒的胰島細胞活體，在病人的胸大肌內繁殖出新一代胰島細胞，從而能分泌出足夠的胰島素，使血糖被組織充分利用，達到治癒糖尿病的目的。說說容易，自身組織對異體的排斥作用，移植後的胰島細胞能否存活並正常發揮功能，胸大肌是不是最適合胰島細胞生長的部位，這些問題一概沒有可以參照的答案，你說這樣的科研到底有多大的可靠性呢？

　　後來聽熟知內情的同學說，我是最後一名試驗者，在我之前這個項目已經被否決掉。然而我就是衝這個項目來的，醫院方面雖不想再做，可又有口難言。如果說破其中原由拒絕給我做治療，先前所有的論文都應該屬於弄虛作假，他們這些專家主任的升職升級必將化為泡影。蒙在鼓裏的我仍然充滿希望，似乎一旦移植完成，我就永遠和糖尿病握手告別了。現在回想起來，我應該先去巡訪那些被移植的患者，視他們的病症改變狀況再作決定。

　　病房裏上午比較緊張有序，醫生護士查房治療忙得不亦樂乎，病人們一個個老老實實呆坐在床邊不敢亂說亂動。到了下午，病房裏就變得輕鬆很多，探視的家屬絡繹不絕，病人們也借機獲取各自喜歡的資訊，東拉西扯讓病房裏顯出一派活躍的氣象。病房裏兩個

最年輕的病號對我尤其感興趣，他們會趴在我的床邊沒完沒了地問長問短，軍隊裏的生活讓他們無限神往，他們總是咂著嘴遺憾地歎息，說再沒機會穿那身草綠色的軍裝。

小夥子一個姓湯、一個姓李，小湯患的是尿崩症，也是一種內分泌疾病，腦垂體後葉那個分泌抗利尿激素的部位出了問題，腎小管吸收水分功能障礙，大量排出低比重的小便。患者最多一天可排出十公斤尿液，如果不及時補充水分，血液濃縮會導致休克甚至死亡。排出大量水分，機體內細胞處於脫水狀態，口渴難忍，病人每天需要喝入大量水分才能維持正常新陳代謝。小湯被疾病折磨得非常痛苦，可這種病又無法根治，只能從鼻孔內吹入垂體後夜加壓素，而這樣的治療需要終身用藥，但願早日發明出新的治療方法，讓小湯們徹底解除疾病帶來的痛苦。

小李的病情更古怪，他往往會突然出現高血壓症狀，血壓最高可達 240：180 毫米汞柱。更加奇怪的是極高的血壓會莫名其妙突然下降至正常，住院一個多月仍然沒查出個子丑寅卯。醫院首先懷疑小李是嗜鉻細胞腫瘤，這種疾病是由於腎上腺發生腫瘤，導致腎上腺素大量分泌，促使血管收縮，從而引起血壓急劇升高。然而各種檢查都未發現異常，專家們都傻了眼，他們一貫靠檢查進行診斷治療，該做的檢查都做過，大專家們可謂黔驢技窮了。

幾天之後，我和病友們混得很熟，尤其是兩個小夥子簡直和我形影不離，爭著為我倒水引路，很讓我感動。有一天我問小李的病情，問他到底能不能自己找出發病的原因。我這樣問是有道理的，因為我發覺小李的心裏有些問題，他在和醫生護士們對話時總顯得閃爍其詞，像是躲避什麼令他恐懼的東西。小李顯然也把我當作自己人，他覺得我似乎已經看破了他的心思，便悄悄附耳對我說出一

個讓我大吃一驚的想法。他說其實他早就知道自己的疾病出於何種原因，就是不願告訴別人，說出來定會遭到大家的恥笑。

他說小時候有一次和朋友們在村外玩耍時，發現一根高壓電纜掉到地上，電纜的斷頭處閃爍著一朵藍盈盈的火花。他出於惡作劇，就解開褲襠，掏出小雞雞往電纜上撒尿。不料這一下禍從天降，他覺得渾身發麻眼前發黑，自那之後他的小二哥就再也硬不起來。他認為自己的高血壓也是那次惡作劇的結果，一想起那朵藍盈盈的火花，他就心跳加速，渾身冰涼，充滿了恐懼。我聽得目瞪口呆，世界上竟然還有這樣離奇古怪的事情，簡直就是現實中的天方夜譚。然而我聽著聽著就感覺不對，高壓電纜輸出的電壓能打死一頭牛，這傢伙居然連皮毛都沒傷著，命再大也不可能如此幸運。

第二天，我藉機說要出去散步，邀了小李一道走出病房，我要解開小李的病症之謎。我故意冷著臉裝作很不以為然的樣子對小李說，他那個把戲完全是自欺欺人，要是不說清楚，這一輩子就算完了。接著我就開始給他講許多臨床上病人欺騙醫生造成無法挽回的悲劇後果的實例。我的添油加醋顯然說得小李毛骨悚然，他終於道出了實情，原來他和一個最要好的朋友一次在村邊玩耍，正巧高壓電纜斷裂落到地上，小李只顧自己逃命沒有及時設法解救朋友，致使朋友被高壓電擊而斃命。從此小李再也無法逃脫那次事故給他帶來的恐懼感覺，每當想起那個朋友，他就會產生沉重的負罪感。久而久之，他當真就把自己和那次事故聯繫在一塊兒，每當想起事故的現場，心裏的壓迫必然導致血壓身高。

我覺得這就是小李的病根子，他一定是深深地感到對不起朋友，被那次現場的恐怖景象嚇壞了。這屬於一種心理疾患，當年我國還沒有心理疾病這一說，許多病症都被耽誤，甚至還有一些心理

疾患被當作精神疾病治療，造成了不少無法挽回的後遺症。小李說出病根，又經過我的反覆開導勸解，彷彿換了個人，變得開朗活潑，言談舉止都有了生氣。他的血壓再也沒有升高，醫生護士都很驚奇，只有我們倆心裏明白，一句打開心竅的話語勝似靈丹妙藥。

　　二七床是一位來自六合的中學老師，也許是長期板著面孔訓斥學生養成的職業習慣，他總是顯得鬱鬱寡歡，只有老婆來看望時才會露出一點點喜色，兩個人躲在病床旁嘰嘰咕咕說悄悄話。老婆走後便又是一言不發，他喜歡像個影子一樣悄無聲息地走路，害得我好幾次差點和他撞個滿懷。這位老師還有一個讓人很難忍受的習慣，他老婆每次來探望，都會給他帶一些花生米蠶豆之類的小零食。也許不願將愛妻帶來的食品與別人分享，故而每到熄燈之後我們便可清楚地聽見那張病床上發出喊喊喳喳類似老鼠磨牙的聲響。

　　那個姓吉的病友恰好就在老師的旁邊，有時會故意大叫一聲，說老鼠出來活動了。這時聲音便立刻消失，可過一二十分鐘那個讓人難受的聲音便會重新鼓噪起來。倪老師對我說，這樣的情況不足為奇，老師們由於長期的精神壓力，多多少少都患有一點心理異常，在學生面前要為人師表，所以在背後就會暴露出被扭曲的心態，做出一些另類的舉動。那位老師其實並不是小氣吝嗇，他只是希望在黑暗中能用吃零食來滿足自己的心理解脫需要。後來倪老師和那位六合的老師談了幾次，那位老師果然有了改變，漸漸和大家能說到一塊兒，當然那只老鼠從此便銷聲匿跡了。

　　眨眼間我住院半月有餘，病房裏的生活對我已經變得稀鬆平常，我一個人也能在病區裏來來往往走動。病區裏的醫生護士和我也混得熟絡起來，我是個與人為善的人，一心只想著和所有的人搞

好關係，然而那個姓吉的病友卻總顯得冷言冷語冷面孔，我雖然看不見，但脊背上常常能感覺到不懷好意的目光。

　　事情終於發生，一天半夜，我尿急起床上衛生間，冬天的夜晚冷得厲害，我撒完尿急急忙忙往病房跑回來，剛推開虛掩的門，忽然咕咚一聲，一隻裝滿尿的尿壺從天而降，又臭又臊的尿灑了我一身。這個玩笑開大了，哪怕換個水桶也好得多，這叫我怎麼再睡上床呀？這麼大動靜讓整個病房裏的病友們都被驚醒，小李立即反應過來，他嗷一嗓子就撲向那個姓吉的病友，把他從被窩裏揪出來。誰都明白，除了這傢伙還有哪個能幹出如此缺德的事呢。我顧不得滿身的臊臭，趕緊拉開小李，說不過是個玩笑而已，值不得這樣大動干戈。那個姓吉的病友顯得滿不在乎，完全是一副死豬不怕開水燙的架勢。我朝大家笑著，說時間很晚，趕緊上床睡覺。這樣的人這樣的事，只能大事化小小事化了了，如果驚動了醫生護士，那就真的無法收場了。

　　第二天我要去放射科檢查，這次我沒找小李和小湯幫忙，而是笑嘻嘻的請那個姓吉的病友帶我去。我覺得和他無怨無仇，只要真心誠意地對待他，他也會同樣地對我，我要搞清楚他的心裏到底裝著些啥。我的舉動顯然出乎他的意料之外，趁他猶猶豫豫之際，我不由分說一把拽住他的胳膊走出病房。醫院裏各種檢查室人滿為患，你要做檢查就必須有充分的思想準備，不付出持之以恆的耐心很難走進檢查室。

　　我和姓吉的病友坐在檢查室外的長椅上，雖然我東一句西一句盡量套近乎，可他卻用沉默和我保持距離，讓我的熱情被那個冰冷的身體一次次降溫。最後我實在受不了，賭氣說道，真恨不得回敬他一桶臭尿。誰知這句話竟然引起了他的迴響，他忽然變得激動起

來，顫抖著聲音說道，他從小就是被人用屎尿潑大的。我以為他是胡攪蠻纏，就冷冷得說了一句「胡說八道」，便不再想理睬他。這一次是他主動抓住我的胳膊，帶著哭腔一定要我聽他說完，否則會恨我一輩子。

　　檢查室門口人來人往，男男女女的聲音嘈雜無比，我們倆挪到較遠一點的地方坐下之後，他開始講述自己的經歷。說實話，我從書上看過不少人間悲慘的故事，可是面對面聽一個具體現實的人說這樣的事情，還是第一次。

　　他的母親在他很小的時候就因病去世，自從繼母進了家門，他的悲慘生活就開始了。

　　他家在揚州，每天清晨，揚州大多數人家都要將一隻裝滿屎尿的馬桶提到門外，由糞車運走。當時的他才四五歲，這個任務居然落到他的頭上，比馬桶高不了多少的他吃力地用兩隻小手提起馬桶，歪歪倒倒將馬桶挪到門口交給車夫。有一次，他實在貪睡，沒能起來，那個惡毒的繼母竟然將整整一桶的屎尿倒在他的頭上，渾身散發出的惡臭和惡毒的繼母便永遠留在了這顆幼小的心靈中。

　　他恨恨地說，如果繼母還在世，他總有一天會將屎尿倒在那個惡毒婦人的腦袋上。我在心裏苦笑，沒想到我替那個惡毒的女人受了報應，本來該倒在那個女人頭上的屎尿都倒在了我的頭上，老天爺真是不開眼莴！

　　他繼續說自己的悲慘遭遇，後來長大了，他終於離開了那個地獄般的家庭，找到了工作，開始自食其力追求幸福的人生。然而好景不長，前不久他被查出患了甲狀腺機能亢進症，剛剛建立了戀愛關係的女朋友和他分道揚鑣。他說自己也許真的上輩子犯了罪過，這輩子就要償還，就要付出更多的痛苦。禍不單行，他是個合同工，

得了病就要被炒魷魚，下一年的合同肯定無法續簽，他覺得生活再沒了希望。

我握住他的手，覺得自己也有責任，我的責任是出自比他好得多的家庭氛圍，公平合理溫暖有愛，現在竟然成了我的負擔。要想重新樹起他的勇氣和信心，就要用他的長處來比我的短處，我毫不猶豫地指出自己的失明。他當然無話可說，一個站在光明大地上的人應該來挽救我這個跌落在黑暗深淵裏的受苦受難的靈魂。我說他沒有理由自暴自棄，生活就像一面鏡子，你對鏡子笑，生活就會對你笑，你對鏡子哭，生活就會對你哭。我都落到這種境地，你居然還往我腦袋上潑尿，難道這樣做就會給自己帶來幸福嗎？他顯然這一次真的無地自容，身體不安地扭來扭去，好半天支支吾吾地說不出一句完整的話來。

檢查完了，他扶著我的胳膊，我分明覺得那隻手變得柔和而溫暖，分明感覺到一顆友善的心伴隨在我身邊。能幫助一個人站起來，幫助一個曾經因為絕望而怨恨報復的靈魂重新展現善良友愛的一面，那種感覺真好。只要你全身心地投入生活，就一定會發現生活中的所有精彩，只有不願付出的人才會覺得生活無聊乏味慘淡無光。

我的治療終於做完，當然基本沒有效果，移植只不過在我的胸脯上留下一道疤痕。不過我並沒有感到太大的遺憾，好像住院治病反倒成為附帶的目的，那些病友們的故事像如煙的往事一樣，籠罩在我的心際周圍，伴著我的靈魂前行。幾天之後，我出院回家，病友們熱情地送別我，一直到醫院大門外、一直到我坐上汽車、一直到汽車開出很遠很遠。一直到今天，我似乎還能感覺到他們的戀戀不捨。

快樂家庭

　　人們從來都將家庭視為社會的細胞、視為社會正常運轉的一個不可缺失的最基本環節、視為我們與生俱來的快樂之源。無論國內國外的社會經濟政治學者，無論吹毛求疵的大小作家，莫不對家庭進行認真嚴肅的科學理論探討，對圍繞著家庭所產生出酸甜苦辣的故事津津樂道。住在同一個屋簷下，在同一口鍋裏掄馬勺，使用同一個衛生間，所有的喜怒哀樂交織融合在一塊兒，隨之定會產生妙不可言的、五位雜陳的特別感覺來。對每個具體的人來說，朝夕相處的生活環境，情感的互動交流，絕對是最具個性的，是只屬於他們的一方天地。

　　現在由於獨生子女政策，一般都是三口之家，即父親母親孩子三位一體。三雙腳三雙手六隻眼睛三張口，所感所受隨之化為生動的故事，在家庭成員之間展開。弟弟和妹妹分別成家立業，他們組成了自己的家庭，融合進無數幸福快樂的小家庭之中。父母和我也是三口，不過我們與大多數三口之家迥然不同，人家是充滿希望孕育著未來的三口，我們卻是步入衰老沐浴著夕陽的三口。然而老雖老，我們從來沒有感覺到悲觀失望，我們從來沒有缺失過笑聲，我們同樣享受著人間真情帶來的其樂融融。

　　我父親已經八十四歲高齡，雖然他的步履有些蹣跚，雖然他的反應漸趨遲緩，可在我的心中父親仍然像幾十年前一樣充滿活力，

仍然是那個善良和藹熱情奔放的父親。我母親今年也已八十一歲
了，二老都已進入了耄耋之年。我雖然在父母的心裏永遠改變不了
兒子的身份，雖然一直享受著父母慈祥溫暖的關愛，可是歲月並不
會對我網開一面，時間很快就會染白我的鬢髮。

　　人的一生總在苦苦追求著快樂，大家都走在同一條時間軌道
上，可最終獲得的快樂卻相去甚遠。有的人成天笑容滿面，就像不
落的太陽，始終給周圍的人帶來溫暖。有些人則整日裏愁眉苦臉長
吁短歎，讓親朋好友們唯恐避之不及。快樂、快樂，就是說歡樂很
快就會過去，短暫的歡樂對人的一生來說就像白駒過隙一樣來去匆
匆。為了獲取快樂，人們含辛茹苦孜孜求索，付出了青春、付出了
心血、付出了所有的希望。然而快樂就像天邊的白雲一樣，來無影
去無蹤，若有若無似是而非。一次次讓我們失之交臂，一次次讓我
們乘興而來敗興而歸，讓我們跟在快樂的後面追悔莫及。為了獲得
快樂，我們得到了更多的痛苦，為了短暫的瞬間歡樂，我們果真需
要用那麼多的苦惱來交換嗎？

　　說到底，快樂其實只是我們的感覺，是我們的一種心情、是我
們對物質和精神需求所期待的一種滿足而已。對一個幾天幾夜水米
未沾牙的餓漢來說，一頓飽飯就會讓他心滿意足，這時候的快樂就
和那頓飽飯緊密聯繫在一起；對一個遭受失戀打擊的人來說，尋找
到愛情就是最大的願望，一個刻骨銘心的熱烈長吻、一次肉貼肉的
緊緊擁抱，就是他此時此刻對快樂的全部注解；對一個救死扶傷的
醫生來說，患者的康復就是最大的期願，妙手回春就是快樂的同義
詞；對一個辛勤耕耘的園丁來說，小苗兒的茁壯成長就是最殷切的
希望，開花結果就是所有快樂的收穫；對一個嗷嗷待哺的嬰兒來
說，母親溫暖的胸脯甘美的乳汁就是快樂的源泉；對一個奄奄待斃

的垂暮老人來說，親人子女的精心侍候就是臨終的安慰，靈魂就在這樣的安慰裏升入了快樂的天堂。一個美好的世界，能給我們的快樂太多太多，只要你有足夠的希望和耐心，只要你有足夠的真心誠意，只要你有足夠的執著，總會得到期待中的快樂回報。

　　在各式各樣的快樂之中，有一種快樂是所有人的共識，是大家從降生的那一刻起就獲得的，這就是我們的家庭賦予我們的快樂。闔家歡樂是與生俱來的血肉凝聚而成的快樂，是心心相印的快樂，也應該是牢不可破的快樂，儘管我們有時會被物質世界的光怪陸離所迷惑，可是最終總能得到家的包容和原諒。說家庭是快樂的起源，是因為家庭直接產生於愛情的結合，戀愛婚姻絕對需要兩顆相親相愛的心。接著愛情之花孕育出世上最美麗的果實，隨著孩子的呱呱墜地，一個真正意義上的家庭終於誕生了。所以說，沒有愛就沒有家庭，而快樂則是從愛中衍生出來的，順理成章，家庭自然應該是快樂的發源地。也有人說，很多時候很多家庭中並沒有你所說的快樂，那是因為家庭成員裏一定有人丟失了愛，快樂永遠離不開愛的支撐。

　　自從失明之後，我對家庭的理解更加深刻，如果沒有父母、弟弟妹妹和侄兒、外甥女的關愛，如果沒有這層包圍著我的溫暖，絕對不可能有我今天的成功。生活在黑暗裏，已經讓我心虛膽寒，倘若再失去溫暖的關愛，我還能支持多久呢？我父親是個直來直去的老軍人，說話辦事總不顧及情面，有時候也會大發脾氣。可那是我失明之前的感覺，當我再也看不見父親的表情時，忽然間發現父親變了，他總是用一種小心翼翼的態度對待我，就像捧一件易碎的珍貴東西，生怕一不小心就會打碎心愛的寶貝。我知道，父親是為了保護我，是害怕我再失去快樂。可是我的父親，你知道嗎，越是這

樣，我就越是愧疚，你為我付出得太多，我今生今世再也無以回報，讓我為父親付出才是我現在的快樂啊！

母親也變得格外敏感，說話辦事唯恐無意間對我產生傷害，是的，我需要關心、需要自尊，可是老人對晚輩的直言不諱更能增加我的自強不息，我的心理承受需要更多的磨練。和前妻離婚之後，我就和父母住在一起，他們彷彿重新回到了童年時照顧我的情節，衣食住行無不面面俱到。雖然我完全具備獨立生活的能力，可是父母的一片愛心，我是絕對不能拒絕的。每天晚上，只要我的房間發出一點點動靜，母親就會如臨大敵，立刻驚慌失措地破門而入。這往往使我哭笑不得，但同時也會讓我心緒難平，讓我一次又一次回味著愛的感動，確實有好幾次都幸虧母親及時闖進我的房間，才得以使我因注射胰島素而引發低血糖得到救治轉危為安。可憐天下父母心！父母對子女的真愛，就像春雨對禾苗的滋潤、就像秋風對果實的催熟、就像雪花對大地的覆蓋。小苗兒茁壯成長，果實變得更加香甜可口，所有的傷痕痛苦都被覆蓋，你能說這片愛還有什麼缺憾嗎？

二〇〇三年的五月，正值非典病流行猖獗之際，我們家也是最緊張最忙碌的時期。父親的心衰忽然加重，全身水腫，腹脹如鼓，氣喘如牛無法平臥，被急送進了醫院。母親的膽囊炎急性發作，膽管被結石堵塞，疼痛難忍高燒不退，也被送進醫院。那時飛往國外的航線很多停飛，我妹妹無法返回，幾乎所有的重擔都壓在我弟弟身上。我這個雙目失明的兒子自然也不能袖手旁觀，另外我也是學醫的，多多少少總能幫上一點忙。父親在醫院有專人陪護，所以重點就放在母親這一邊，我弟弟負責參與醫院的決策和夜晚的看護。他非常辛苦，因為那時候他正作為主編負責編撰一部南京歷史

的經典著作。每天要審閱幾萬字，這樣大部頭的經典著作，半點兒也馬虎不得，稍有差池就會給南京歷史帶來不可彌補的遺憾。這樣我弟弟就將病房當作臨時的辦公室，一邊照看母親，一邊審閱厚厚的書稿。

我負責母親的白天照看，撫摸著母親因疾病而消瘦的手臂，我的心裏非常難受，然而我不能表現出來，還必須用各種說笑讓母親開心釋懷。母親一向很堅強，她堅持要我回家，說我自己還是個病人，這樣在醫院照顧她，很讓她不安。我安慰她，說如果自己一個人在家定會更加心神不寧。母親的病情很嚴重，非但膽管堵塞，而且有可能影響到肝臟，不能排除腫瘤的可能。我和弟弟雖然對母親什麼也不說，可兩人心裏都沒了底，手術與否，關係到母親的生命安危。

經過我們的再三商量，最後決定還是手術治療，那一天的情景我至今難忘。父親在另一家醫院，用手機和我們隨時聯絡，聽到老父親困難的夾雜著喘息的問話，我用非常堅定的口吻安慰她，說手術一定成功，這樣的小手術不值得大驚小怪。然而對一個八十一歲高齡的老人來說，手術的後果絕對不能等閒視之，更何況母親的病屬於良性還是惡性，非得手術之後才能見分曉。

我和弟弟站在手術室外，儘量克制自己的心緒，儘量不注意時間的流逝，心裏只有一個意念，會好的，一切都會好的。那個擔任主刀的主任也被我們的一片真情所感動，他打破規矩，手術每過一個階段，他就會衝出來匆匆告訴我們手術情況。大約一小時左右，主任興沖沖地出來了，他將一個紙包交到我弟弟手裏，說看來可以基本排除惡性腫瘤，這已是手術最好的結果了。我和弟弟真是驚喜交加，紙包裏是從母親體內取出的兩粒最大的結石。又過了一段

時間，母親被推了出來，還有些昏昏沉沉的母親用兩隻手分別握住我和弟弟，我們都有些熱淚盈眶，彷彿剛剛經歷了一場生離死別。當我用顫抖的聲音向父親報告一切順利時，當我妹妹從國外打來電話，得到我同樣的回答時，我感覺到心與心的共鳴，感覺到一個家庭成員的同舟共濟，一個人生活在世界上有一個溫暖幸福的家真好。

春節裏我們全家難得的團聚，大家高高舉起手中的酒杯，說出了同一個心聲，願我們這個家庭永遠充滿歡樂，願大家永遠健康平安快樂。席間父親又開始說他那一段永遠受歡迎的繞口令，從我們能聽得懂語言開始，這段繞口令就成了父親的保留節目，我們百聽不厭，每次都會發自內心的捧腹大笑。那段繞口令全文如下：「打南邊來了個矬子，挑著一旦茄子；打北邊來了個瘸子，腰裏別著個橛子。別橛子的瘸子要吃挑茄子的矬子的茄子，挑茄子的矬子不給別橛子的瘸子茄子。別橛子的瘸子就拔出腰裏別著的橛子，揍了挑茄子的矬子一頓橛子。」我們雖然從小聽到大，可是卻怎麼也學不會，看來只能抱憾終身了。不過誰也沒想到，我那個聰明的侄兒沁沁居然沒幾次就學得惟妙惟肖，現在每次聚會，沁沁常常頂替我父親表演，他那一本正經的表演也同樣會博得和我父親一樣的滿堂喝彩。

最後引用大作家托爾斯泰的一句老話，幸福的家庭都是一樣的，不幸的家庭各有各的痛苦。是的，幸福的家庭都因為有共同的愛，而不幸的家庭裏缺少的也是這樣的愛。所有的痛苦、委屈、遺憾、憤怒、嫉妒、仇恨，所有的疑慮、彷徨、消沉、悲哀，都可以在家庭之愛裏消融化解，愛才能使我們的家庭永遠快樂。

第四篇

光明永在

更上一層樓

　　我弟弟拿著一張報紙對我說，南京文聯的金陵文學獎正在徵求參評作品，問我是否有意參加。我有些遲疑，雖然陸陸續續發表過幾十篇短篇小說和散文，可我覺得像自己這種業餘作者，參加什麼文學獎似乎有些異想天開。不過參評反正也不會有啥損失，就當作一個學習機會一試無妨。於是我弟弟幫忙挑選了幾篇散文遞交給文聯評獎委員會。我的心裏有些發虛，那些作家都具有深厚的實力，他們參加評選的作品都是長篇大作，我太自不量力。然而轉念一想，哪個作家不是從第一步開始走上創作之路呢？自知之明和自強不息之間沒有矛盾。

　　那時候的評獎和現在不同，既沒有濃厚的功利色彩，又不像網路文學評獎那樣隨意，當時的評獎完完全全是為了促進文學的發展，是為了鼓勵更多熱愛文學的作者投身於文學。

　　文聯組織了專門的評獎委員會，特地聘請著名作家對所有參評作品進行嚴格的篩選評判，經過幾輪之後最終評出各個等級的獲獎作品。中不中獎另當別論，倒是我弟弟的熱衷讓我分外感動，自我失明以來，我弟弟想方設法為我尋找出路，但凡能讓我振作起來的活動，他都一如既往鼎力協助。我在文學創作道路上走到今天，我弟弟對我的幫助功不可沒，許多時候，我弟弟為了我的事情，寧願放下自己手上正在做的一切，不惜奔波勞累，只求讓我滿意。人們

常用手足之情來形容兄弟間的情深意切，要我說，還是血濃於水更加能讓人感到兄弟間的溫暖情懷。

兩個月後的一天，我弟弟打來電話，興奮地告訴我說我的一篇散文中選，評委會很快就會通知我。好久我都不敢相信，認為我弟弟一定搞錯了，也許他只是為了讓我高興一下罷了。我還沒回過神來，電話又響了，果然是作協的工作人員，通知我的作品榮幸入選得獎。由於我弟弟的預告，所以我當時表現得還算鎮定自若，沒有顯露出欣喜若狂不能自己。然而放下電話之後，我再也無法控制自己的激動，兩行熱淚奪眶而出，我的一隻腳終於跨進了文學創作的門檻，這個金陵文學獎對我可謂創作之路上的第二個里程碑。

文學創作是艱難的，而對我這樣一個盲人來說，簡簡單單一個「難」字豈能道出我在黑暗中的艱苦跋涉。除了天才作家，大多數搞創作的人都領教過搜腸刮肚、絞盡腦汁的滋味。而我要想寫出一篇作品，除了肚腸和腦子之外，五臟六腑都得翻來覆去地洗刷，方能尋到必要的詞語典故、尋到恰當的排列組合，從而寫出像樣的文章。二十年來，我就是這樣不斷地寫，從每一個細胞裏擠榨出靈感，完成我的創作。不僅如此，更讓我苦惱的是那些退稿，許多時候，我耗盡心力苦思冥想自鳴得意的作品，卻如泥牛入海，永遠沒了音信。早先的報刊編輯還算善解人意，會給你寄一張寥寥數語的退稿通知，近年來報刊編輯的架子芝麻開花節節高，對一般的投稿信件根本不屑一顧，這樣也就造成了作者一稿多投的不良局面。你想想看，哪篇稿件不是作者的心血凝聚而成，誰也不願讓自己的成果下落不明，另闢蹊徑當然屬於合情合理的行為。

另外，我的作品並非我一個人的心血，母親幫我抄寫、父親幫我校對、弟弟幫我投稿，一家人的辛苦勞作怎能不讓我分外珍惜。

如果別人寫作像是在攀登高高的山峰，那我則是在無邊無涯的大海裏奮力掙扎。攀登還有山峰作為目標，我根本不知自己游向何方，前後左右對我都是一片茫茫苦海，生活的樂趣彷彿只有不停游動，讓自己在滔滔海浪中不沉而已。如今的我就像是忽然一腳踏到了實實在在的陸地，這次獲獎無疑是對我二十載寫作的肯定，應該可以說勝利在望。

發獎大會上，大小作家濟濟一堂，我雖然看不見四周的人們，可是真實地體會到置身於作家之中的快感，感覺到文學創作給我帶來的成功喜悅。那一份印製精美的獲獎證書，被周圍的人們傳來傳去，大家都為我高興，為我的自強不息唏噓不已。那個場面至今仍然讓我激動，仍然像一團火一樣讓我熱血沸騰。人生倘若真是一條航行在大海中的小船，那麼你的風帆應該是堅定不移的信念和意志，這面風帆會帶你度過苦海，登陸理想的彼岸。

我順理成章地成為作協的一名成員，有一個組織真好，這個堅強後盾至少能在精神上給我極大的支持。聽著大家談創作的感受和經驗，我的心裏忽然浮起一個念頭，我也要創作長篇作品，要對得起作家這個神聖而光榮的稱呼。不過我立刻又被自己的想法嚇了一大跳，這可不是鬧著玩，創作一部長篇小說，你必須要有足夠的備份。以後的創作過程證實了我的擔心並非多餘，憑著我先前的底子，寫長篇小說顯然力不從心。不過從另一個角度來看，寫小說這個過程雖然艱難，可正是這樣的艱難困苦才能調動起自己全部的能量，隨著一部長篇小說的完稿，我一定會找到人生路途上新的里程碑。

那時我的創作還是利用答錄機，可想而知這樣的創作會遇到多大的困難，所有的靈感，所有的文字組合，都需要用一張嘴對準答

錄機哇哩哇啦表述出來。口頭語言和書面語言完全是兩個不同的概念，就是那些口頭語言的大師，即相聲小品演員，他們的表演也是先用書面形式寫作出來，再經過反覆背誦醞釀，最後才能登臺表演。像我這樣直接用語言寫作，一般人是絕對無法想像的，你不信試試看，要是能邊思考邊說出一段合乎邏輯聲情並茂的散文或故事，那你一定是個非凡的語言天才。因為我知道，這樣的寫作需要通過反反覆覆的磨合，是需要經過對自我的一次次否定才能完成的。

剛開始這種創作時，我對自己在錄音磁帶裏的言語感覺彆扭極了，那些話乾巴巴呆板僵硬，像一塊沒滋沒味的木頭，聽完了真恨不得一把火燒個精光。然而母親年老眼花，我用 X 光片寫出來的文稿，母親再也無法辨認，除了用答錄機我完全無計可施。為了讓作品生動傳神，寫作時必須調動面部表情的參與，這樣一來，我面對答錄機時就得擠眉弄眼，那幅怪模樣要是被別人瞧見，準會覺得我精神有問題。可是為了讓我的語言成為感情思想和邏輯的文字表述，不如此這般我還能怎樣呢？

其實我的創作正好和演員的表演背道而馳，他們是通過書面語言轉為口頭語言，而我則正好相反，先有了口頭語言，再變為書面語言。不過這也有好處，我所寫的小說散文，讀起來琅琅上口，這是單純用文字寫作的作家無法比擬的，從構思開始，直到寫作完成，我得經過多少次口乾舌燥的演練呀！用這種方法寫短篇小說和散文還湊合，要想寫出長篇小說，那簡直猶如登天，幾十萬字的作品，通過答錄機寫作，你敢想像嗎？

假如聘請一名中文系畢業的秘書幫助你打字修改，那還有成功的可能，可我哪兒有這種條件呢！再說，寫作本身就是一種無法替代的樂趣，別人怎麼能表現出你自己的酸甜苦辣喜怒哀樂呢？

　　但是寫長篇小說的衝動，讓我一發而不能收拾，我開始構思人物和情節，開始和小說同命運共呼吸。書名遲遲尋找不出，這使我有些煩惱，可是我又想到，既然連人物和情節都還沒有完全構思成熟，書名怎麼可能先入為主呢？隨著人物的豐滿和情節的合理完美，一個能夠表現全書內涵和外延的名字必定會脫穎而出，小說就是這樣出爐的。從此我就和答錄機磁帶結下了不解之緣，每天面對轉動的磁帶，不停地說、不停地錄，一盤磁帶翻過來覆過去，前進停止後退沒完沒了。起先為了節約，找來一些舊磁帶，企圖廢物利用。可是這一下弄巧成拙，錄著錄著舊磁帶忽然喀嗒一聲斷了，懊悔地讓我用拳頭將自己的腦袋狠捶一通。為了寫這部長篇小說，我甚至用壞了兩部嶄新的答錄機，至於磁帶簡直不計其數，每次錄完一盤，必須立刻複製一盤新磁帶以備不測。

　　經過一年的折磨，我的長篇小說第一部分終於完成，足足十幾盤磁帶，每一盤大約能容納一萬字左右，十幾萬字靠答錄機完成實屬不易。剩下的就是列印出來，沒想到這個問題節外生枝，又成為一個攔路虎。我自說自話，錄音放音當然一清二楚，可是別人卻很難完全弄明白每個字每個詞的確切意義。加之我在磁帶上的修改，斷斷續續輕重不一，還有磁帶中斷時的嘶嘶怪聲，幫我打字的簡直是遭了大罪。雖然我付了錢請那個女孩子幫忙列印文稿，可是每當她在電話裏無可奈何地詢問我搞不清楚的詞句時，我就會心煩意亂，害別人跟著我受折磨，真讓我覺得無法忍受。好歹總算列印完畢，然而當我弟弟讀那文章時，我差一點暈倒，哪兒是小說，就像一篇乏味的講話稿一樣，讓誰聽了都要昏昏欲睡。問題到底出在哪兒呢？小說的人物情節都沒問題，環環相套別具一格，莫非還是答錄機寫小說本身就不合適呢？我絕不會輕言放棄，二十年的寫作過

程使我明白持之以恆才是成功的要訣，可是用答錄機寫作長篇小說看來有些勉為其難，難道我當真就尋找不到出路嗎？

天無絕人之路，一天我無意間忽然聽到廣播裏的一條消息，南京殘疾人協會為盲人舉辦了一期電腦培訓班。這對我來說，無疑是從天而降的特大喜訊，通過電腦上的語音軟體，寫作就和正常人一樣隨心所欲暢通無阻了。我感謝上天，感謝先進的科學技術，感謝那些開發語音軟體的電腦科學家，我將要夢想成真了。

有志者事竟成——我的創作感言

　　我的第一部長篇小說《石砼砼的風》終於出版，真讓我百感交集，不能自己。對我來說，創作一部長篇小說，就像茫茫夜路上的跋涉，能否到達目的地完全不可預知。因為雙目失明，帶來了無數正常人難以想像的困難，堅苦卓絕與我而言絕非言過其實。

　　一個人對外界的瞭解，靠的是眼耳鼻舌身這五種感覺器官，必須依靠器官的感應，才能接受外界資訊。正常人正式憑藉正常的器官功能，才得以正確感受環境變化，並根據變化及時做出相應的反饋。而作為視覺器官的眼睛，應該是最可靠、最直接接受資訊並做出反應的最重要感覺器官，其餘所有感覺器官相加也未必能取代視覺功能的一半。寫小說，就是通過故事表述人物與世界的互動關係，讓讀者與作者產生共鳴，如此參與所引起的共鳴應該能使我更緊密與社會融為一體。綜上所述，眼睛對外界事物敏銳的觀察，以及眼睛對書寫文字的作用，是寫小說不可或缺的最重要兩個要素。如今我卻失去了如此至關重要的工具、失去線條色彩表現故事情節所需的畫面場景，無法直觀線條和色彩還能寫出優美的篇章嗎？故而，要想通過文學創作建立與社會的聯繫，並通過這樣的聯繫開闢一條走向自我實現的光明大道，失去眼睛的我未免太異想天開啦！

　　我原是一名醫生，二十多年前，因為疾病導致雙目失明，從此跌入一個黑暗的世界。然而，我又是幸運的，因為生活在一個充滿

親情、友情之中的人，所有缺失都可從這種無微不至的關愛獲得補償。從此，我的父母，弟弟和妹妹，小侄兒和更小的外甥女，以及我的朋友們都成為我的眼睛。他們將自己的所見所聞、將自己對世界的觀察和感受一五一十告訴我，並牽著我的手走街串巷體察人生百態社情民意。用這樣的方法帶著我走入世界，體驗生活，從而投入並深刻感悟人們在社會變革中的酸甜苦辣喜怒哀樂。現在回憶那段時光，親人朋友們的友愛像太陽一樣溫暖了我的心，而一個生活在黑暗中的人是多麼依賴如此溫暖的陽光啊！

　　出於對痛苦遭遇的感受，出於對親朋好友的感激，出於對我身邊的人或事的感觸，出於除視覺之外所有感覺帶來的感悟，我迸發出創作的衝動。文學應該是我從小至今的最愛，捧著一本經典名著，我可以不吃不喝不睡覺。沉浸於優美的文字和起伏跌宕的故事情節，我與書中人物同呼吸共命運，跟著他們走遍天涯海角，為他們的遭遇快樂或痛苦著。不過看小說與寫小說終究不可同日而語，從前眼睛能看到都不敢涉足，何況如今沒了眼睛呢？然而一旦有了創作的衝動，有了追求心中那片陽光的衝動，任何艱難困苦忽然間均不在話下了。

　　毫不誇張地說，一個盲人搞寫作難於上青天，其難度是正常人所無法想像的。一開始，家人幫助在 X 光片上刻出一行行空格，然後用鉛筆在格內稿紙上書寫，寫出來再請母親謄寫清楚。那些字模糊不清難以辨認，很多時候為一個字母親要翻來覆去與我捉摸半天。謄清後，再由父親負責校對，最終由弟弟或妹妹投稿到報刊。每一篇作品的發表都傾注了全家的心血，其中包含著家人對我的關懷期望，包含著我們面對厄運的勇氣和信心。

　　由於寫作太困難，加之父母逐漸衰老，我不得不改用答錄機進行創作。然而答錄機用的口頭語言和報刊雜誌需要的書面語言並非一回事，磁帶錄下聲音很難令人滿意，文字在磁帶上需要經過來來回回數十次修改才能達到預期的效果。

　　說實話，我並非天生的作家材料，剛寫出來的文字文理不通結構混亂，別說發表出來讓讀者看，連我自己聽了都面紅耳赤無地自容。為了提高寫作水平，特地請盲校老師教我學習盲文。雖然盲文圖書內容有限，可通過觸摸扎在厚牛皮紙上的突出小點兒，我多少掌握了一些寫作要領。

　　那段日子裏，我的資訊來源就是親朋好友盲文圖書以及成天不離手的收音機，可想而知所獲得資訊多麼微不足道啊。那個小小的話匣子，對我來說就是一扇打開的窗戶，就是一本教科書，就是一部隨時更新的百科大全。從未謀面的主持人播音員，就像伴隨身邊的老朋友，從早到晚喋喋不休將國內外發生的大事小情娓娓道來。

　　奮鬥終於取得收穫，報社和雜誌社開始陸陸續續採用我的作品，生活給了我最美好的回報。世界總對敢作敢為的人敞開大門，隨著科學技術迅速發展，我朝思暮想的用電腦寫小說終於美夢成真。雖然早聽說有專供盲人使用的電腦語音軟體，可當得知南京盲校開辦盲人電腦學習班並經多方努力終於入學坐在電腦前時，那一瞬間我真的喜不自禁、心花怒放。經過盲校老師們不辭勞苦一個月的培訓，我可以通過語音軟體，在電腦鍵盤上進行最基本的操作。

　　依靠語音軟體，可以上網流覽網頁，可以用電子郵件與世界上任何地方的網友交流，更重要的是我終於可以通過電腦開始真正意義上的文學創作。想寫一部長篇小說，是我的夢、是我幾十年刻骨銘心夢寐以求的夙願。

　　由於黑暗生活中常人所無法承受的痛苦，由於這種痛苦帶來的沉重壓迫，我每時每刻都渴望著擺脫和超越。每當傾聽窗外呼嘯而過的風聲，我就情不自禁想同那風一道飛起，想隨著風兒自由自在飛躍苦難。其實生活就像風一樣，喜怒哀樂酸甜苦辣，只不過是我們對客觀世界的感覺，只不過是我們的物質與精神生活在本能欲望支配下自然產生的反映而已。

　　《石坨坨的風》就是和這種感覺一起產生的，隨著改革開放，隨著物質生活的日益豐富，人們的精神生活逐漸變得多姿多彩。人們對生活質量的要求空前高漲，並由此產生出多種多樣大相徑庭的價值取向。所以說欲望才是世界發展的原動力，追溯到原始社會，衣食住行是人類最起碼的生存要求，所有精神層面的發展難道不正是隨著生活條件的不斷改善而逐漸形成的嗎？然而，任何事物都具有兩個方面，欲望在促進世界發展的同時，也給我們帶來了無窮無盡的煩惱和痛苦。我個人認為，對於欲望，只有理想主義、只有相對於物質的精神上的追求，才可以稍稍平衡一下這種在物質社會中因急功近利而產生的負面消極因素。

　　上世紀五六十年代的生活雖然艱苦簡單，然而這種簡單艱苦中包含的自然純樸之美卻有著強大的魅力。人們說「窮開心，窮大方」在某種意義上或許是一種正面積極的美好的理想主義願望。下至人們為斤斤計較柴米油鹽而引起的吵鬧爭鬥、上至國家間為資源爭奪爆發的戰爭，無不因為分配不公導致的貧富不均。就這個意義而言，人們的生活不那麼富裕或許更能得到滿足快樂，所謂的幸福指數如果不原於明爭暗鬥自相殘殺，那才是真正的幸福。

　　然而遺憾的是，絕對公平不過是理想主義者的夢，是永遠走不到的地平線。書中主人公江大寶就是這樣一個理想主義者，他雖然

聰明能幹，可在現實生活中卻屢戰屢敗遭受一次次挫折。做公務員忍受不了領導不公正待遇，搞企業學不會投機取巧趨炎附勢，甚至在愛情上也不懂甜言蜜語討女人歡欣。雖如此他身上卻蘊含著強烈的魅力，像一塊磁鐵般吸引著周圍的人。因為江大寶身上具有守信仗義善良真誠，這些人們時刻標榜於嘴上卻又常常在實際行動中背道而馳的做人標準，人們對江大寶的態度就是理想主義為什麼那麼令人可望而不可及的體現。

江大寶是一個自學成材的小提琴手，他在下鄉插隊的石坨坨，被山野的風兒薰陶，被山鄉淳樸民風感染，無意間用手中的小提琴創造出風兒的旋律。我們說自然之風是空氣相對於地面的運動，那麼社會之風就應該是思想相對於人群的運動。從前被強迫灌輸於頭腦中的不是東風壓倒西風，就是西風壓倒東風，使我們把世界看成一個簡單機械運動著的兩維空間。任何事物除了正面就是反面，人與人之間除了好人就是壞人，思想失去了自由馳騁的空間。

現在不同了，敞開的大門迎接八面來風，各種思潮各類文化將人們身體和精神裝扮得五彩繽紛。每個人盡可以採用自己最喜愛的方式改變風格風度，人們盡可以根據愛好組合不同風尚風貌的群體，不同地區文化背景、民間習俗演化出大相徑庭別具一格的風土風情。用風華正茂形容現在的中國，無疑百分百恰當，因為正是風兒讓我們有了正常的春夏秋冬，風調雨順自然使生活如花似錦。

不過天有不測風雲，大自然有時也會翻臉不認人，風雨飄搖中的我們該如何做呢？要做到以不變應萬變，精神是主心骨，而理想在這種時候將決定我們精神堅韌的程度。所以說，儘管江大寶無論在哪個朝代都註定了是失敗者，可無論哪個朝代都少不了江大寶這

樣的人。回顧歷史，被我們推崇備至的仁人志士們，哪個不是貨真
價實最純粹的理想主義者啊？

　　根據國外調查統計，一旦眼睛失明，人大腦中的視覺記憶至多
保存十年左右。掐指算一算，我失明至今已二十多年了，然而腦海
中親朋好友音容笑貌，舊居小城往昔風光依然歷歷在目。我不知是
不是那個調查統計太不靠譜，也不知是不是我的記憶超乎常人？然
而有一點確定無疑，我的心中始終裝著愛，是愛讓我的記憶永遠停
留在最美好的時刻。生活就像一面鏡子，你對鏡子笑鏡子就對你
笑。反之，你對鏡子哭，鏡子也會對你哭。真正的笑容始於一顆火
熱的愛心，愛這個世界，讓笑容掛滿人間。

和大家分享快樂

　　《石坨坨的風》終於變成了一本散發著墨香的書，然而對我而言，這何止是一本書，它是我在黑暗旅途上探尋求索二十年痛苦磨練的結晶。二十年在歷史中只是短短的一瞬，可對我來說就是人生一段蹉跎的歲月。難道不是嗎，那是我風華正茂大有作為的二十年，一個充滿陽光的二十年會給我帶來多少歡樂的笑聲呀！不過我還算幸運，經過二十年的苦苦跋涉，我成功了，我所有的努力得到了回報。這本《石坨坨的風》就是我在黑暗之旅中，在風雨飄搖裏走過艱難困苦的最好見證。

　　二○○四年九月二十二日，在鳳凰台大酒店，江蘇文藝出版社為我的新書出版專門舉行了一個隆重的首發式，省市有關領導和媒體記者們濟濟一堂，他們由衷地向我表達了最熱誠的祝福。首發式之前，編輯告訴我要做準備，要暢談自己的感受，可我真不知道該從哪裡說起，千言萬語千頭萬緒，二十年的酸甜苦辣就像一股洪流，用語言根本無法述說。我弟弟告訴我，當時記者們紛紛舉起手中的相機，閃光燈刷刷亮得耀眼奪目，我還真有些明星的風采呢！我什麼也看不見，只覺得心裏有些苦澀，這樣的場面對二十年前的我應該是最大的滿足，應該是讓我自吹自擂的最好機會。然而我變了，現在的我再也不是二十年前那個虛榮的我，脫胎換骨不敢說，洗心革面絕對是我二十年風風雨雨心路歷程的寫照。

在這個喜氣洋洋的日子裏，在我獲得成功的時刻，我分明感受到黑暗裏的重重壓迫，感受到走投無路時的灰心喪氣，也許成功永遠離不開挫折和痛苦，也許挫折和失敗帶來的痛苦比成功的喜悅更能讓我們刻骨銘心。

一位記者問我，一般作者的第一部作品或多或少都會有自己的影子，為什麼我這部《石坨坨的風》中幾乎看不見自己的形象呢？我想這也許是自己有意識地不願表現自我，一個僅僅限於追求自我的人不可能獲得真正的成功與快樂。超越了自我對寫小說更有好處，書中人物眾多，每一個人就是一個世界，要想讓主人公在內的所有人物都活靈活現，作者就必須讓他們獨立，絕不能讓自己的下意識將這些人物簡單刻畫得如同你另一個翻版。要使每一個人物都有你的影子，要使所有的人物都和你一樣單調刻板，你的作品還會有人看嗎？

再說寫小說的過程就是一個不斷提高自己境界的過程，你只想著那個自我，就無法擴展你的視野和思路，寫來寫去還是從前的那個你，你只會變得越來越狹隘，越來越縮手縮腳。何況寫自己只能寫出一個故事，要想寫出大千世界，要想寫出人生百態，一個狹隘的自我是難以做到的。

省委宣傳部副部長、省作協黨組書記楊承志先生原本是要親自來祝賀的，可是臨時有緊急會議，只好委託江蘇文藝出版社劉健屏社長代為發言。楊承志副部長為我的小說親自寫了序言，她在序言中對《石砣砣的風》給予很高的評價，對我的創作也加以充分的肯定和鼓勵。當然，我知道楊承志部長不僅僅是為了鼓勵我，她想通過對我的鼓勵宣揚文學對人生的作用，想通過對我的表彰增強殘疾人自強不息的信心。市委宣傳部副部長、市文聯黨組書記周福龍先

生也親自來參加我的首發式，他聲情並茂地侃侃而談，對我創作中遇到的困難唏噓感慨，希望文聯繼續發掘和培養新的作家，希望我今後創作出更多更好的作品。失明退休之後，我基本上就沒有參加過什麼會議，這次首發式讓我感覺到一個組織站在我的身後真好，這種強大的支持無疑會讓我更加堅定不移地在文學創作的道路上走下去。

劉健屏社長也感慨萬千地向我表示了最衷心的祝賀，說實話，如果沒有劉健屏社長的支持和指點，《石砣砣的風》也許早就流產夭折了。第一稿原本是按照時間順序平鋪直敘的寫，總共三十多萬字分上下兩集完成。劉健屏社長看後說，如果照這樣寫，會顯得拖遝，會讓讀者失去時代之間的反差，會使作品和現實脫節。劉社長的話一語中的說到了點子上，後來經過改動的《石砣砣的風》果然面目全新，情節更為緊湊，矛盾更為激烈。

當然，做如此大的改動，對我也是一個挑戰，將上下兩集合並成一集，用倒敘的手法展現全書錯綜複雜的人物關係和曲折離奇的故事情節，當時真有些讓我發暈。我不像明眼的作者，只需將原稿對比著加工合成，邊看閱邊寫作即可。我只能將原稿熟背於心，寫作過程中根據情節發展的需要，隨時插入或刪減。這樣就等於將第一稿中的上集整個兒插進下集裏，將原來的兩集天衣無縫地糅合成為一集。實際上我等於重新寫出了一部《石砣砣的風》，而這部新的小說我覺得更加成熟更加精煉，應該經得起讀者的品頭論足了。

小說的責任編輯伍恆山先生讓我非常佩服，他本人也是有名的作家，出版的作品內涵豐富種類繁多。不過我對他最敬佩的還是他的認真負責，非但對《石砣砣的風》情節人物提出修改意見，甚至對每個錯別字和標點都一一標出來，以便我進行修改。除此之外，

他還是一個非常直爽的人，對我作品裏的不足之處，他毫不客氣地一一指出，而文章中的精彩部分，他又毫不掩飾地大加讚賞。伍恆山編輯最後對我的評價，說我是一個很會寫小說的作者。沒吃過豬肉，還沒看見過豬跑嗎？那些大作家，那些伴隨我成長的經典名著，已經融會貫通於《石坨坨的風》之中了。

除了新華日報、揚子晚報、現代快報、南京日報、金陵晚報、今日商報等省市報刊和省市電臺都對我的長篇小說出版進行了報導，中央電視台新聞頻道、江蘇電視臺和南京電視臺也都專門採訪了我，當我們全家走進南京電視臺攝影棚時，我覺得自己和父母和弟弟妹妹永遠是站在一起的。回頭看看，我在黑暗裏的每一步，我走過的路上，不是也有著他們的身影嗎？

那段日子，我成了最忙碌的角色，電話鈴聲不絕於耳，前來探望索取小說的人絡繹不絕。大家都為我高興，為我驕傲，我自然也充滿了歡樂，分享快樂會讓我更快樂。有一句老生常談，說快樂越分越多，痛苦越分越少。是的，我的親人和朋友們為我分擔了太多的痛苦，沒有他們我不敢想像自己還能否得到真正的快樂。我的痛苦已成為過去時，那麼就讓痛苦遠遠地離開我，我快樂，大家就快樂，不為自己，為了大家我也要快樂快樂再快樂！我的臉上應該永遠充滿陽光，因為那片光芒來自我的心靈，來自親朋好友和社會，我願讓所有的人和我共用這片光芒。

報刊電臺電視以及網路，將我出書的消息廣為傳播，隨著消息的不脛而走，許多失去聯繫的朋友終於找到了我。那天我正在南京書城舉行簽名售書，忽然從外邊衝進一個人，他撲到我面前，一把就緊緊抱住我，哽哽咽咽半天也沒說出個啥。周圍的人都有些好奇，我弟弟輕輕拍他，問他的來由。他終於抹乾了眼淚，破涕為笑

說出他的名字。原來是我三十年前的一位老戰友、好朋友徐華，這些年來他四處打聽，卻始終未能找到我，後來他聽說我因病已經去世，還痛苦了很長時間呢。我的眼淚也在眼眶裏打轉，忍著忍著還是奪眶而出一串串滾落。對徐華來說，我就是重新回到了人間，就是在他的心裏復活了。然而對我來說，又何嘗不是這樣呢？我今天的笑容不是因為昨天的痛苦才會綻開得那麼燦爛嗎？

我更緊地擁抱著我的朋友，周圍的讀者們都為我們的重逢高興，都為我們的友誼感動，他們情不自禁地使勁鼓掌，我雖然看不見，可是分明能感覺到人們濕潤的眼角。

一位殘疾運動教練擠到我面前，他一下買了幾十本書，說是要分給他的運動員們。他讓我在書的扉頁上寫下不同的題詞，每一個運動員在他的心中都像他的孩子一樣，從他仔細斟酌的詞句裏，可以感覺到對殘疾孩子們的一片濃濃的關愛。簽了名還不算完，他又掏出照相機，一定要我和他留影，說是要將我的照片送給他的運動員們。我覺得很慚愧，自己的所有努力還是為了自己，儘管我為自己的所作所為感到自豪，可是和這樣一位教練相比，我能不臉紅嗎？

一位母親帶著失明的兒子來到我面前，她讓孩子握緊我的手，告訴孩子我和他一樣是個雙目失明的盲人，要孩子像我學習，一定要戰勝困難。我在書的扉頁上寫下一句話：「生活不相信眼淚。」孩子還小，他只有十三歲，磨難不可能不讓他流眼淚。回頭看一看，我自己不也是曾經因為失明帶來的痛苦而流淚嗎？然而生活並不會因為你的眼淚而改變，生活只相信強者。那位母親再三囑咐我向我媽媽致敬，她說自己一定要向我媽媽一樣將兒子培養成一個堅強的人。

　　我再也不能用眼睛看見我的媽媽，可是我真得很慶幸自己的失明，我媽媽永遠停留在二十年前。當然，媽媽現在已經八十歲，她的頭髮一定如雪似霜，她的臉上一定被歲月刻下一道道皺紋，我就是在她的含辛茹苦裏走過了人生最困難的路程。我現在也有了白髮，可是我在母親的眼裏，永遠是個孩子，我知道她還在我的身後，有父母在真的很幸福。父母是擋在我們眼前的一道屏障，父母在我們就看不見自己的墳墓。父母是照亮我們來路的明燈，只要看見父母，我們就能清晰地找到自己孩提時代的歡樂。我千恩萬謝我的父母，他們讓我來到這個世界，陪伴我走出那一片黑暗，用自己已經蒼老的身體為我遮風避雨，他們對我的恩情，我永生永世也無以回報。但願我的成功能夠給他們帶來快樂，作為一個兒子，讓父母驕傲，是快樂之中最大的快樂。

走進電視螢幕

　　現今電視無疑已經成為普及率最高的大眾媒體，無論白天黑夜，無論男女老幼，人們跟著電視哭，跟著電視笑，跟著電視走遍五大洲四大洋，走進社會各個角落，走進陌生朋友的喜怒哀樂。除了高高在上的大小官員，除了招搖過市的影視明星，除了光彩照人的主持人，現在越來越多和我一樣的凡夫俗子平頭百姓也能榮幸閃亮登場，在眾目睽睽之下大大的秀上一把。由於長篇小說《石砣坨的風》的出版，我忽然間在南京有了知名度，雙目失明竟然讓大家對我刮目相看了。

　　新書發佈會的當天下午，一位南京電視臺的女記者打來電話，要求採訪我，並說他們電視臺覺得我的事蹟很感人，很值得大張旗鼓的宣揚。記者們的採訪靠的就是嘴上的功夫，說出話來讓你覺得特別動聽，哪怕他們早就暗定了要拿你作為反面教員，說出的話語依然娓娓動聽賞心悅耳，準讓你在不知不覺中乖乖就范。那位女記者想必被我的事蹟所感動，一進門就彎腰來了個九十度的鞠躬。我當然看不到，還是我父親告訴我，我才慌忙點頭哈腰還禮。一個無冕之王居然對我如此恭敬，此時此刻我覺得自己彷彿欠下那位記者好大一個人情，心中決定哪怕赴湯蹈火也要滿足記者的任何要求。對採訪對象極力奉迎、禮賢下士，將他們的虛榮和自尊滿足，那麼採訪對象就一定會像軟麵團一樣被記者隨心所欲地捏成各種形狀嘍！

　　年輕的女記者說這是一次預演，說做一檔節目需要經過多次設置編排，最後才能拿出讓觀眾滿意的作品。而且這一檔節目要在中秋節晚上播出，收視率相當高，所以對節目的要求也更高。我開始有些緊張和不自然，可是記者就像聊家常一樣東拉西扯，很快就讓我放鬆下來，思路和語言都變得流暢，心情也隨著那些往事起伏波動，我顯然已經被記者帶進了角色。接著記者又對我父親和母親進行了採訪，老人都很開心，在他們的心中孩子的成功甚至比自己的成功更加讓他們驕傲自豪。女記者對我們非常欣賞，說我們全家都很有風度，上了電視螢幕一定很有人氣。這樣的話當然說到我們的心窩裏，記者就是記者，不費吹灰之力就讓你飄飄然了。

　　第二天，女記者帶來了同樣年輕的一位男攝像記者，他們動手在我們家整理佈置，讓我們擺出各種造型，儘量自然大方，左一組右一組開始拍攝鏡頭。他們說這叫做試鏡頭，是為了讓我們適應面對鏡頭時的心理調整，在正式攝像時能夠保持神態自若。

　　父親和母親的心理素質很好，都具有很強的定力，在大的場面也不會慌張失措，面對鏡頭仍然談笑風生鎮定自若。我雖然有些緊張，可是眼不見為淨，用不著視覺的反饋作用，很快就從容不迫，完全可以正式開拍了。記者一面和我們對話，一面從各個角度拍攝我們的生活場景，甚至連我母親做飯的場面也不放過。

　　我當然是主角，從一開始寫作使用的 X 光片，到後來使用的答錄機，都成為道具，那些陪伴我度過最初艱難時光的東西，現在還是讓我感到親切，忙碌了一天，記者們終於心滿意足地離去。他們說，最後要在電視臺的攝影棚裏做一次正式的採訪，要我們做好準備，那個場面才是決戰時刻。

　　到電視臺的那天我弟弟也來了，在我的整個奮鬥路程裏，每一步都少不了我弟弟的一臂之力，從一開始幫我複印投遞稿件，以及後來替我報名參加電腦培訓班，直至最後幫助我跑出版社，反反覆覆和出版社的領導編輯商量定稿，最終將散發著墨香的新書交到我的手中，我弟弟付出了不可替代的汗馬功勞。

　　那位女記者領著我們走進電視臺大樓，上了電梯來到正式的攝影棚。據我弟弟說，那裏面很豪華、很氣派，許許多多精彩的節目都出自這個燈影搖曳變化莫測的地方。男主持人姓倪，很有名，是南京電視臺的臺柱子，我雖然看不見他的容貌，可是那一口純正的普通話、深厚悅耳的男中音立刻就讓我的心裏暖融融，就像沐浴了春風一般舒爽。

　　主持人一開口就親切的對我直呼其名，連姓也省去了，這無疑更加讓我放鬆自在，和他一問一答就像多年的老朋友似的親近熟絡。我們就如同在自己的家裏一樣，從我年輕時談起，從金色年華一直談到軍旅生涯，談到人生、談到文學、談到我所有的快樂時光。接著主持人的話鋒忽然一轉，問我現在最渴望得到的是什麼，我連想也沒想脫口答道：當然是重見光明。話音未落，我就覺得心裏一陣酸楚，光明對我再也不可能，直到這時我才明白主持人就是要我找到這樣的感覺，就是要我在巨大的反差裏感覺生活的坎坷、感覺對光明的渴望、感覺對幸福快樂棄而不捨的追求。

　　不能不讓我佩服，主持人的談話藝術就是要把握住整個節目的氛圍節奏，就是要帶領我和觀眾們一道在感情的波動起伏裏、在喜怒哀樂酸甜苦辣裏浮沉。接著我父親母親和弟弟輪流走上臺，主持人對他們相當尊敬，我的成功裏絕對有他們的一半，沒有他們我可能早就被命運擊垮，可能早就沉淪在黑暗之中了。

　　中秋節的晚上，伴著月光，我們和全南京市的人一道，坐在電視機旁，觀看著南京電視臺的精彩節目。我雖然看不見自己在電視螢幕上的形象，可是也和父母弟弟妹妹一道開心地笑。我的成功讓全南京的人民有目共睹，還有什麼能比這更讓我開心呢？我當時覺得，像我這樣的一個普通盲人，一個作出了力所能及的事情的人，能得到社會的肯定、能得到如此的榮譽，該心滿意足了。

　　我母親說，那天晚上的中秋月亮特別明亮，我禁不住抬起頭來，仰望夜空，那一輪明月已經離開我二十多年，現在似乎又回到我的眼前，月亮是不是也為我的成功來向我祝賀呢？

　　然而沒料到，過了不久，江蘇電視臺又來到我家，要我為他們的黃金節目「傳奇檔案」當一回嘉賓。到底是省一級的電視臺，無論陣容和排場都比南京電視臺更加氣派得多，呼呼隆隆一下子來了五六個記者編輯和攝像。我們這個平素安安靜靜的家頓時像開了鍋一樣熱鬧非凡，他們先上上下下將我們家仔細考察一番，然後商量佈局格式，最後對我們說出整個攝影策劃。讓我們驚訝的是，負責整個策劃的竟然是他們中最年輕的一位，是一個姓王的剛剛從大學畢業的記者兼電視編導。做這樣一檔長達一個小時，而且還要通過衛星向海外播送的節目，一個二十郎當歲的毛頭小夥子，能夠當此重任麼？

　　不過事實證明，我們的懷疑完全多餘，那一檔節目做得非常精彩，我們這樣傳統守舊論資排輩的觀念可以休矣。經過一番折騰，他們終於大致擬定了攝製方案，說第二天再來和我商量，收拾好東西就和來時一樣呼呼隆隆地離開了。

　　小王第二天獨自登門，他熬了一夜做出整個攝製計畫書，和我商量作進一步調整。在這個競爭的時代做什麼都很不容易，小王這

樣沒日沒夜盡心盡責的工作精神讓我感動，除非有特別不能接受的地方，我應該不會有任何意見。可是當小王說到要我詳細講述自己和愛人離婚的那一段感情波折時，我立刻變了臉，那是我心中一個解不開的疙瘩，再說牽涉到我的前妻，我無論如何不願公開這一段痛苦的經歷。小王並不和我爭辯，他不厭其煩地和我磨嘴皮，說任何事情都要從兩個方面來看，如果換個角度說這段故事，結果一定可以皆大歡喜。這句話把我說愣了，真想不到，一個乳臭未乾的毛頭小夥子，竟然能如此變通，明白事理的轉換自如，完全取決於你對事物是否能夠左右逢源。小王巧妙地化解我心中的糾葛，說的那麼不顯山不露水輕描淡寫，真正是後生可畏呀！小王臨走時怪怪地笑著，握住我的手，說我一定會和他們配合的。

　　接下來的日子，小王他們以我們家為中心，忙得不亦樂乎，年邁的父親和母親也不得不跟著團團轉。我的電腦是我寫作最主要的工具，這是很自然的，沒有電腦，我的小說絕對寫不出來。再說，一個盲人能夠得心應手地操作最現代化的工具，並且創作出洋洋灑灑二十多萬字的長篇小說，應該是整個電視節目中最惹人眼球的亮點之一；大家圍攏在我的四周，攝像機從各個角度由遠到近又由近到遠，拍攝我的手的特寫鏡頭，拍攝每個手指在電腦鍵盤上的敲擊跳動。經過將近兩年反覆操作，我的手指現在在鍵盤上的動作絕對靈活自如，思想到哪裡，手指就敲到哪裡，一絲一毫也不會錯。記得以前看過一部著名電影大師卓別林的電影，影片中卓別林用自己的手指在桌面上表演各種舞蹈動作，看得人眼花繚亂，真是空前絕後妙不可言。我覺得自己的手指此時此刻也像一個舞蹈演員，在鍵盤上跳躍，在鍵盤上旋轉，大腦和手指融為一體，顯得那麼流暢那麼優美，連攝像師都差點忘記了自己的工作，情不自禁地大聲喝彩。

　　攝製組後來又帶著我去拍外景，我們去了中山陵和植物園。那是秋末冬初的季節，是原野山林最美麗的時候，可惜我再也看不見這片層林盡染五彩繽紛的美景，再也不能用目光描繪出色彩線條之中的美不勝收了。我們全家一道，在令人心曠神怡的秋色裏，在令人神清氣爽的秋風中，漫步於漸漸變黃的草木圍繞的小徑上。秋天是收穫的季節、是成熟的季節、是最能展現風采的季節，我真真切切地感覺到了和家人分享收穫的快樂。

　　就這樣，前期的製作過程基本結束，小王再也沒提起那個讓我反感的離婚話題，我認為他可能放棄了這個想法，可是我猜錯了，直到最後正式的採訪開始時，我才明白了小王他們的良苦用心，原來他們是欲擒故縱，存心要給我個出其不意，讓我在正式的現場採訪中來個即興發揮。

　　為了渲染氣氛，電視臺特地邀請了好大一群現場觀眾，這使得我心裏有些緊張，生怕弄不好出洋相。女主持人姓杜，是江蘇電視臺最負盛名的臺柱之一，雖然她無法用神態和肢體動作引導我，可是具有特色的語言能力和抑揚頓挫的音調卻像一張看不見的風帆，將我帶進了心潮起伏的大海，讓我的思路跟著她美妙的聲音前行。對男性來說，女性高頻率的聲調就像戰士耳中的衝鋒號音，男性荷爾蒙在這樣的衝鋒號鼓動之下，很快就會讓血液沸騰。而男性厚重低沉的音調，就像非洲節奏分明的鼓聲，任哪個女性都會隨之翩翩起舞。所以在最豪華的演出現場，總是一男一女搭配主持，在這樣的最佳配對組合的煽動下，全場沒有哪個不被煽起熱情的火焰。

　　攝影大廳裏燈光都聚集在我和主持人的身上，已經是初冬季節，來時還感到有些寒冷，被燈光照射著立刻就溫暖如春，精神也

為之一振。女主持人簡短的開場白之後，立刻就切入正題，問我的文學創作出於何種動機。我說這主要來自對文學的熱愛，另外還有痛苦對我的壓迫，不是有一句話說痛苦出哲學嗎，那麼痛苦同樣也可以出文學。如果你不甘心沉湎於痛苦之中，如果你還想重新獲得快樂，還想證明自己的生命價值，那麼你一定會千方百計百折不撓地苦苦追尋，直至尋找到一條能夠獲得快樂的通路，對我來說，這條道路就是文學創作。

　　女主持人顯然對我的回答相當滿意，話語中聽得出讚賞和敬重，接著就談到了我失明時的痛苦感受，溫柔的話語中透出真切地關心，我的心立刻被感動。說實話，我的痛苦從來都深深埋藏在自己的心中，從來不輕易向別人訴說，從來沒有為了痛苦而落淚。然而今天卻有些異樣，莫名其妙地濕潤了眼眶。當我說到由於極高的眼壓引起劇烈的頭痛，我實在無法忍受抱著腦袋在地上打滾時，眼淚竟不由自主地湧出眼眶。後來小王告訴我，他們沒想到我這樣一個看上去滿臉笑容意志堅強的人，居然被折磨得滿地打滾，他們也都淚流滿面。他們還告訴我，主持人為了節目中的形象，不得不拼命忍住抽泣，可是回到後臺之後終於忍不住也潸然淚下了。

　　我想自己的落淚有一部分是因為回憶起當時的痛苦狀態，想起自己的人生不易。回憶起了當時疼痛讓我在父母的面前滿地打滾，讓父母眼睜睜看著自己的兒子受罪而無能為力，這對父母是一種多麼大的折磨呀！可是這種想法和感覺不止一次在我心裏湧現，卻從來沒有今天這樣難以克制，我覺得女主持人話音中透露出的關懷也是原因之一。

　　女主持人停頓了一會兒，等我的情緒平靜下來，像是漫不經心地隨口問到我的婚姻和家庭狀況。這樣出其不意地發問讓我有些措

手不及，不等我回過神來她忽然又問到離婚到底是誰先提出來的？接二連三的追問讓我有些狼狽，事到如今我也不能迴避了，乾脆從實招供了吧！

　　我確實一直覺得對不起前妻，為了我的病，她含辛茹苦付出了七年最美麗曼妙的年華。我一個有血性有自尊的男子漢，怎麼能讓一個女人為了我的疾病失去對美好生活追求的自由呢！我坦然說這完全是我的決定，是我欠下了對愛人的承諾，因為在結婚時我曾發過誓言，要讓妻子生活得幸福快樂。那時我真是覺得自己很大義凜然，具有犧牲精神。我說自己和妻子手挽手走進民政局，說我們是笑著離婚的，我們的舉動讓在場的離婚夫妻都有些無地自容，那些剛才還吵吵鬧鬧的人們被我們的舉動所震撼，一對對變得平靜了許多。我對離婚的這一段講述，可以算作經典，因為後來許多次，每當我講到這一段時，都會換來滿堂的喝彩。當時也是如此，當我說到我和前妻手挽手，在撲面的寒風中走出民政局，在人生的道路上最後一次緊緊依偎時，台下的觀眾們忽然熱烈鼓掌。從經久不息的掌聲裏，可以聽出人們對愛的執著渴望，可以聽出人們對為了愛而離婚的惋惜感慨，誰不渴望和所愛的人長相廝守終身呢？

　　我看不見女主持人的表情，但是從她興奮的語音中分明可以想像出她的心情，她一定也和台下的觀眾一樣為我的高風亮節所嘆服。沒有人不想獲得真正的愛情，可是這樣一份真心只有無私付出之後才能永遠留在愛人的心中，自己收穫的卻只有永遠的遺憾和痛苦。我說完之後，感到自己的心胸豁然開朗，原來痛苦是需要宣洩的，憋在心中只會使痛苦發酵，只會讓自己被籠罩在揮之不去的陰霾之中。採訪結束後，我握住小王的手，向他道謝，感謝他用這樣

的方法讓我走出了愛的困惑和這種困惑所帶來的煩惱。小王嘿嘿笑著，笑聲裏充滿了理解，並會意地握緊我的手。

節目是在二〇〇五年二月五日晚上播出的，恰逢春節期間，江蘇衛視通過衛星向海內外播送，全國絕大部分地區都可以收看到。我當時沒有想到這檔節目播出之後竟然引起了如此巨大的反響，居然會給那麼多的人帶來心靈的震撼，讓我認識了那麼多朋友。節目還沒有結束，電話鈴就想起來，一個陌生的女人在聽筒裏用激動的有些顫抖的聲音問我是不是真的莊大軍？開什麼玩笑，這還有假嗎，我忽然意識到，馬上就會有無數的觀眾通過電話向我祝賀，來和我溝通交流，我家的電話要爆炸了。果不其然，那晚上電話鈴聲不絕於耳，一直響到凌晨三點鐘。我聽著說著，和素昧平生的觀眾們一同享受成功的快樂、感慨生活的坎坷，傾聽觀眾們訴說自己的苦惱，感謝他們對我的祝賀。

電視的傳播真是海闊天空無邊無際，電話來自天南地北，最遠的從黑龍江、從海南島、從廣州打過來，電話線讓我們轉瞬間成了知心的朋友。那晚上我不知說了多少話，興奮的感覺讓我忘記了時間和空間，我彷彿置身於另一個充滿快樂的世界，沒有煩惱、沒有痛苦，只有無數關心和愛護著我的朋友。那些觀眾堅持不懈地撥號，耐心地在電話機旁等待，希望和我通過電話交換對人生的所思所想所感所悟。由於連日疲勞，我終於有些堅持不住，答話時開始前言不搭後語，眼皮也開始發沉，最後終於昏昏沉沉拿著電話聽筒進入了夢鄉。

生活就像一場夢，靈魂就在夢中漸漸甦醒，什麼是喚醒靈魂的旭日呢？一個溫暖的社會，一個關愛的家庭，親人和朋友就是我的陽光，如果真有天堂，那一定就在這樣的陽光普照之中。

和大學生對話人生

　　一位朋友打來電話，說他們大學的校長看了電視臺對我的採訪節目之後很感動，想邀請我給學生們做一場演講，用我的拼搏奮鬥精神教育那些嬌生慣養的孩子。我當時沒有答覆，因為這對我是一個挑戰，要想和那些目空一切自封為天之驕子的大學生進行交流，真還需要一點勇氣呢。經過反覆思考掂量，我決定答應朋友的請求，我相信那些大學生，因為我就是從那個階段過來的，我知道年輕人單純善良，他們富有最真誠的同情心，我的坎坷遭遇一定能打動他們、一定會在他們心裏引起強烈的共鳴。

　　不過，當我走進多媒體教室之前時，心中還多少有些忐忑，大學生們還像我們那個時代一樣清純可愛嗎？對人生還像我們那時候一樣充滿理想主義的色彩嗎？離著老遠，就聽見教室裏傳出的喧嘩，男孩子的大笑聲，女孩子的尖叫聲，就像一個熱熱鬧鬧的大排檔，讓我覺得頭皮發麻。我的心裏又在打鼓，我的演講會不會是對牛彈琴，這樣的大學生們會不會讓我吃癟呢？當我一腳踏進教室時，所有的喧鬧嘎然而止，又過了幾秒鐘，忽然響起一陣暴風驟雨般的掌聲。我先前所有的顧慮頓時煙消雲散，從掌聲裏我分明聽到了學生們真心誠意的歡迎，分明聽到了他們對我人生價值的肯定，對我成功的祝賀，對我未來生活事業的支持和祝福。

　　我站在講臺上，似乎又回到三十年前，那時我也是個大學生，和台下的同學們一樣，對未來充滿了幻想，對生活充滿了美好的憧憬，我知道自己的演講會成功，因為我已經走進了他們的心靈，和他們用同樣的熱情溝通，我們一定能做到心心相印。該從哪個角度切入，我來之前就反覆思考過；要把握住大學生們的心理，要從他們最關注的地方入手，學習雖然是大學生們最主要的任務，可也是他們最反感的東西，從小到大他們就是在重重壓力之下用對抗的態度應付學習的。我自然不能像那些老夫子一樣一開口就用教訓的口吻和他們大談特談學習的重要性，大談特談要尊敬老師、遵守課堂紀律，這些話對當年的我也是同樣地反感啊！

　　等同學們安靜下來，我開口問他們到大學來的最主要目的是什麼，誰也沒有答話，他們都知道我不需要任何回答，可是並不知道我的下文，他們在期待著。就在這樣的期待之中，我伸出三個手指頭，告訴他們到大學裏的最主要目的有三：第一是學習知識和掌握正確的思想方法，我知道他們對這個毫無興趣，所以輕描淡寫一筆帶過。第二是交朋友，說完之後我稍作停頓，果然學生們開始議論紛紛，很顯然他們也沒料到我會這樣說，他們準認為我會說什麼遵紀守法、自律自愛等等老生常談。我告訴他們，同學們來自五湖四海，帶來了各地獨有的文化、帶來了他們從前沒有接觸過的生活方式，交朋友就是要取長補短，用朋友們身上的長處來彌補自己的不足之處，豐富自己的生活、開拓自己的眼界，幾年的交往會讓他們獲益一輩子。等他們到了像我這樣的年齡，準會覺得大學裏的友誼多麼珍貴、準會覺得這種不包含任何功利色彩的友誼是多麼純潔、準會在最困難時得到大學同窗的無私幫助。同學們被我打動了，我雖看不見他們的表情，卻分明感覺到他們用一雙雙熱

情洋溢的眼睛注視著我，分明感覺到他們之間被友愛激起的心潮澎湃。

　　我喝了口水，準備講最後一條，不過我的心裏還有顧慮，因為坐在我身邊的是學校的校長和老師，他們不會對我有意見吧。我故意裝作漫不經心的樣子，笑眯眯地對同學們說出了第三條：我說到大學來，誰也別做傻瓜，別學那些呆頭呆腦的書呆子，你們身邊那麼多俊男靚女，千萬別放過了這個選擇愛人的最佳機會。話音未落，教室裏頓時亂成一片，同學們哄笑著拼命鼓掌，這種出乎意料的說法讓他們沸騰了。我知道坐在身邊的學校校長和老師們此時此刻一個個可能呆若木雞，他們一定滿臉都是尷尬；這樣的說法在他們看來簡直是異端邪說，對他們制定的清規戒律來說，絕對是措手不及的當頭一棒。可是我要站在學生們的一邊，不如此就不能打動他們，就不能讓他們聽進我的肺腑之言。

　　我是過來人，當然聽出大學生們的熱烈反應並非只由於我對他們談情說愛的支持，更並非他們在瞎起哄。那熱烈的掌聲裏最多的還是年輕人對自由的渴望，是他們被壓抑的情緒的釋放，是對我這樣一個能理解包容他們的長輩發自內心的認同和尊敬。我完全放鬆了，這樣的狀態也讓我進入了角色，我開始動情地訴說自己的遭遇，帶著同學們走進我的生活，和我一道在坎坷的心路歷程上前行。偌大的教室裏除了我的聲音只有一片寂靜，我在短促的停頓間甚至能聽到前排同學的呼吸聲，他們都被我的遭遇所吸引，我覺得自己已經緊緊抓住了他們的心。演講和寫作都一樣，要想感動讀者和聽眾，首先要讓自己感動，連自己也覺得索然無味，那讀者和聽眾定會對你避之唯恐不及。

　　主持報告的老師在我演講的同時，在大螢幕上打出我年輕時的
照片；那些照片已經永遠印刻在我的腦海裏，我知道自己年輕時非
常俊朗，用現在的話說就是一個大帥哥。然而現在的我面目全非，
一個雙目失明的面孔會叫所有的人難以接受。不過也正是由於這樣
巨大的反差，才能震撼大學生們，才能讓他們感受到我心靈的落差
所引起的痛苦。

　　我繼續往下說，說到了我失明時父母的痛苦，我的母親在那個
時刻頭髮忽然白了，我的父親，一個出生入死的老軍人，在那個時
刻竟然落下了眼淚。我的嗓音有些顫抖、我的鼻子有些發酸，對父
母的歉疚讓我感傷。我聽見台下的同學們發出輕輕的抽泣聲，他們
一定想起了自己的父母，一定深刻的感覺到了父母的骨肉之愛，從
小到大，哪個不是從這樣的愛中走過來的呢！我和同學們都處在同
樣的心境之中，我們都深深地沉浸於父愛母愛之中；感情像風又像
雨，有時像狂風暴雨一樣震撼我們的靈魂，有時又像和風細雨一樣
洗滌著我們的情操。五十多歲的我和二十多歲的他們現在都被同一
種情感緊緊包裹住，在父親母親的心裏，無論你是多大歲數都和剛
出生時一樣，都是他們的最愛，都是他們生命的最後延伸，都是他
們走進死亡時最渴望看到的太陽。

　　稍稍讓自己的情緒平和下來，我接著開始講述自己在黑暗中的
感悟，千言萬語、千頭萬緒，其實真正的精髓只有一句話：人在歷
史的長河中行進，只不過是從動物性走向人性的過程，其他所有的
追求都是無稽之談。再簡單一點，用兩個字就可以說得一清二楚，
即用「想」字和「該」字就可以概括我們這個進化過程。在欲望的
支配下，我們從小就想入非非，對任何東西都想得到，無論這個東
西是不是應該屬於你，都想緊緊抓在自己的手中。我們的手心就是

欲望的所在，彷彿我們只要張開手，全世界都會屬於自己。隨著我們的漸漸長大，我們開始和社會發生了關係，開始瞭解除了自己還有別的人存在於這個世界上，自己想得到的別人同樣也想得到。這樣就出現了矛盾，我們和別人之間的矛盾，應該怎麼處理這樣的矛盾呢？這時候就讓我們想到這個「該」字，我們該怎麼辦，該捨還是該得，我們就是在這兩個字之間反覆思考度量，這兩個字讓我們痛苦和歡樂著，讓我們在人性和獸性中浮沉。既然是一個人，就要用人的思維考慮，如果人性戰勝了獸性，那麼你的手心裏就一定會出現那個「該」字。你所渴望得到的一切，到底該不該屬於你呢？這個「該」字會讓我們掌握自己的思想和行為，會讓我們像抓住了方向盤一樣始終保持自己走向一個比較崇高的目標，會讓我們將理想置於物質之上。因為你的理性戰勝了欲望，你能設身處地的為別人著想，這時候的你就是一個明白並牢牢掌握自我價值的人了。

　　人的認識有三個階段，即第一本我階段，第二自我階段，第三超我階段，這三個階段中，我認為最重要的是第二自我階段。我們所有的痛苦和歡樂都來自這個階段，一個動物的生活目的就是吃飽喝足、冬暖夏涼，而一個有思想有感情的人，他的生活目的就遠遠超出了這種動物性的本能要求。第三種超我一類的人，我們也盡可不談，因為那種人脫離了現實生活，他們的所思所想和我們的欲望已經無關。

　　同學們聽得很投入，我知道如果換了個人來說這樣抽象的話題，他們一定會不耐煩，一定會閉目塞聽。可是我不同，我的感悟來自艱難的生活經歷，來自痛苦的心路歷程，每個字都發自肺腑，都能引起他們的共鳴。一個八歲的孩子和一個八十歲的老人，如果說同一句話，那麼在聽者的耳朵裏就會出現兩種截然不同的含義，

因為生活中的感受已經融入了八十載春秋的酸甜苦辣，每一個字每一個舉動都已經具有了非同尋常的內涵。

不知不覺之間，我竟然一口氣講了兩個小時，後來連老師們也大為驚訝，他們說從來沒有出現過這樣良好的課堂秩序。當老師宣佈結束時，全場靜悄悄，那個主持的老師一連說了好幾遍，可是同學們仍然無動於衷，仍然坐著不動。正當我們都感到莫名其妙時，忽然傳出一個女孩子的低低的聲音，她問可不可以向我提幾個問題。由於事先沒有做這方面的安排，所以我們都覺得有些意外，可這是一個最好的和年輕人互動的機會，我決不能放過。

不等老師發話，我搶先開了口，說來者不拒有問必答，我一定讓大家滿意而歸。那位女同學的問題是關於愛情的，她對我的現狀很感興趣，問我和愛人的關係如何。

這個問題差一點就問倒了我，因為我直到現在還對離婚耿耿於懷，嘴上不說，心裏卻覺得那是我人生的最大敗筆，是生活對我的背叛。不過經過這些年的思考，我漸漸改變了看法，既然有結婚就應該有離婚，婚姻無論如何不能變成我們捆綁自由和幸福的繩索。我很平靜地說，儘管自己的婚姻沒有美滿的結局，可是我卻並不悲觀，只要活著，只要相信世界是美好的，愛情一定會重新來到我的身邊。

說這話有些打腫臉充胖子的味道，和愛人離婚，的確是我首先提出，現在回想起來，好像那裏面多少隱藏著死要面子的成分。假如是我的愛人首先提出離婚，那我恐怕會無地自容，會一輩子覺得顏面無光見不得人。我的心裏有些彆扭，因為我一直強迫自己認為是為了愛人的幸福快樂而提出離婚，這個決定中包含著大公無私、先人後己等等英雄主義的色彩。我的做法難道當真就是無可指摘的

嗎？我忍不住向台下的同學們提出自己的問題，要他們談談對我主動提出離婚的看法，談談我的舉動到底是對還是錯。

　　現在的大學生的確不含糊，他們接二連三的發表了自己的看法，而且說得頭頭是道不由你不佩服。讓我沒有想到的是，其中居然絕大多數同學都認為我是錯誤的，他們說真正的愛情是不允許放棄的，說我放棄的不是愛人而是愛，說我的決定是一種自私、是出於男子漢的虛榮。這些說法讓我瞠目結舌，讓我臉紅脖子粗有些招架不住。我甚至有些後悔自己的提問，覺得自己簡直是和自己過不去，現在幾乎下不了臺。事情還沒有結束，下一個女生忽然提出一個尖銳的問題，這個問題真正擊中了我的要害。她說我的做法其實是迫不得已，是我看出了妻子的離去之意，出於無奈才提出離婚。一點面子也不給，我低估了這些學生，他們原來比我想像得厲害得多得多。

　　好在另一位男同學及時幫我打破了尷尬，他問我理想到底是什麼，我所說的理想支持著我，能不能解釋這理想到底是什麼東西？這個問題太大太抽象，從古至今，無數偉人都對此做過解釋，可是至今理想仍然讓人無法切切實實的把握，仍然像一團迷霧般讓我們難以融入現實生活之中。我只好用自己的寫作來解釋這個偉大的命題，寫文章就是要引起讀者的共鳴，就是要解答讀者心中的疑問，你能解釋得有條不紊、清晰感人，你的讀者就會認同，你的作品就有市場。而作這樣的解釋，就需要你的境界高於那些讀者，試想，一個充滿低級趣味的作家，也許寫出黃色作品會引起某些讀者的興趣，可是那樣做你會得到什麼呢，充其量只是快感和鈔票的滿足。而這些東西和理想絕對是背道而馳的，理想的高度在於奉獻和犧牲，在於用你自己的痛苦換來讀者的感同身受，換來讀者精神上的

愉悅和社會文明層次的提升，這就是作者的理想。我無可奈何地對
同學們說，這些話其實和書本上的說法如出一轍，同學們需要在自
己的生活中尋找自己的理想。我說理想等於幸福和快樂，這是一個
由古往今來的人們所認定的公式，我們只有將這個公式帶入自己的
生活，才能最終找到滿意的答案。

　　提問變得越發踴躍，同學們接二連三提出他們所感興趣的問
題，坐在我身邊的主持老師和我商量後決定延長座談。下一個同學
提出問題，問我在黑暗中到底是得的多還是失的多？說實話，我非
常難以回答，因為從社會教育的角度來說，我絕對應該說自己從社
會關愛中得到了莫大的快樂，絕對應該說我的作品給我帶來了莫大
的幸福，所以我得到的比失去的多得多。可是我要實話實說，因為
這些年輕人並不明白自己是多麼幸福，他們並不懂得自己現在的幸
福意味著什麼。於是我說，要是說真心話，我寧願不當這個什麼作
家，寧願不在這兒接受如此隆重的歡迎掌聲，寧願做一個普普通通
的平頭小老百姓。藍天白雲、紅花綠草、耀眼的陽光、歡快的笑臉，
那才是快樂的真正含義，才是生命的本源。我說，你們無論如何要
愛惜自己的生命，要牢記古人所說的，身體是父母給你們最寶貴的
東西，要好好保護自己，要珍惜生命，只有愛自己才有可能去愛社
會愛別人。這番話又引起了大學生的喝彩。主持的老師一方面是因
為時間太晚，另一方面也是為了給我解圍，趕緊宣佈結束。雖然我
在大學生們的簇擁下，雖然我在熱烈的掌聲中，可是我沒有絲毫的
驕傲和滿足。我的收穫並不是給大學生們作了一場精彩的演講，大
學生們思想的開放、思維的敏捷、思路的開闊、語言的精粹，都讓
我自愧不如，我需要學習的太多太多，我距離一個名副其實的作家
太遠太遠。這樣一場演講，真正的獲益者應該是我，不過假如還有

下一次，那我一定要小心小心再小心，我再也不願在這些年輕人面前丟臉欉！

永恆的光明──我的文學創作之夢

　　我們都知道光明和黑暗只不過是地球運動的結果，是地球自轉運動相對於太陽的位置向背轉換，是一種平常運動著的客觀存在的自然現象而已。對於一個每天清晨用眼睛迎接太陽的人來說、對於一個用色彩和線條描繪世界的人來說，光明是希望和幸福快樂的源泉，是走向天堂的金光大道。與此相反，視力健全的人們往往將人世間所有的醜惡歸罪於黑暗，將黑暗確定為魔鬼出沒的時間，將黑暗和令人恐怖的地獄相提並論。如果倒退三十年，我也會這樣想，也會不由自主地躲避黑暗，也會將黑暗和所有見不得人的行為混為一談。然而當我因為失明不得不走進黑暗，不得不改用聽覺、嗅覺、觸覺和心靈來感知外界，感覺自己在這個世界的位置時，黑暗漸漸改頭換面。原來在這個黑暗的世界裏同樣存在著幸福快樂和美滿，原來所有的真善美都會因為黑暗而煥發出更加炫目的光彩，原來我們同樣可以通過黑暗進入天堂。

　　小時候常常會在夜幕降臨時，忐忑不安躲在父母身邊聽有關鬼怪的故事，越是可怕，就越是想聽。這樣的故事放在燦爛的陽光下就顯得平淡無奇，再也找不到那種既害怕又渴望的感覺。這說明我們其實並非天生對黑暗恐懼，而是對死亡和罪惡的恐懼被人為強行捏合在黑暗之中，久而久之單單黑暗就足以使我們產生不可名狀的驚恐。這其實和巴甫諾夫的條件反射如出一轍，如果沒有

人們編造出來的恐怖鬼怪故事，如果沒有大人為了嚇唬孩子虛張聲勢的添油加醋，黑夜還會如此讓我們膽戰心驚嗎？一般而言，壞人比好人喜歡黑夜，在黑暗的掩護下殺人越貨更加容易得手，可是這樣的罪惡行徑只產生於野獸的貪婪和冷酷，有了這樣的兇惡殘忍，罪行無論在黑暗或光天化日之下都可能發生。此外任何事物都是兩方面的，員警不同樣利用黑暗作掩護，將那些為非作歹的罪犯捉拿歸案嗎？

　　黑夜蒙蔽了我們的視覺，這樣就會使我們喪失目標，就會讓我們對前途產生懷疑和憂慮。你只要閉上眼睛，就一定會覺得自己身處黑暗的圍困，就一定會進退兩難舉步維艱。可是滿目的光怪陸離同樣會迷惑我們的心靈，色彩和線條同樣會像枷鎖一樣將我們牢牢控制，將我們引入歧途。想想看我們在燈紅酒綠中的浮塵淪落，想想看那些迷幻我們的五光十色，犯罪和墮落裏應該也有眼睛的一份責任吧！

　　對盲人來說，視覺所造成的困擾隨著視覺的喪失而不復存在，他們的思路反而變得豁然開朗，他們反而從色彩線條的牢籠中得到了解脫，只要自強不息目標確定，他們同樣可以條條大道通羅馬。所以說，黑暗原本是無辜的，真善美與假惡醜絕不可用黑暗和光明加以不負責任的區分定位。

　　孩子們常常在午夜觀看縹緲虛靈的星空，那閃爍搖曳的繁星給他們帶來了多少浪漫的遐想，給他們帶來了多少妙不可言的美夢呀！銀河、牛郎織女、大熊星座、仙女星座，拖著長尾巴劃破夜空的流星，姍姍然如期而至的彗星，這些只有在黑夜裏才能欣賞到的天文奇觀在我們心裏引起的共鳴，難道不正是我們對現實中難以尋覓的美好理想的嚮往追求嗎？

正因為黑暗裏的神秘莫測，才給我們帶來了好奇和思索，才讓我們的想像有了非同尋常的發揮。兩顆遙遙相對億萬光年而始終無法擁抱的恆星，讓人們編造出了牛郎和織女的悲歡離合；一顆拖著長尾巴的流星，會讓我們思考一個生命的歸宿，感慨人生的短暫和無奈；月圓和月缺，不也年復一年勾起我們對親人的牽腸掛肚嗎？

這些介於視覺和黑暗之間的想像，已經使我們超越了現實的呆板定勢。而真正擺脫了視覺的想像，一個不限於線條和色彩的想像，更會給我們帶來全新的意境。比如將一顆雞蛋和一個傻瓜相提並論，你絕對不可能從他們外在形象上搜尋任何類似之處，對一個笨蛋的比喻只能來自心靈的感悟。再比如將蔚藍的海洋比作深深的愛情，那樣的想像只能出自我們對愛人的依戀，只能出自我們對愛的無限美好遐想。用這樣的比喻，難道不覺得更加生動，更加傳神嗎？

然而黑暗畢竟給我們帶來那麼多不方便，我們的一舉一動，我們的所有感知都需要重新定位。不過，生活既然已經被命運無情改變，既來之則安之就是我們對待命運的唯一選擇。豎起你的耳朵，展開你的雙臂，用這些曾經被忽視的感覺來認識黑暗的世界。只要你追求真善美，只要你自始至終熱愛生活，一個美好溫暖的世界就會在你的靈魂裏永駐。

那麼好吧！現在就開始用你的耳朵看世界，把世間所有的聲音當作一支最美妙的樂曲，用你的心來欣賞吧！你一定能聽得見春雨在窗玻璃上輕輕的敲擊聲，那是春姑娘用輕快的華爾滋喚醒你沉睡的夢；你一定能聽得見夏日裏雷鳴電閃中風和雨的大合唱，那是大自然用最熱烈的洗禮沖刷你的心靈；你一定能聽得見秋夜原野上蟲兒們的奏鳴曲，生命被陶醉了，滿足和歡樂會讓你熱淚盈眶；你一

定能聽得見北風帶來冬天的問候，你會遐想雪花正在盛開，漫天飛舞的花兒不正在預告我們未來的豐收嗎？

接著伸出你的雙臂，用生活造就的訓練有素的雙手觸摸世界，讓一個活生生的美在你的觸摸裏展現，讓你被生活的感動在手指間流動。你摸到了紅花和綠葉，在這個世界裏，他們平起平坐相輔相成，誰都是生命不可缺少的一部分。你摸到了你的愛人，她對你的關愛在你的手中融化成永不停滯的暖流，在這個世界裏，相貌的美和醜還那麼重要嗎？一個熱烈深長的吻不需要目光的參與。你摸到了一隻溫暖的手，掌心與掌心的接觸傳遞著友誼的資訊，這隻手或來自你的親朋好友，或來自一個素昧生平的路人，那又何妨，在你最困難的時候，一個簡單的握手會讓你感動一輩子。你摸到了父母臉上的皺褶，為了你的成長，經年累月的風霜雨雪在他們面孔留下了永久的烙印。你的心就在這隻手上，你用你的雙手認識一個新的世界，用你的雙手報答世界對你的恩情。就在這樣的感恩之中，你找到了自己的位置，用這雙在黑暗裏感悟生活的手，你一定能創造出一片屬於自己的天空。

到了今天，你還會說黑暗只屬於痛苦和傷心嗎？你還會說黑暗是魔鬼和墮落的地獄嗎？是的，愛不僅僅存在於陽光之下，真善美也不是用眼睛看出來的，一個純淨的靈魂才能給我們帶來永恆的快樂。快樂是一片雲，是我們化解痛苦的精神昇華，讓我們永遠在蔚藍的天空自由自在的徜徉；快樂是鳥兒的翅膀，搧動著我們的理想，飛越了物質的屏障，帶著我們去尋找心靈的家園；快樂是一陣風，吹進千家萬戶，掃去我們臉上的陰霾，真誠爽朗的笑聲讓人間永遠是春天。這隻鳥、這片雲、這陣風，匯聚成我們追求的真善美，匯聚成永恆的光明。

　　從黑暗裏走過來，在對人生的重新認識中，另一道曙光已越來越清晰的出現在我心靈的地平線上。心中的太陽劃出一道無比巨大的弧形，正從黑暗中閃亮登場，我的人生猶如鳳凰涅槃般從此煥然一新了！

　　一個人對外界的瞭解，靠的是眼、耳、鼻、舌、身這五種感覺器官，必須依靠器官的感應，才能接受外界資訊。正常人正是憑藉正常的器官功能，才得以正確感受環境變化，並根據變化及時做出相應的反饋。而作為視覺器官的眼睛，應該是最可靠、最直接接受資訊並做出反應的感覺器官，其餘所有感覺器官相加也未必能取代視覺功能的一半。寫小說，就是通過故事表述人物與世界的互動關係，讓讀者與作者產生共鳴。綜上所述，眼睛對外界事物敏銳的觀察，以及眼睛對書寫文字的作用，是寫小說不可或缺的最重要兩個要素。如今我卻失去了如此至關重要的工具，失去表現故事情節所需的線條色彩、畫面場景，無法看清人物生動的言談舉止、表情變化，還能隨心所欲的寫出優美的篇章嗎？

　　毫不誇張地說，一個盲人搞寫作難於上青天，其難度是正常人所無法想像的。一開始，家人幫我在 X 光片上刻出一行行空格，我就用鉛筆在格內稿紙上書寫。寫出來的文稿再交給母親謄寫清楚，那些字模糊不清難以辨認，很多時候為一個字母親要翻來覆去與我捉摸半天。謄清後，再由父親負責校對，最終由弟弟或妹妹投稿到報刊。

　　由於寫作太困難，加之父母逐漸衰老，所以我不得不改用答錄機進行創作。然而答錄機靠的是語音輸入，口頭語言和報刊雜誌需要的書面語言並非一回事，磁帶錄下聲音很難收到滿意的效果。文字在磁帶上需要經過來來回回數十次修改，才能勉強達到預期的

效果，同時使用答錄機至多僅能創作短篇小說散文而已，想通過錄音磁帶完成長篇作品簡直就是異想天開！

說實話，我並非天生的作家材料，剛寫出的文字文理不通結構混亂，別說發表出來讓讀者看，連我自己聽了都面紅耳赤無地自容。為了提高寫作水平，特地請盲校老師教我學習盲文。雖然盲文圖書內容有限，可通過觸摸扎在厚牛皮紙上的突出小點兒，我多少掌握了一些寫作要領。那段日子裏，我的資訊來源就是親朋好友盲文圖書以及成天不離手的收音機，可想而知所獲得的資訊是多麼微不足道呀！

奮鬥終於取得了收穫，報社和雜誌社開始陸陸續續採用我的作品，生活給了我最美好的回報。世界總對敢作敢為的人敞開大門，隨著科學技術迅速發展，我朝思暮想的用電腦寫小說不再是一個可望而不可即的夢了。經過盲校老師們不辭勞苦一個月培訓，我終於可以通過語音軟體，在電腦鍵盤上進行基本的操作了。

依靠語音軟體，我可以上網流覽網頁，可以用電子郵件與世界上任何地方的網友交流。更重要的是，我終於能通過電腦，進行真正意義上的文學創作。想寫一部長篇小說，是我的夢，是我幾十年刻骨銘心夢寐以求的夙願。

由於黑暗生活中常人所無法承受的痛苦，由於這種痛苦帶來的沉重壓迫，我每時每刻都渴望著擺脫和超越。。根據國外調查統計，一旦眼睛失明，人大腦中的視覺記憶至多保存十年左右。掐指一算，我失明至今已三十年，過往的美好記憶也該不存在任何蛛絲馬跡了。然而腦海中親朋好友的音容笑貌，舊居小城往昔的美妙風光，卻依然栩栩如生歷歷在目。我不知是不是那個調查統計太不靠譜，也不知是不是我的記憶超乎常人？然而有一點確定無疑，我

的心中始終裝著愛，是愛讓我的記憶永遠停留在最美好的時刻。生活就像一面鏡子，你對鏡子笑鏡子就對你笑。反之，你對鏡子哭，鏡子也會對你哭。真正的笑容始於一顆火熱的愛心，愛這個世界，讓笑容掛滿人間。

我的文學夢經歷了種種磨難，終於幻化為一輪紅日升起，照亮了我的世界。自失明至今，我共創作發表了百餘篇短篇小說隨筆散文以及評論文章，並多次榮獲報刊的獎勵。

一九九九年青春雜誌發表散文「大運河畔的初戀」，榮獲第三屆金陵文學獎。

二〇〇四年由江蘇文藝出版社出版了長篇小說「石坨坨的風」，榮獲第六屆南京文藝獎。

二〇〇七年由江蘇文藝出版社出版了長篇紀實文學隨筆文集「黑暗與光明同在」，榮獲全國第一屆盲人文學獎。第七屆金陵文學獎。

二〇一〇年由江蘇文藝出版社出版了長篇小說「千秋夢歸來」，榮獲第八屆金陵文學獎。

這就是我的文學創作夢，雖如今夢想成真，但我的黑暗之旅尚未走完，前面的路還非常漫長。唐朝大詩人白居易曾寫過一首短詞：「花非花，霧非霧，夜半來，天明去。來如春夢幾多何？去似朝雲無處覓。」我們短暫的一聲與悠遠漫長的歷史相比，猶如一粒清晨的朝露般轉瞬即是。然而，用我們短短的一生去追求一場美好的春夢，用所有的努力去追求永恆的光明，難道不是一種積極熱情的人生態度嗎！

後　記

　　我的幾本長篇作品出版後，經過報刊電視的宣傳，在省內外引起很大反響。朋友們對我在黑暗中百折不撓執著追求的精神非常佩服，紛紛熱情要求我能將隨筆文集重新整理出來，激勵更多在人生道路上遭受挫折的朋友。

　　人生如同一條滾滾向前的河流，帶著痛苦快樂、帶著失敗成功、帶著失望希望，走完生命全過程。我要回首往事寫出自己的人生軌跡，就必須溯流而上，再一次回味曾經飽嘗的酸甜苦辣，再一次回味咀嚼那份刻骨的疼痛。幸運的是，雖然回憶裏充滿了痛苦悔恨帶來的酸楚惶恐，可更多的還是溫馨甜美，是社會家庭朋友們對我的深情厚愛。由此可見，我們對人生的感覺很大程度上取決於自己，感恩戴德會讓我們最大限度容忍生活中的不幸，會讓我們在苦難中找到通向幸福快樂的道路。記住上天給你的恩惠、記住社會對你的包容、記住親朋好友的無私幫助，依靠這些就足以支撐你走出苦難的泥沼。反之，如果心中裝滿了抱怨苦惱甚至對他人和社會的敵意，一個小小的跟斗也會使你跌入地獄，永世不得翻身。

　　由於我的創作條件比一般人艱難，所以每本作品都是對身體精神的雙重折磨。然而，完成一部作品對我而言，就如同精心耕耘獲得了豐收，就如同流血犧牲獲得勝利，那種無法用語言表達的滿足所帶來的快樂會讓你擺脫痛苦永遠幸福。

　　俗話說，心急吃不得熱豆腐，第一版完全是憑著熱情寫出來的，不經過冷靜處理和仔細推敲，絕不可能成為讓讀者滿意的好作品。就如同一塊生鐵，不經過千錘百煉，怎麼可能成為優質的鋼材呢？在重新整理的過程中，許多朋友都對文章提出了極其有益的意見。自己看自己的作品，對得意之處總沾沾自喜加圈加點，對不足之處總諱莫如深文過飾非，所以廣泛徵求意見實屬必要。不過實話實說，當自己竭盡全力、廢寢忘食寫出的作品被人說三道四時，當自己抱著企圖得到讚揚的心情敞開心扉卻受到毫不留情的非議時，誰也無法開懷而樂。朋友認真閱讀後誠心誠意、直言不諱提出的批評讓我有些不爽，然而仔細想來，我真正需要的，難道不正是不留餘地的批評嗎？第一版文稿寫出來只用了不到二年的功夫，這次重新修改卻花了好幾年，可見初稿中有多少需要修改彌補之處。

　　由於全書基本都是我自己的人生經歷和感悟，所以寫起來容易投入情感，可以讓讀者與我一道感同身受所有的喜怒哀樂。寫文章一定要擺脫顧影自憐、孤芳自賞的狹隘境界，將自我放入一個百鳥爭鳴、百花爭豔的大世界之中。就這一點來說，寫文章實際上是一種超越，超越了先前的自我，超越了先前那一塊坐井觀天的狹小視野；文章隨著一次次修改漸趨完美，你自然也會隨之進入另一片更加廣闊的天地。另外，像我這樣半路出家的作者，無論文字水平還是構思佈局，很難經得起讀者吹毛求疵的高標準挑剔，所以需要在寫作過程中不斷自我更新與時俱進，從而使境界與寫作水準向讀者的要求看齊。

　　說到提高寫作水平，閱讀絕對是最重要的，如果沒有電腦語音軟體，我簡直不敢想像是否還能堅持到今天。三十載黑暗生活，無法閱讀使我苦不堪言，失去的時間需要儘快找回來。於是我夜以繼

日在網路上尋找書庫，在虛擬空間的公益圖書館裏忘情閱讀，閱讀使我忘卻了黑暗中曾經遭受的所有痛苦，閱讀使我對人生有了更深刻的認識。自學習電腦以來，粗略估算一下，我至少閱讀了數千冊各類圖書。通過大量閱讀，我的文字水平以及寫作技巧都有了長足的進步，如今駕馭文字已然不似先前那樣笨拙吃力了。。

互聯網就像一個奇妙的課堂，為我打開一扇通往新世界的大門。電腦就像個最忠誠的朋友，無論你怎麼利用它，自始至終無怨無悔隨你擺佈。只要按照規矩正確操作，電腦一般不會無端調皮搗蛋找麻煩。有朋友開玩笑問，倘若一台電腦和一個老婆放在面前，只能二者選其一，那我該當如何呢？這個問題實在讓我不好回答，可平心而論，如果沒有電腦，還會有今天的我嗎？為人妻為人母的女士們，你們可別橫加指責，本人絕無任何貶低女性的意思。你們對丈夫和家庭的一片赤誠絕對讓我肅然起敬，然而對我來說，電腦更讓我情有獨鍾難以割捨。現如今，電腦幫我走出了黑暗，讓我在人生道路上大步流星勇往直前。

不知別的作者怎麼想，我覺得一家出版社就應該是作者的家，無論作品結果如何，出版社對作者認真負責、推心置腹，定會讓作者和出版社同舟共濟。回顧我的寫作經歷，很多編輯都像我的老師，他們的熱情幫助不僅讓我的文學創作水平得以提高，讓我感覺到人生道路上溫暖如春。特別是這次與臺灣秀威資訊科技出版公司的合作，更讓我感受到一種認真負責熱情體貼的溫暖，感覺到一種賓至如歸的滿足。將心比心，臺灣秀威出版社與大陸某些出版社相比，真乃暖春與寒冬不可同日而語了。從行政助理陳佳怡小姐收到文稿開始，這種溫暖親切的感覺就令我非常愉快，即便書稿無法出版，我也會心存感激微笑著揮手告別。而書稿轉交給王奕文小姐評估，

她很快就熱情洋溢來信，告知我的作品通過評估可以出版發行了。在其後關於文稿的商談中，王奕文編輯不厭其煩每信必回，讓我真正體會到一個編輯對作者的友好關懷熱忱負責。可惜王奕文編輯因故離職，將文稿轉交給林千惠編輯，林千惠編輯與前任同樣熱情友好認真負責，每一封郵件都充滿了對書稿的愛護，每一次建議都真誠中肯，令我發自內心的敬佩。相信書稿一定會以最美最受讀者歡迎的形式出版，相信我與秀威的合作一定能獲得雙贏的美滿結果。

今天是一年一度闔家團聚的中秋佳節，我們全家一道去夫子廟，那兒是南京人賞月的最佳去處。據說站立於夫子廟文德橋上，當滿月懸掛夜空之時，可以看見一左一右兩輪明月的倒影清晰映現在秦淮河悠悠的水面。我仰面朝向天空，那一輪皎潔明亮的圓月已然離開我三十個年頭，秦淮河水上三月相映成趣對我也只是一個美好的記憶，然而溫暖幸福的感覺卻始終沒離開我的身邊。三十年的黑暗之旅，親情友情與愛情，是支持我在黑暗裏艱難跋涉的拐杖。為了追求那一輪圓滿，為了親朋好友對我的付出，我的腳步一定要邁的更大更堅實有力！

熙熙攘攘的人流摩肩接踵前呼後擁，我們雖然被擠的東倒西歪站立不穩，卻在一片歡聲笑語裏深深感覺到歡樂美滿正像幸福的春潮般撲面而來。我手扶夫子廟祈福大鍾的鐘錘，用力撞向銅鐘，洪亮悅耳的鐘聲沖上雲霄，在天地間迴旋轟鳴。我的父母弟妹侄兒外甥女，我的朋友們，我衷心為你們祈福！

全文完稿於二〇一三年九月十九日中秋

光明永在
290

釀文學157　PG1133

 光明永在
　　——看不見的盡頭還有愛

作　　者	庄大軍
責任編輯	林千惠
圖文排版	楊家齊
封面設計	陳怡捷

出版策劃	釀出版
製作發行	秀威資訊科技股份有限公司
	114 台北市內湖區瑞光路76巷65號1樓
	電話：+886-2-2796-3638　傳真：+886-2-2796-1377
	服務信箱：service@showwe.com.tw
	http://www.showwe.com.tw
郵政劃撥	19563868　戶名：秀威資訊科技股份有限公司
展售門市	國家書店【松江門市】
	104 台北市中山區松江路209號1樓
	電話：+886-2-2518-0207　傳真：+886-2-2518-0778
網路訂購	秀威網路書店：http://www.bodbooks.com.tw
	國家網路書店：http://www.govbooks.com.tw
法律顧問	毛國樑　律師
總 經 銷	聯合發行股份有限公司
	231新北市新店區寶橋路235巷6弄6號4F
	電話：+886-2-2917-8022　傳真：+886-2-2915-6275

出版日期	2014年3月　BOD一版
定　　價	350元

國家圖書館出版品預行編目

光明永在:看不見的盡頭還有愛 / 庄大軍著. -- 一版. --
臺北市:釀出版, 2014.03
　面；　公分
BOD版
ISBN　978-986-5871-88-8(平裝)

855　　　　　　　　　　　　　　　　102027882

讀 者 回 函 卡

感謝您購買本書，為提升服務品質，請填妥以下資料，將讀者回函卡直接寄回或傳真本公司，收到您的寶貴意見後，我們會收藏記錄及檢討，謝謝！
如您需要了解本公司最新出版書目、購書優惠或企劃活動，歡迎您上網查詢或下載相關資料：http:// www.showwe.com.tw

您購買的書名：_____

出生日期：_____年_____月_____日

學歷：□高中 (含) 以下　　□大專　　□研究所 (含) 以上

職業：□製造業　□金融業　□資訊業　□軍警　□傳播業　□自由業
　　　□服務業　□公務員　□教職　　□學生　□家管　　□其它____

購書地點：□網路書店　□實體書店　□書展　□郵購　□贈閱　□其他

您從何得知本書的消息？

　□網路書店　□實體書店　□網路搜尋　□電子報　□書訊　□雜誌
　□傳播媒體　□親友推薦　□網站推薦　□部落格　□其他_____

您對本書的評價：(請填代號　1.非常滿意　2.滿意　3.尚可　4.再改進)

　封面設計____　版面編排____　內容____　文／譯筆____　價格____

讀完書後您覺得：

　□很有收穫　□有收穫　□收穫不多　□沒收穫

對我們的建議：_____

_____

_____

_____

11466
台北市內湖區瑞光路 76 巷 65 號 1 樓

秀威資訊科技股份有限公司　　　收

BOD 數位出版事業部

⋯⋯⋯⋯⋯⋯⋯⋯⋯⋯⋯⋯⋯⋯⋯⋯⋯⋯⋯⋯⋯⋯⋯⋯⋯⋯⋯⋯⋯⋯⋯⋯⋯⋯

（請沿線對折寄回，謝謝！）

姓　　名：_____　年齡：_____　性別：□女　□男

郵遞區號：□□□□□

地　　址：_____

聯絡電話：(日) _____　(夜) _____

E-mail：_____